十字街

JurAn
Hisao

久生十蘭

P+D
BOOKS
小学館

目次

マルヌ河岸
ジャン・ジョーレス通り
ジョーレス駅
ビュット・ショーモン公園
北駅
ジョルジュ広場
東駅
オペラ通り
ルーヴル宮
ペール・ラシェール墓地
シテ島
シテ駅
バスチーユ広場
ノートルダム寺院
ボンヌ大学
パンテオン
ナシヨン広場
サンブール公園
リヨン駅
ラペェ河岸
オルレアン駅
ベルシィ橋
天文台
アラゴ通り
ゴブラン駅
ボブラン織製作所
13区の貨物駅
イタリー広場
ラ・サンテ
監獄
民衆の宮殿
コルドリエール街
トルビアック街

1930年代のパリ
サン・ラザール駅
凱旋門
シャンゼリゼ大通り
クルーベル駅 M
ロン・ポアン
コン
広場
東京通り
トロカデロ駅 M
セーヌ河
下院
パッシィ駅 M
エッフェル塔
グルネル通り
バビロンヌ
M
デュプレェ駅
セーヴル・バビロ
ラ・モット・ピケ駅
モンパルナス駅
モンパル
墓地
サン
主な地下鉄路線
M 4番線
M 5番線
M 7番線
M 8番線
M 10番線
M 南北線

パリ市中心部とシテ島

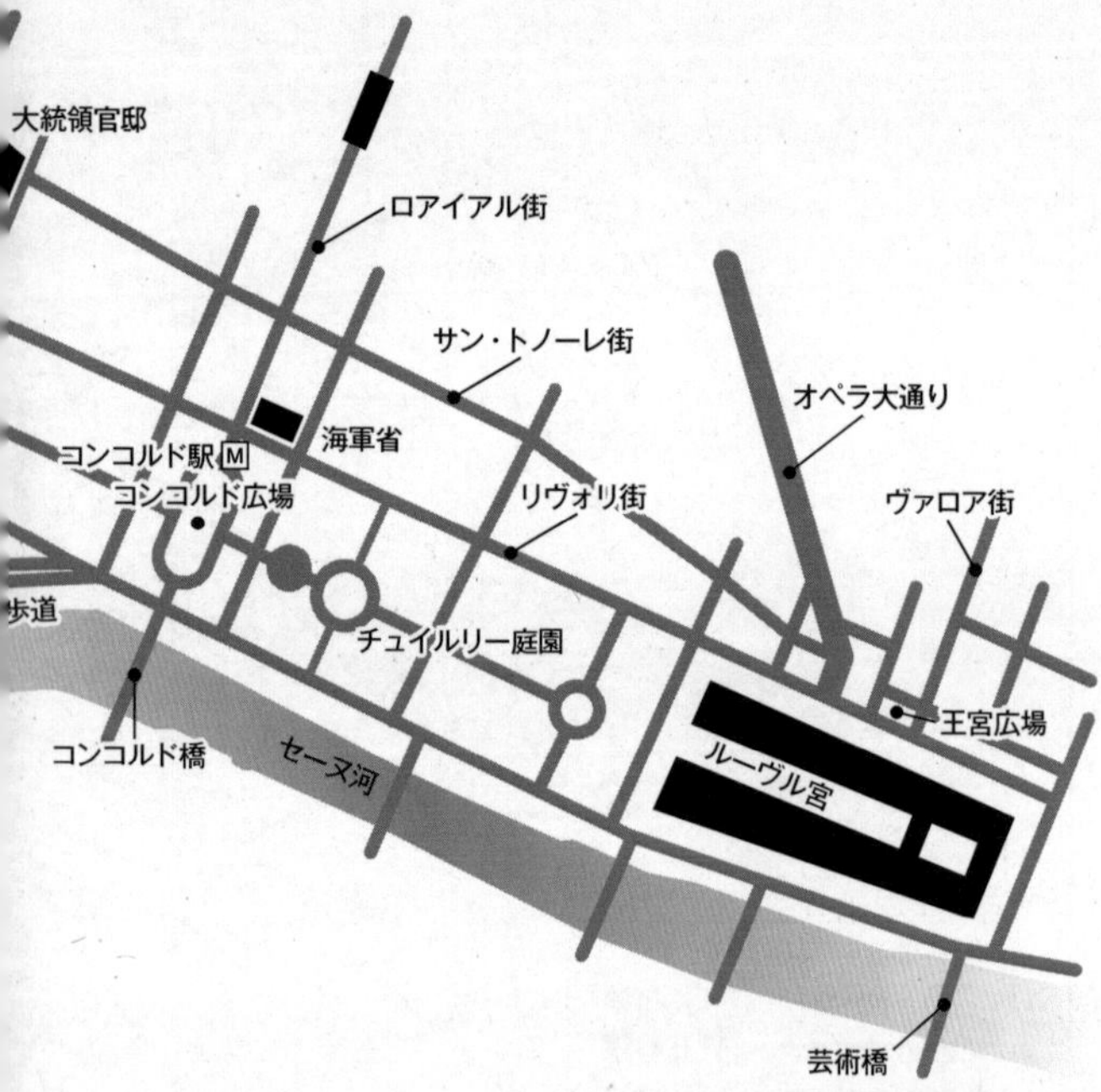
大統領官邸
ロアイアル街
サン・トノーレ街
オペラ大通り
海軍省
コンコルド駅 M
コンコルド広場
リヴォリ街
ヴァロア街
歩道
チュイルリー庭園
王宮広場
コンコルド橋
セーヌ河
ルーヴル宮
芸術橋

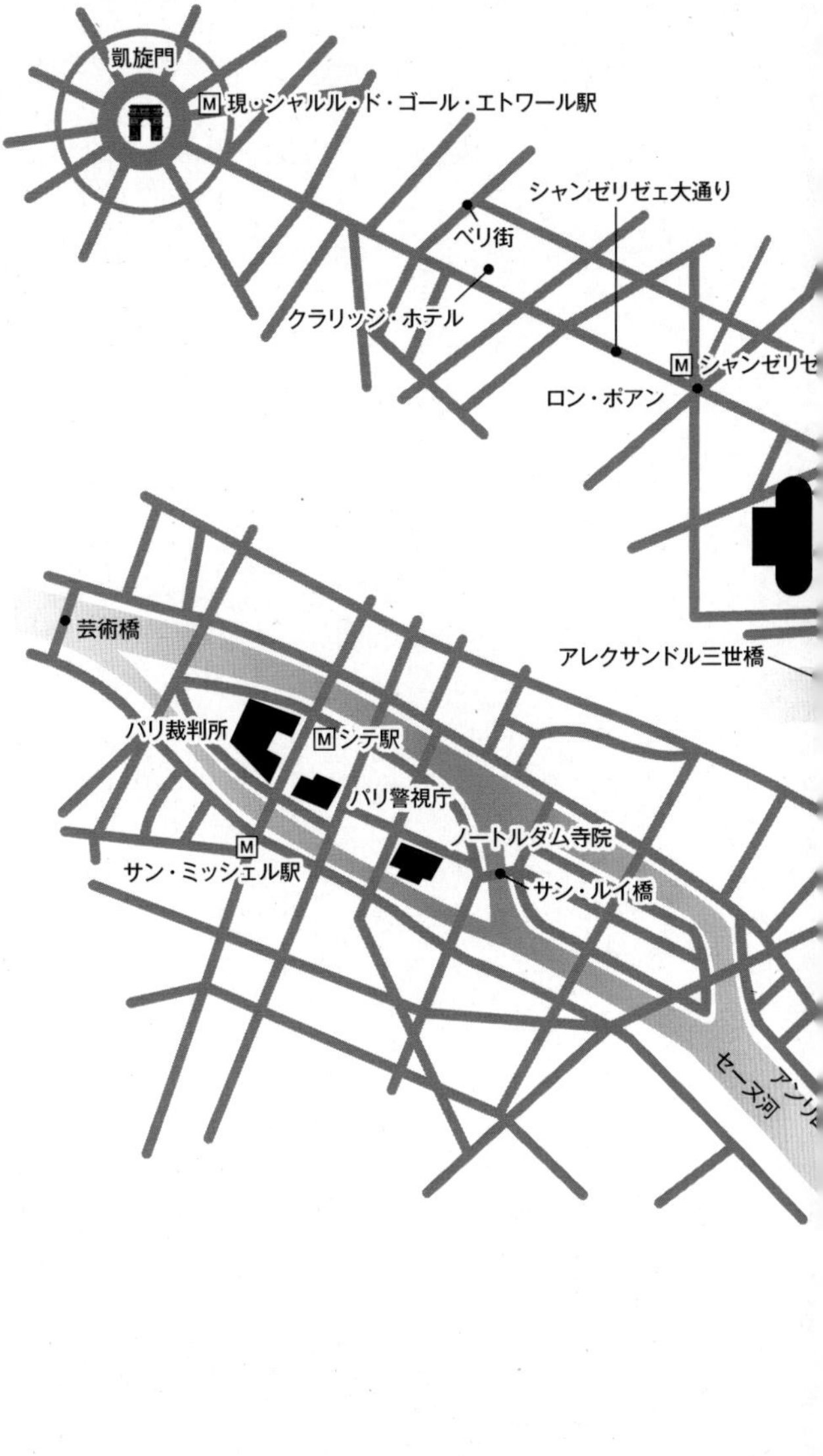
凱旋門
M 現・シャルル・ド・ゴール・エトワール駅
シャンゼリゼェ大通り
ベリ街
クラリッジ・ホテル
ロン・ポアン
M シャンゼリゼ
アレクサンドル三世橋
芸術橋
パリ裁判所
M シテ駅
パリ警視庁
ノートルダム寺院
M
サン・ミッシェル駅
サン・ルイ橋
セーヌ河
アンリ

十字街

地下鉄《メトロ》五番線

その年もあとわずかでおしまいになるという夜、河岸の東京通りを二人の日本人が歩いていた。

雨が夕方からみぞれになり、しょったれた天気だったが、いよいよ雪になるらしく、川風が急に冷たくなってきた。

「雪になるらしいな」

一人が空を見あげながらつぶやくと、連れのほうは、

「寒い」

と外套の肩をすぼめた。

雨ずった低い雲の腹に遠く近くのネオンやイリュミネーションがうつって薄桃色に染り、ぼんやりと中空に浮びだしたエッフェル塔の電気時計が、間もなくルビー色の短針とエメラルド

色の長針を重ねあわそうとしている。

「川風寒く、千鳥鳴く」

なにを思いだしたのか、一人がだしぬけに渋いところをきかせた。もう一人のほうが月並みな声で、

「ホンに、やる瀬がないわいな」

と後をつけた。

渋いほうは、さるひとの家庭で学僕をしながら計理士の勉強をしている佐竹潔という大学生で、後をつけたほうは、ついこの夏、アメリカから来た小田孝吉という似顔屋並みの貧乏画描《えか》き。ここで肖像画の技術を学んで帰り、それでまたアメリカで、二、三年、食いつなごうという目的をもっていた。

どちらも日本を出てからもう十年。めったに故国の夢も見ないほど外国ずれしてしまったが、除夜とか、元日とか、そういう季《とき》のめぐりにあうと、なんともつかぬ思いにおそわれる。東京通りという名にひかされてセーヌの河岸へ出てみたが、ここにも他国の風が吹いているだけで、どういうこともなかった。

そのうちに十二時になって、あちらこちらの鐘楼で、にぎやかに鐘が鳴りだした。

「おめでとう」

「おめでとう。なにはどうでも」

二人は路傍に立って握手した。

「ことしはどういった年になるんだろう」

「上海事変は三年目。ヒットラーが総統になれば、仏ソの通商協定も成立するだろうし……うちの先生なんかはフランスに大きな変動がくるだろうなんていっているがね。うるさいことになりそうだぞ……お屠蘇《とそ》がわりに、煮葡萄酒《ヴアン・キユイ》でも飲もうか」

「いや、やめておく」

「ぼくはそのへんで一杯やっていくから」

「じゃ、ここで失敬しよう」

といって別れた。

それから小田はトロカデロというところまで歩いて、切符を買って地下鉄へ降りた。安香水や安煙草、それにほの甘いおしっこの香のまじった、庶民のにおいとでもいうような地下鉄特有の温気《うんき》が、突風のように下から吹きあがってくる。

改札口へ行くと、知的ないい顔をした白髪の切符切りがニコニコ笑いながら、一人一人に、

「いいお年を」

というようなことを言う。乗客のほうは、

「おめでとう」

と挨拶をかえし、十銭ぐらいにもあたる金を年玉にやっている。

元日はこうするものなのかと、小田はひとのするように心付けをやり、

「ありがとう」

と礼を言われ、いい気持になってホームへ入った。

凱旋門から出てくるこの線は、いつもならキャバレやミュージックホールのある上町からの帰りでひととき混みあう時間だが、そういう連中は年越しの夜食の席におさまったのらしく、広いホームには人影もまばらで、気の滅入るほど森閑《しんかん》としている。

小田はアメリカで肖像画を描いて貯めた金を、細々と食いのばす先行《さきいき》のない境涯にいて、命でも、金でも、身についたものはいっさい無駄遣いをしないという克明な男だが、なぜか今夜は気持が浮く。

誰が待っているわけでもない。救世軍の簡易宿泊所のいきれくさい蚕棚《かいこだな》にもぐりこむだけだから、急いで帰るほどのこともない。佐竹をつかまえて、もうすこしほっつき歩こうかなどと考えているところへ、電車が走りこんできた。

「これァ帰れということなんだ」

小田は未練を振切って窓際の空席におさまると、それで電車は走りだした。

車の中がまたひどくガランとしている。

パリの地下鉄は車の前部と後部に二人掛けの座席が一対あって、あとはみな窓の下のニッケルの横棒に凭《もた》れて立っている。実際よりははるかに大きく見えるところへ、はるかむこうの座席に勤め人らしい地味な晴着を着た夫婦者が一組、顔をよせてひっそりと話しこんでいるだけでほかに一人も乗客がない。車内はいよいよ広すぎる趣《おもむき》になって、いかにも夜の更《ふ》けた感じがする。

電車は轟然たる車輪の音をすさまじくトンネルに反響させ、呻《うめ》きとも悲鳴ともつかぬ軋《きし》り音をあげながら、無慈悲な速力でパリという大都会の胎内をつきぬけて行く。パッシィのむこうで、いったん地上に出て、セーヌ河の夜景を渡るが、そこからまた地下へもぐりこむ。小田は所在のないまま、車体の動揺に身をまかせながら、窓ガラスのむこうの暗い壁面をかすめる光の縞目《しまめ》のたわむれをぼんやりながめているうちに電車はデュプレェのホームへ辷《すべ》りこんだ。そうしてそこを出た。

つぎのラ・モット・ピケというステーションでとまると、黒い外套の襟もとから日本輸出の白羽二重のマフラーをお揃いのようにのぞかせ、山高帽を阿弥陀《あみだ》かぶりにした三人連れの酔漢がよろけこんできた。

いずれもたいへんなご機嫌だが、まんなかの一人はひどく酔っていて、山高帽を鼻の上までズリさげ、ほとんど前後不覚になっている。連れの一人は胸と肩に筋塊を盛りあげた市場の仲仕かトラックの運転手かといった見かけ。もう一人のほうは、職工体《てい》の痩せた小柄の若い男で、鼻の稜《みね》の尖った下司《げす》っぽい顔をしている。二人は酔っぱらいの脇に手を入れて左右から支えながら、車のトバ口でやっさもっさやっていたが、やっとのことでむこう側の窓のところまで運びこんだ。いかにもあぶなっかしいようすなので、小田は席を譲ろうと腰を浮せると、ひとの動いたけはいを感じて、二人がジロリとこちらへ振返った。

いやな眼つきだから、小田はなんだと思って二人を見かえす。むこうが小田のおかしな顔を見る。小田がむこうのおかしな顔を見る。二、三度そんなやりとりをしているうちに、若いほうは聞えよがしに、

「ちっ」

と舌打ちし、身振りでなにか連れに合図すると、仲仕体のほうは酔っぱらいをよいしょと横棒におっ立てかけ、眼端《めはし》をしがめて上から下へゆっくりと小田を見くだしながら、ひとを馬鹿にしたような高笑いをした。

アメリカにいるあいだ、またこのパリに来てからも、こんないわれのない侮辱を受けたことはなかった。小田は齢の割に気の練れた男だが、面白くないから窓のほうへ向きかえた。

窓外三尺ほど先はトンネルの暗い壁なので、窓ガラスがそのまま鏡になり、反対側の窓際に

一列並びになっている酔っぱらいどもの顔と、こちら側の座席にいる小田の顔が、映画の軟焦点撮影の式で二重写しになっている。

「なにがおかしいんだ」

窓ガラスの鏡にうつった自分の顔を見てみたが、おかしいようなところはべつになかった。

この十年、人間の顔と取っ組んできた小田のことで、自分の顔のねうちは自分がよく承知している。皮膚が黄枯れ色に染まり、横に切れあがった細い一《ひ》と皮眼の間から、煤《すす》っぽい険相な瞳がのぞきだしているのは気にかかるが、これは東洋人一般の好みで、小田だけのものではない。眼も、鼻も、口も、ひとつひとつ見ればこれという取得《とりえ》もないが、素樸《そぼく》な曲線で描かれた、つるりとした輪郭のなかに無理なくおさまり、ついそこにいる白癬《しろなまず》のいたち面や、毛深い贅肉のかたまりより、はるかに美的観照に耐える。

三十二歳という齢にはどうかと思われる緋色の派手なベレェは、さる画聖の好尚《こうしよう》のひきうつしだが、市場の仲仕の山高帽ほどには気障《きざ》でない。ひっぱっているものは、服も外套も中流の下ぐらいのところに落着いて、輪出物の風呂敷をマフラーととっちがえるような出過ぎた真似もしていない。どう考えても、こんなやつらに笑われるわけはない。

小田は外套の隠しからチビ鉛筆をだして、『パリ案内』の見返しのところへ念入りに二人の顔をスケッチし、それに豚と犬の胴体をつぎたして鬱《う》さばらしをしていると、電車が大きくカーヴをまわったひょうしに、鼻の上までズリさがっていた、まんなかの酔っぱらいの山高帽がうしろへはねあがって、青ずんだ顔がひょいと前の窓ガラスにうつった。

揉上《もみあ》げを長くし、細い口髭《くちひげ》をつけた、中南米の出とも見える初老の紳士で、どんな乱暴な飲みかたをしたものか、顔が半分麻痺したようになっている。片っぽうの眼が歪んだまま開けっぱなしになり、墨を塗ったような色の悪い唇のあいだから舌の先をのぞかせ、車体の動揺にあわせてクニャクニャと首を振る。そういう相好が、電流軌条のスパークのたびにパッと飛び散っては、またすぐ八方から小田の眼の前へ集ってくる。

それもただそこにうつっているのではない。ガラスの歪《ひずみ》や気泡のせいで、笑い顔になったり顰《しか》めっ面になったり、目まぐるしいほどに変化する百面相のなかを、架線や、信号灯や、導管の束が流れるように通っていく。青い信号灯が眼玉のところを通るとき、赤い信号灯が口の真上を通るとき、眼から青い火が、口から赤い炎が出て、超現実派の絵のような、なんとも奇想天外な顔になる。

肖像や似顔を描かしてもらって、それで命をつないできた小田にとって、人間の顔は大切な商売道具の一つだから、これという相好は抜目なく写生してきたつもりだが、アル中といっても、こんな美事なお手本にぶつかったのはこれがはじめてだった。

「こいつはいける。相当なアル中だ」

さりげなく窓のほうへ向きかえ、身体で手先を囲いながら散っては集るふしぎな顔をスケッチしているうちに、アル中の顔のなかになにかこの世のものでないような、言うにいえぬ嫌なものがあることに気がついた。

片っぽうの眼が瞬《まばた》きをしないのは、顔面麻痺のせいだと思っていたが、それは生命が枯れつくして、はや人間の用をなさなくなった死人の眼だった。

「死んでいる……」

そう思ったとたん、鉛筆がとまって動かなくなった。

小田の常識で理解されたのは、いうところの死後硬直でカチカチにしゃちこばった、完全な死体だということであった。

その気で見たら、乗ってきたときすぐ感づいたことだろう。死んだ眼は帽子で隠せても、腕や脛のかたちはごまかせない。生きている人間なら、どう工夫したってそうはなりかねる奇妙な恰好で、棒のように突っぱりだしている。小田が席を譲っても、やすやすと椅子におさまるような代物ではなかった。

それにしても身体がしゃっきり張っているのに首だけがクニャクニャ動く。それが合点がいかない。よく見ていると、肩を抱く恰好でうしろにまわしている仲仕の肱《ひじ》が、首の動くとおりに動く。つまるところ上着の裾《すそ》から背筋へ手を入れて、文楽で人形を使う式に死人の首を操っていたわけ。二人が笑いやまぬのは、首の振りようがおかしくてならないということなのだった。

酔っぱらいに見せかけて死体を運んでいる……なんのために？　と考えかけたが、頭が乾いて考えられもしない。情けないほど胴震《どうぶる》いがつく。あまりジロジロと見るとひどい目にあうと思ってあわてて眼をつぶったが、見まいとすると、気が散ってかえって落着かない。薄眼になってそっと窓ガラスの鏡をながめやると、どちらかが気がついて蓋《ふた》をしてしまったのだとみえ、死人の顔は消えて高ッ調子に笑う二人の悪党の顔だけがうつっている。

そのうちに行手《ゆくて》のトンネルの壁がぼんやりと明るんできた。ステーションが近くなった証拠だから、『パリ案内』をポケットにしまい、とまったら飛びだそうと身がまえているうちに、電車は軽い制動をきかせながらホームへ辷りこんだ。

ぐあいの悪いことに、二人は出口のすぐそばに立っている。すりぬけて出るのはいい気持がしないが、そんなことをいっていられない。いまこそこの時と勢いこんで立ちあがると、むこうの二人がなんともつかぬ眼つきで、いっせいにチラとこちらへ見返った。小田はそれではっとして、へなへなと椅子に腰をおろした。

眼の光がただごとでない。三人の顔をスケッチしたのを知っているなら、だまって通すはずはない。こんな輩《てあい》のことだから、うしろから首を締めるぐらいのことはするだろう。そう思うと、降りようなどという気持はどこかへすっとんでしまった。

女でも、子供でも、年寄でも、誰でもいいから乗ってくれれば助かるのだがと、そうあるように祈っていたが、ホームはしいんとしずまった深夜の風情で、一人も乗ってくるものはない。シュッと扉がしまって、また電車が走りだした。

しばらくすると、車体が軋んで緩衝器がガチガチ鳴りだした。五番線はこのあたりの地下で、北から東へ大きくカーヴしている。カーヴの終ったところは、南北線からの乗換えのある駅だから、乗客があるだろう。こんな思いをするのも、あと五分ぐらいの辛抱だと、じっと息をつめていたが、その駅でも誰も乗ってこない。小田は毎日この線で河むこうの画塾へ通うので、よく知っている。これから先は、八時というと寝てしまう、勤め人や職人どもの住んでいるつましい区域で、夜更けの乗客などは期待できない。思いきって飛びだす勇気があればのことだが、さもなければ、この連中が降りるまで、動かずにいるよりしようのないことになった。

悪党どもは相変らず上機嫌で、葉巻に火をつけて死人の口にくわえさせ、肩を叩いたり、指先で山高帽を弾《は》じいたり、あくどいふざけかたをしながら、生きた人間にするように、なにか話しかけては笑っている。顔は山高帽に隠れて見えなくなったが、意外な方角へ突っぱりだしたどす青い死んだ手が、宙に浮いたかたちでガラス窓にうつっている。車体の動揺につれて、それが小田を招くようにヒョイヒョイと動く。眼に残ったら悩まされるこったろう。見まいと思うのだが、鼻先でチラチラするので、つい見てしまう。

どういう素質の男か、聞いてみないことにはわからないが、細っそりとした上品な手のかたちや、趣味のいいジルコンのカフス釦《ボタン》や、念の入った外套の仕立や、そういうざっとしたことから推しても、一廉《ひとかど》の好尚に通達した卑《いや》しからぬ人柄を想像させる。

ひょっとすると、殺されたのかもしれない。そうかもしれない。そうでないかもしれない。殺されたのだろうと、卒中で死んだのだろうと、死体から受ける無残な印象にちがいがあるわけではないが、ほかにいくらでもやりようがあろうのに、一見、歴然たるなまなましい死体を、むきだしのままわざわざ地下鉄で運ぶというのは、どういうことなのか諒解《りようかい》できない。

チュイルリーの庭や、シャンゼリゼェの並木道からながめているぶんには、パリも美しい街にちがいないが、いちど裏側へ入ってみると、悔恨を知るいとまもないような雑多な罪と悪が、一文明全体を感じさせるほど押しあいへしあいしている。小田が宿にしている救世軍の「民衆の宮殿」は、幾百かある簡易宿泊所のうちでも行き届いたほうの口だが、それさえ、人を殺すくらいなんとも思わない、種属の変種といった気魄《きはく》のある連中がうようよしている。

この世に、善人だけの都会などあるわけはない。悪党も、人でなしも、みな社会の産物で、牧師などとおなじような自然的な存在にすぎない。必要があれば、人殺しもするだろうし、死体だって運ぶだろうし、それについてはとやかくいう気はないが、十尺と離れていないところで、死体を玩弄《がんろう》して高笑いするといった、手のつけられない麻痺状態を、否応なしに見せつけられるのはやりきれたものではない。

椅子の背越しに、チラと後部の席を見ると、勤め人らしい中年者の夫婦は、なにも知らぬげに、顔を寄せてしんみりと話しこんでいる。結局のところ、こういう事実を見ているのは、天にも地にも自分一人だけらしい。すぐ眼の前でこんな非人間的なことが行われているのを承知しながら、見ぬふりをしている。といって、なにができるわけのものでもないのだから、見すごしにするほかはない。

この初老の紳士には、たぶん細君も子供もいて、つい昨日までは生きて動く人間並みの営みをしていたのだったが、今日は因果な死体に凝りかたまり、こんな輩のなぶりものになりながらどこかへ運ばれて行く。悪党どもの行態を見ても、まともなおさまりかたをするとは思えない。話に聞く、パリの大暗渠《あんきょ》にでも投げこまれて、行方知れずというようなことになってしまうのだろう。

そういう小田自身、むこうに夫婦者が乗っているから一時を保ち合っているが、あの二人が降りてしまったら、どんな目にあうのか知れたものではない。

アメリカでもそうだったが、このパリへ来てからも理由のない言いがかりをつけられたり喧嘩の傍杖《そばづえ》をくって思わぬ怪我をしたこともある。何百万という人間が寄合った、複雑な大世帯のなかで生活しているかぎり、誰にも煩わされずに暮すことはできない。こういう災難は避けられぬものなのだろうが、いずれ首でも締められて、トンネルの暗闇へ投げだされるのかと思うと、背筋のあたりがぞよぞよする。この電車の乗りかけに、いつになく気持が浮いてうろうろしたが、あれは虫が知らすというやつだったのかもしれない。もう一と電車早いか遅いかしたら、こんな目にあわずにすんでいたろうと思うと、忌々《いまいま》しくてたまらない。

電車は車中の劇的邂逅《かいこう》におかまいなく、動いたりとまったりしながら無関心に走りつづけていたが、いくつか駅をすぎたのち、小田の降りる駅［サン・ジャック駅］のホームへ辷りこんだ。いよいよとなったら、終点まで乗越して、車掌か掃除夫に助けてもらうほかないと、儚《はかな》い算段をしていたが、悪党どもは、小田の存在などたいして苦にしていないふうで、無造作に死体をホームへ抱えおろすと、左右から吊りあげるようにして、大騒ぎをしながら改札口を通って行った。

小田は電車からよろけ降りると、電車の赤い尾灯がトンネルのなかに吸いこまれて行くのをながめながら、一と時、ホームのベンチでぐったりしていた。

不実をした後のような、やる瀬ない悔恨の情が心にしみとおり、なにか物憂く、物悲しく、身動きもせずに茫然としていたが、こんなことをしていてもしようがないと思い、気を変えて、出口のほうへ上って行った。

足跡に降る雪

路面へ出ると、いちめんの雪で、広場の獅子の像の背中がまっ白になっている。

スキーのシュプールのような雪畝《うね》が平行線を描いて、地下鉄の出口から天文台のほうへまっすぐにつづいている。悪党どもが死体をひきずって行った跡なのだが、暗い空からたえず雪片が舞いおり、いま降ったばかりの新雪の上になお雪が降りつんで、見る見るうちにそれがおぼろになっていく。

小田は出口のそばのガス灯の下で、腕組みをしながら立っていたが、いつもはうるさく走りまわる移動警官が、元日のせいかすこしも姿を見せない。近くに監獄や天文台があって、ふだんでも閑静すぎる界隈だが、雪の午前一時というのだから、犬っころ一匹歩いていない。警官が来たら、見ただけのことを言ってやるつもりで待っていたが、寒さがこたえてくるにつれて、そんなことをしているのも、バカらしく思いだした。

パリという大都会では、こんなことは毎日のように起る平凡な出来事なのであろうし、死体になった紳士にしてからが、善人だとはきまっていない。なにか気負っているようだが、下手に差出口《さしでぐち》などすると、それからそれと面倒が起きて、うるさいことになる。明日の朝、なにごともなくまた太陽がのぼるのを見たら、おっちょこちょいな真似をしないでよかったと思うこったろう……

そんなことを考えていると、唱歌弥撒《ミサ》の帰りらしい三人ばかりの神学生にまじって、二十四、五の若い女のひとが地下鉄から出てきた。小田が立っているのを見ると、

「ちょいと、あなた小田さんでしょう」

と言いながら、そばへ寄ってきた。

「ゴブラン館［ゴブラン織製作所］の近くまで帰るんですけど、送っていただけないかしら。監獄の前、とっても一人じゃ通れないわ」

広場からむこうへ降りると、アラゴという通りで、丸石を野面《のづら》に積んだ陰気なラ・サンテ監獄の塀が、ものの一町ほど片側につづいている。パリの刑場で、いまでもこの前で断頭台を組みたてる。監獄の石塀は、死刑囚の涙と歎息《たんそく》に湿って、年中、乾くことがないなどといわれる。じめじめした暗い雨夜などは、小田でさえ、一人で通るのはぞっとしないのだから、女のひとはなおさらのことだろう。

「お送りしましょう」

小田は『パリ案内』をだして、スケッチをしたところをむしりとって細く裂いて捨てると、これで今夜の出来事にキッパリと結末をつけた気になり、名も知らない女のひとと肩を並べながら、監獄のほうへ歩きだした。

「ゴブラン館のどちら側です」

「坂下までで結構よ。いきなりで、ごめんなさい。でも、しょっちゅう地下鉄でお逢いするわね」

女にしては額が広すぎる。顎の張った、きかぬ気らしいこの顔は、そういえば地下鉄でよく見かける顔だった。

「あなたはクレーベルで降りるでしょう。あの辺にお勤めでもあるの」

「画塾があるんですよ。フォーヴレェというたいへんなアトリエが」

「へえ、絵を描くかただったの。いつも赤葵色《モーヴ》のベレェをかぶっているから、『アクシヨン・フランセーズ（フランス行動）』［極右の政治団体］の突撃隊かなんかだと思っていたのよ」

パリにいる日本人はみな気むずかしくて、知らない人間と口をききたがらないが、このひとは特別らしい。それにしても、どうして名を知っているのだろうと思って、たずねてみた。

「僕は小田ですが、どうして僕の名を知っているんです」

「あなた、救世軍の宿泊所にいるんでしょう。あそこは、朝と晩と、二度食事がついて、一週五十フランなんですってね。いまパリで、一週間、五円でやっている日本人、あなたぐらいのものでしょう。あたしも入れてもらいたかったんですけど、女はだめだというんで、がっかりだったわ。そのとき、小田さんという日本人がいるってことを聞いたんです。そういうわけだったのよ」

小田の生活も苦しいが、この人も豊かにやっている組ではないらしい。黒ずくめで、見かけはすっきりしているが、その気で見ると、帽子にも、外套にも、どことなく貧の憔《やつ》れが感じられる。

「あなたは、どういう勉強をしているひとなんです」

「言語学……というとえらそうだけど、フランス語の先生の免状をとって、アメリカの田舎の大学で、初等フランス語を教えるぐらいのところが望みなの」

そんなことを言いながら、監獄の塀に沿って歩いていると、坂の下から山高帽をかぶった二人連れの男が上ってきた。

さっきの悪党どもは、天文台のほうへ行ったから、こんなところから来るはずはないのだが、肩幅の張ったのと、ひょろりとしたのと、恰好の組合せがさっきの連中によく似ている。

小田がとまったので、勢い女のひとも足をとめた。

「なんなの」

なんだと聞かれても、この説明はむずかしい。こんなさびしい場所で女のひとに言えるような事柄ではないから、言葉を濁《にご》して歩きだしたが、双方の距離がちぢまるにつれて、小田の胸のなかが波だってきた。

そのうちに、たがいの顔が見えるところまで迫った。恰好は似ているが、さっきの二人とはちがうらしい。ぼんやりした雪明りながら、どちらもいかめしいような口髭をはやしているのがわかる。助かったと思いながらすれちがいかけると、その二人がいきなり前に立ちふさがった。

「………」

底の入った渋い声で、なにか言っているが、小田にはよくわからない。マゴマゴしていると、女のひとがひき受けて応対しだした。

「なんだというんです」

「保安局の刑事なの。身分証明書《キャルト》を見せろって」

それで、小田はまたハッとなった。

パリに居住する外国人は、警視庁発給の写真入りの身分証明書を持っていることになっている。うっかり持って出なかったばかりに、その場から北停車場へ連れて行かれて、ベルギーへ追放された日本人があった。むずかしいことは知っているが、百フランの印紙代を惜しんで、小田はまだもらっていない。

女のひとは察したらしく、

「ごまかしてしまいますから、平気な顔をしていらっしゃい」

そう言うと、手提げから自分の身分証明書を出した。私服は写真と女のひとの顔を懐中電灯の光で照らしあわせてから、ローマ字綴りの名を読みにくそうに読んでいる。女のひとは、

「タカマツユキコ」

と名乗っておいて、早ッ口になにかまくしたてると、私服はそれで諒承して、坂上のほうへ上って行った。

「どう言ってごまかしたんです」

「連れはなんだと聞くから。子供ですって……赤いベレェなんかかぶっているから、女の子だと思ったかも知れないわ」

と、なんでもないように笑ってみせた。

そういえば、子供には身分証明書がない。親権者の名と並べて名を書きこむだけでいいと聞いたことがある。まだ娘々しているが、気転のきくひとにちがいなかった。

「お蔭さまで……あなたがいなかったら、ひどい目にあうところだった」

「うるさくてしようがないわね。あたしなんか、今夜はこれで三度目よ」

「なにかあったんですか」

「スタヴィスキーが逃げて、まだつかまらないからなんでしょう。その騒ぎなの」

降誕祭の翌日、画塾仲間のアメリカ人の画学生どもがアトリエのストーヴのまわりに集って、ストラヴィンスキーに逮捕状が出たというような話をしていた。ストラヴィンスキーはいま生きている最大の音楽家だぐらいのことは、小田も知っている。驚いて聞きかえすと、ストラヴィンスキーではなく、スタヴィスキーという政商まがいの高利貸しの話で、大笑いになったが、二、三日前から、どの新聞の見出しにも、スタヴィスキーの名を見かけるようになった。通りの新聞売店《キオスク》には、「政治の腐敗」とか「フランスの危機」とか、どぎつい語句をつらねた刺戟的なビラがベタベタ貼ってあるので、フランスに大きな疑獄事件のようなものが起きかけていることは、小田も察していた。

「僕は新聞なんか読んだことがないから、全然、知識がないんだが、一と口にいうと、どういう騒ぎなんですか」

「どういう騒ぎ、っていっても……」

そう言うと、なにか気がさしたふうで、曖昧に口籠《くちごも》ってしまった。

「いいですよ。たいして興味のあることでもないから……つまり、アメリカにあった、ハーデイング大統領の『暗黒内閣』のような事件なんでしょう」

「そうなんでしょうね。この事件が明るみに出ると、フランスの職業政治家は全滅するだろう、なんて書いてあったわ」

「スタヴィスキーって、どんな男なんです。ロシア人のような名だけど」

「フランスに帰化した白系ロシア人らしいわね……信託会社と金融金庫を、七つとか八つとか持って、フランスじゅうの賭博場と新聞を支配して、首相や大臣は友達で、警視庁と保安局の官吏はみな仲間で、何十億という財産を握って、ミス・パリと結婚して、シャンゼリゼェのクラリッジ・ホテルを買切って、王様のような贅沢な生活をしているって」

「知らないなんていうけど、よく知っているじゃないですか」

「どうせ新聞の受売りよ」

　監獄の前をすぎると、いくらか明るい町並みになった。そこの横通りに救世軍の「民衆の宮殿」があるのだが、なぜか帰る気になれないので、そのまま通りすぎてしまった。

「いぜんなにをしていた男なんだろう」

「いぜんはアレックスといって、モンマルトルの通りをスリッパで歩くようなひどい生活をしていたそうよ」

「アル・カポネのフランス版か……つまりはギャングのボスみたいなやつなんでしょう」

「ギャングともちがうんでしょうけど……どこの大公使か、使節かというようなおしだしで、魅力のある、たいへんなハンサムだというの……でもね、写真を撮られることがきらいで、逢ったひとのほかは、どんな顔をしているか、誰も知らないっていうの」

「なんだか神話みたいな話ですね」

調子づいた受けこたえをしているうちに、なんの興味もないくせに、しきりに話を釣りだそうとしているのに気がついて、嫌な気持になった。

この女のひとにかぎったことではないが、他人から好意をもたれたいなどと思わないので、心にもないお世辞をいったり、調子を合わしたりする、下司な迎合はしないことになっている。格別、なんだとも思っていない女のひとに、なんのつもりで、ご機嫌とりみたいな真似をしているのか気がしれない。どうしたわけだと考えているうちに、間もなくいきあたった。益もない会話を無理矢理ひきのばそうとしているのは、一分でも長く時を稼いで、そうでなくとも、あまり気持のよくない、宿泊所の暗いベッドへ入る時間を遅らそうという魂胆なのだと、諒解した。

なんともいえない不快なショックが神経の末梢に残っていて、凍りついたような死体の異様な表情を思いだすと、胃の腑にこたえてムカムカと吐きそうになる。あの顔が眼について離れない。忘れようとしたって、忘れられるものではない。今夜は眠られそうもない。電灯一つない真っ暗闇の部屋で、朝までおびえているのかと思うと、考えただけでも憔《やつ》れてしまう。このひとを離すまいともがいているのも、いわれのないことではなかった。

今日ばかりは、一人にされてはたまらない。小田はいそがしく頭をまわしながら、あれこれと話を繰りだしているうちに、ゴブランを通り越して、ひどく辺鄙《へんぴ》なところへ出た。

ゴミゴミと家のたてこんだあいだに、どこへ行くともない路が延び、雪幕のむこうに、ガス・タンクの黒い輪廓がぼんやりと浮きあがっている。

「へんなところへ来てしまった。ここはどこでしょう」

「ショアジィ。そろそろ市外になるところよ」

「日本でね、子供のとき、大晦日は夜明しするものにきまっていたんです。僕は下町でしたから」

「あたしもよ。十五ぐらいまでだったけど、除夜の楽しさは、いまでもおぼえているわ。浮き浮きして、眠られないのね」

「今夜は、日本にいるような気になっちゃったんだなァ。ご迷惑だったでしょう」

「迷惑なんてこと、ないわ。いっそのこと、夜の明けるまで歩きましょうか。あたしは平気よ」

「朝までといったら、たいへんだ。そんなことをしたら、へばってしまいますよ」

「今夜は、宿へ帰ってすくすくと寝てしまう気になれないの。お嫌でなかったら、もうすこし歩かないこと」

「いくらでもおつきあいしますが、熱い珈琲でも飲みたいところですね。開いているキャフェはないかしら」

「あってよ。ひどいところだから、びっくりなさるかもしれないわ」

「もう、どんなところだって」

「じゃ、ご案内するわ」

しばらくすると、閉めこんだような低い家並みに囲まれた、小さな広場へ出た。雪闇の町角に、キャフェらしい明るい窓が見える。

「あれがそうなの」

扉を押して入ると、ほっとするほど暖かい。安食堂と撞球場を兼ねた貧相なキャフェで、スリッパを突っかけたのや、寝間着の上に外套をひっかけたのや、ほろりとするような晴着をひっぱった、おばあさんのようなのまでまじって、五組ばかりの男や女が油布のテーブル掛のかかった丸卓を囲んで、年越しのお祝いをやっていた。

亭主らしいのが高松に、おめでとうというようなことを言い、奥のテーブルで遊んでいた子供たちをむこうへやって、二人の席をつくってくれた。居あわす連中はみな顔なじみらしく、高松のほうへ振返って、親しげな微笑をうかべながらうなずいてみせる。

「高松さん、いい顔なんだね」

「え、そうなの。パリに着いた当座、一年ばかりこの近くに住んでいましたから……それに、ここはお帳面がきくのよ。珈琲なんかやめて、熱い葡萄酒でも召しあがれ。そのほうが暖かくなるわ」

そういうと、テキパキした調子で煮葡萄酒《ヴアン・キユイ》を二つたのんだ。

庶民階級の代表的な冬の飲みものが、湯気をたてながらあらわれると、高松はちょっとコップをあげて、

「おめでとうございます。こんなところにいても、新年は新年……ね。めでたいようなことは、なにもないけど」

すらりとそんなことを言うと、差しかまいのないようすで、コップを吹き吹き葡萄酒を飲みだした。

齢にしては世馴れた、できあがった感じだが、卑しそうなところはない。どういうひとなんだろうと思って、あらためて顔を見た。

さっき子供っぽく見えたのは、雪明りと青白いガス灯の光のせいだったのだろう。こうして向きあってみると、二十二、三という若さではない。角のついた男額で、眉が黒々とし、唇が

力んだようなかたちになっている。ありきたりの美人型ではないが、素質のよさを感じさせる清潔な顔で、はっとするようなきれいな眼をしている。

美しい眼や、かたちのいい眼はいくらもあるが、こんなきれいな眼に、このところ久しく行きあったことがない。他人を描くというしがない業でも、十年近くやっていると、眼を見ただけで、どんな生活をしている人間かわかるようになる。こんなきれいな眼をもっているのは、無益な欲望につかれず、他人を傷つけず、貧しい、平凡な生活を愛して、なにか一つのことに打ちこんでいる人間にかぎる。

「さっき僕のことをなんとか言ってたけど、あなたも相当な達人らしいね。パリのキャフェでお帳面がきくなんてのは、たいした貫禄ですよ。羨ましいくらいなもんだ」

高松はいっこう酔いもしない冴えた表情で、小田の顔を見返しながら、

「そんなふうにおっしゃるほどのことでもないのよ。お帳面というと聞えがいいけど、食べるとすぐ台所へ行って、仕事をして返すんです。即時払い、ってところ……あたしたち仲間はみなやっているわ」

金はないわけではない。そういう性分で、小田もずいぶん割切った生活をしているが、まだそこまでは及んでいない。パリにいる日本の女のひとは、金を使うことしか知らないぐうたらばかりだと思っていたが、こんな女性がいるとは、頼もしいかぎりだった。

「なかなかたいへんでしょう。ヨーロッパはせち辛《がら》くて、日本やアメリカのように、他人のことなんか考えてくれないから」

「あたし、着たきりでアメリカを飛びだしてきたもんだから、最初の三年の生活は、それはひどいもんだったわ」

小田は煙草の煙のあいだからつくづくと高松の顔をながめていた。そのうちにどこで見た顔だったか、ようやく思いだした。

いろいろな民族が、その国の服装で出てくる、『世紀の朝』とかいうレヴュ映画の大詰めに、振袖を着て画面の隅に立っていたのはたしかにこの顔だった。映画のエキストラに出るところまで、貧乏が焦げついているのでは、たいへんにちがいない。

「それで、いまは?」

「いまはあるひとから、毎月、五百フランずつ学費の補助を受けているの」

「五百フランというと、五十円でしょう。それでやっていけるんですか」

「やっていけなくとも、やっていかせるだけのことですが、そのことで、いま問題が起きているの。考えにあまって悩んでいるところなんだけど、聞いてくださるかしら」

「聞かしてください。パリの貧乏話なら、参考になりますから」

「学費のことですが、それが、変なぐあいのものなの。学費を出しているのは、モーリスというひとなんだそうですが、どこに住んでいて、なにをしているのか、教えてくれないの。十八区のオルナノ通りのアパートに、アンリという秘書がいて、月の終りに、つぎの月の分をもらいにいくだけ……面倒がなくて、結構なようなもんだけど、それでも困るのよ」

「困る、っていうのは」

「この話は、あるひとを介して、むこうから申出《もうしで》があったんですが、そのことからして妙なのね……秀才なら、見こまれるってこともあるでしょうが、あたしなんか、才能も、ひらめきもない平凡な学生で、属目《しょくもく》を受けるようなことはなにもないんだから、考えちゃうでしょう。それに、どんな方法で、いつまでに返済すればいいのか、そういうことはぜんぜん触れないの……たとえわずかな金にしたってよ、たいして役にたちそうもない、才能のない東洋人の学生に、見ずしらずの外国人が無条件で学費を出すというのは、いったいどういうことなんでしょう」

世の中には、他人を幸福にしてやることに、生甲斐《いきがい》を感じるといった奇特なひとが、案外、大勢いるもので、見聞の狭い小田でさえ、なんの縁故もない日本人を大学へ通わせているアメリカ人を、何人か知っている。

「隠れて善行をしたいという、慈善家のタイプだってあるんだから、そんなにむずかしく考えることはいらないいんじゃないかな」

「あやしいのはこれからなのよ。一昨日の午後、いつものものをもらいにいくと、アンリという秘書が、来月分の学費は、アルプスの別荘まで取りに来させるようにと言われているから、パリでは渡せないと言うのよ……たった五十円ばかりの金を、そんなところまで取りに行っていたら、往復の旅費でいくらも残らないでしょう。そんなバカなことってないから、困るって言うと、モーリスさんは暮の二十六日から山の別荘へ行っているが、いい機会だから、一週間ほど休養させてあげようと言うんです。一人で退屈なら男の友達でも連れていらっしゃい。あなたのほうはもちろんだが、失礼でなかったら、その方の旅費も出さしていただく……あたしはべつに休養なんかしたくない。大試験が迫っているので、時間が惜しくてたまらないところなんですから、そう言って断ると、アンリが、ああいう人たちは気まぐれで我儘だから、それだけの理由なら、気持に逆らうようなことは、しないほうがいいのじゃないか……というのは、招待に応じなければ、もう学費を出さないということなの」

「はっきりそう言ったんですか」

「そこまで言われたら、ほかに意味のとりようがないじゃありませんか。前からわかっていれば、覚悟もするし、働く口も探せるでしょうが、いまいきなりじゃ、どうしようもないわ。この一週間、たった二十フランでやっていたくらいなんですから……小田さん、あなた、どんな印象を受ける？　困っているのにつけこんで、むりやりそんなところへ連れだすんだとしか、あたしには思えないんだけど」

「学費の補助をしている学生を、冬の休暇のあいだ暢気《のんき》に休養させるくらいのことは、保護感情のある人間なら、誰でもやるだろうと思いますがね。もっとも、アルプスといってもいろいろだが」

「別荘のあるのは、シャモニーの近くで、セルヴォスというところなんですって」

「シャモニーってのは、モン・ブランの麓にある贅沢な冬の遊び場でしょう。アメリカの金持がよく出かけて行くらしいが、世界の遊覧地で、いちばん金のかかるのは、エジプトのカイロと、アルプスのシャモニーだと言いますね。僕のような貧乏人は、写真で見るくらいがせいぜいで、行こうたって行けやしない。勿体ない話じゃないですか。なにがそんなに不安なんです」

「アルプス行の切符は、三日も前から駅前の旅行社《アジャンス》にとってあって、それをもらって、汽車に乗りさえすればいいようになっているんですけど、あたしのような貧乏学生の扱いにしては、念が入りすぎていて、どう考えても普通でないようなの」

「たとえば、どういうところが?」

「どういう意味の補助なのか、どういった性質の金なのか、なにも知らない。パトロンに逢ったこともなければ、顔を見たこともない……現実は小説の焼直しじゃないから、『足長おじさん』のアボットのような、夢みたいなことがあるはずはないでしょう。いい気になって甘えていると、将来、ぬきさしのならないことになるんじゃないかといった不安が、この一年のあいだ、心から離れたことがなかったわ……そんなところへひっぱりだして、なにをするつもりなのか、それであたしをどうしようというのか、わからないけれど、企んだような、不自然なところがあって、なんだか嫌でしょうがないのよ……その一方、こんなことは、みな妄想かもしれないと思うし……そうだったら、せっかくの厚意を押しやって、自分から不幸になるようなもので、こんなバカな話はないでしょう。考えると、どうすればいいか、わからなくなってしまうの」

そういうことは、自分でぶつかってみるほか、他人に相談したって解決のつくものではなかろう、と小田は言いかけたが、よけいなことだと思って、口をつぐんだ。

パリという冷淡な都会で、切りつめた暮しをしていると、貧乏と孤独の葛藤《かっとう》から生じる、得体の知れない憂鬱症《ゆううつ》にとりつかれて、わけもなく人恋しくなることがある。小田にもおぼえがあるが、誰でもいい、しゃべってさえいれば気が晴れるので、見も知らないひとに、アルプスの贅沢な冬の遊び場へ招待されたなんていうのは、たぶん夢なのであろうから、とやかく言うことはいらない。だまって聞いていればいいのだと分別した。

さらさらと雪ずれの音がする。通りに向いた小窓に、雪間《ゆきま》の空明りがさしていたが、いつの間にか、また降りだしていた。三尺四方ぐらいの灯影のなかで、雲母《きらら》のように光りながら、窓ガラスに雪絣《ゆきがすり》の模様をかいては、すうっと闇に消える。

「くだらないと思うかもしれないけど、でも、まんざら理由のないことでもないんです。学費を渡してくれるアンリという秘書が、モーリスと言うべきところを、アレクサンドルとまちがえて言って、よくあわてることがあるの。そのときは、べつになんだとも思わなかったんですけど、スタヴィスキーが、どうした、こうしたという騒ぎになってから、そのことがひどく気にかかるようになったの……モーリスは、暮の二十六日に、アルプスの別荘へ行ったと言うんだけど、スタヴィスキーの名は、アレクサンドルで、そうしてパリから逃げだしたのは、二十六日の夜だったって……、モーリスというひとの素姓に、なにか、くにゃくにゃした、わからないところがあるでしょう。モーリスというひとは、ひょっとするとスタヴィスキーなんじゃないか、なァんて、思ったりして……」

夜食を終ったむこうの組が、流行歌のレコードをかけて、狭いところで踊りだした。

夜となれば、恋人たちは、
パリの屋根の下で、巣をさがす。
二十歳の年、春の夜《よ》のことだった……

「パリの屋根の下、か……ともかく、パリってのは、えらいところだよ」

煮葡萄酒《ヴアン・キユイ》を飲みながら、小田は唇の端でつぶやいた。

ワルツのメロディにもつれて、さらさらと雪が鳴る。テーブルに頬杖をついて、かすかな雪ずれの音を聞いていると、ふと故国の思い出がかえってくる。元日の暗い夜明け前、地下鉄で死人を見て、こんな場末のキャフェで、さっき逢ったばかりの女のひとの、あてどない話に耳を藉《か》している。あまりにもとりとめない境涯で、われともなくほろりとする。

「これは言わないつもりだったけど、モーリスというのは、もしかしたら、あのひとじゃないかという心あたりがあるのよ……一昨年の暮のことだったわ。名も知らないひとに、死ぬまで忘れられないような親切をうけたことがあったの」

急に声が変ったので、小田はおどろいて高松の顔を見た。声だけではない。力んだ加減の、きつい調子が消え、うっとりした、やさしい表情になって、うるんだような眼のなかが、色っぽいくらいに見えた。

「今日のような雪の降る夕方、三日もなにも食べずに、さすがにまいってしまって、ビュット・ショーモンの公園の小道をトボトボ歩いていると、四十七、八の中年の紳士が、なにも言わずにサン・ジョルジュの近くのレストランへ連れて行って、夕食をめぐんでくれたわ……空腹という切実な問題はべつにして、ひどくまいっていた娘の心を、いいほどにいたわってくれた親切が胸につかえて、ぼーっとなって、しばらく町角に立っていたわ……金があって、どんな気まぐれでもやれるひとは、ときには、行きずりの貧乏な女学生に夕食をめぐんで、名も言わずに行ってしまうような、洒落たこともするんでしょう。いつまでもおぼえていられたりしては、かえって迷惑なんでしょうけど、せめてもの記念に、もういちどうしろ姿だけでも見ておこうと思って、大急ぎで駆けだして行ったけど、どこを見ても雪ばかりで、足跡も残っていないの。いまのひとは、人間ではなくて、人間の風俗をした守護の天使ではなかったかというような気がして……」

いつの間にか、眠ったのだとみえる。眼をあくと、五時になりかけていた。高松は帰って、始発の環状線で働きに行く労働者の一団が、寒そうな恰好で、朝の珈琲を飲んでいた。

とりとめのない日

悪く底冷えする雪曇りの午後、小田は寝不足で充血した眼をしょぼつかせながら、帽子も外套もない貧相な恰好で、宿泊所の門から出てきた。

コルドリエール街の二十九番、「民衆の宮殿」という壮大な名称をつけた救世軍の簡易宿泊所は、軍隊の建前で、居住も、給養《きゅうよう》も、すべて兵営の式になっている。受付でクーポンの宿泊券を買うと、一日七十銭の割で、ドアに鍵のかかる一坪ほどの独房《ドルトアール》をあてがったうえ、元日のほかは、朝と夜と、二度の食事までまかなってくれる。

雨天体操場のような広いところに、六尺ほどの板壁で仕切った、一側十六の居住を四列に並べ、各房ごとに、軍隊ベッドと、物入れのロッカーと、聖書が一冊ついている。

側板の仕切はあっても、天井なしの吹きぬけだから、間仕切をちょいとまたげば、自在にどの房へでも入りこめる。ドアがあるのがおかしなくらいのものだが、身に暗いところのある、隠しごとの好きな連中には、ドアに鍵がかかるという一点が、非常にお気にめすふうで、すぐそばのラ・サンテ監獄から放免された出獄者は、みなここを定宿にしている。浮浪者、ごろつき、掏摸、かっぱらい、といった気働きのある輩が、好んで寝にくるにぎやかな宿なので、大切なものは佐竹に預け、部屋にはなにひとつ置かないくらいに用心していたが、昨夜の疲れで、ぐっすり眠りこけているあいだに、外套とベレェを持って行かれてしまった。

胸部疾患の素質のある、顔色の悪い安南《アンナン》の青年で、ハノイ大学の委託学生だということだったが、外套もないようなひどい生活で、冷雨《ひさめ》に濡れて帰ってきては、隣の独房で夜どおし咳をしていた。冬の休暇を利用して、南の暖かい海岸で、ホテルの給仕でもしながら風邪をなおしてくると言っていた。事務の士官にきくと、あの学生なら、正午近く、外套を着こんでやってきて、転出の手続をしていったとおしえてくれた。

アメリカでは、木樵《きこり》か漁師しか着ない毛布仕立の安外套で、パリのまんなかへひっぱりだせるような代物ではないが、暖国生れの貧乏な学生には、それさえたいへんな魅力だったのだろう。十年近く着古したやつだから、惜しいことはないが、前夜の地下鉄の事件にやられて、気持が弱っているところだったので、なにかひどくこたえて、憂鬱になった。

十月の末から日並《ひなら》べて冷雨が降り、ときにはみぞれ、ときには雪。朝の八時はまだ闇で、午後は三時になると匆々《そうそう》に日が暮れ、三月の中頃までは薄陽《うすび》の顔もおがめない。パリの寒さは、京都の冬に似ているなどという日本人もいるが、それは暖房装置の整った、贅沢なホテルに暮している連中のたわごとで、十二月の入りがけ、セーヌ河に氷のかたまりが浮いて流れる、北緯四十九度の冬のパリで、外套なしでは凌《しの》げない。なけなしのドルを胴巻きからひっぱりだして、駅の両替でフランに換え、「正札屋《ユニ・プリ》」という出来合い専門の百貨店へ、首吊りの外套を買いに行ったが、生憎《あいにく》なことには、元日でお休み。それでまた、がっくりとなったところへ、パン屋から安食堂のはてまで店を閉めているので、腹をふさぐこともできない。

フランスでは満《まん》で齢を数えるせいか、年のはじめなどに、あまり関心をもたない。日本とちがって、寸の詰った、せせっこましい正月で、休みというのはこの一日だけだから、気を揃えて寝正月をきめこむのだとみえるが、あんまりな行き届きかたで、パリじゅうが結託して、小田をいじめにかかっているとしか思えない。

墨色《すみいろ》の筋隈《すじくま》を入れた、気むずかしいすわり雲が、今日も低く垂れさがっている。歩道の縁石《へりいし》に氷花がつき、片陰になった横通りに今朝の雪がそのままに残って、平手でひっぱたくような、やけに冷たい風が、小田の長髪を薙《な》ぎたてては、ドッとむこうへ吹きぬけて行く。

小田は上着の襟をひきあげて、年寄のように背中を丸め、貧乏の身についた情けない癖で、両手の指先に息をふっかけて暖めながら、墓掘り人夫の集まる、墓地裏の三十銭食堂まで戻ったが、やはりいけない。どういう因縁か、パリのガラス屋は、板ガラスや鏡を売るかたわら、セーヌ河で釣れるグゥジョンという骨っぽい川ハゼの天ぷらと、揚馬鈴薯を食わせる。もしやにひかされて行ってみたが、そこも閉まっている。

なにひとつ思うように疎通してくれない、異郷の生活にあっては、不如意と不本意はつきもののようなものだが、それにもほどがあろうというもので、あまり度重《たび》なると、憂鬱の種になる。パリの暮しも面白いうちはいいが、いちど厭と感じだしたら、なにもかも厭になり、二《に》っ進《ち》も三《さ》っ進《ち》もいかないようになってしまう。それでなくとも、身も心も寒い他人の国の冬景色のなかを、外套もないみじめな態《ざま》で、腹をへらしながらボソボソと歩きまわっていると、げにわれは、うらぶれて、ここかしこ、さだめなく飛び散らふ落葉かな、というなにやら詩人の詩は、自分の境涯をうたったのではなかろうかという、いわれのない無常感に襲われ、むやみに故郷が恋しくなった。

アメリカでは、人の顔を描いて暢気にやっていた。見本を持って田舎をまわり、地方の成功者に肖像を描かしてもらう。卵黄で溶いたテンペラという絵具で、ぞっとするように綺麗に仕上げ、その上にニスをかけてピカピカに光らせる。そんなふうに、なが年、似せることばかりに手管を使っているうちに、いつか筆耕家のような筆つきになり、ものの感じをつかむことができなくなった。というのは、どうやってみても、本物どおりにしか描けなくなったということなのだが、世の中には、あまり似せると、売り物にならないような顔もあるもので、アメリカの中西部には特にそういうのが多い。その辺から破綻が生じて、自分の技法に不安を感じるようになった。

パリの第八区、シャンゼリゼェの裏通りにラ・フォーヴレェという名で、アメリカまで知られている肖像画の学校がある。小田がパリへやってきたのは、生仲《なまなか》な写実にとらわれずに、肖像画のための肖像画とでもいうべき、観念の技術に磨きをかけ、いくらかでも商売の間口をひろげて帰りたいと思ったためで、アメリカで稼ぎためた、わずかばかりの貯金に無理な食いのばしをかけ、一フランのはてまで小遣《こづかい》帳に書きこむような、切詰めた生活をしながら、息もつかずに名画のお手習いをやっていたが、このごろ画塾のやりかたに、溶けあえぬものを感じるようになった。

フォーヴレェでやっているのは、もっぱら名画の模写だが、南京木綿やキャラコのカンヴァス、穴熊の毛の画筆というような変った材料を使い、石粉の青とか、白亜鉛とか、雌黄とか、いまはない十七世紀の絵具で、レンブラントでもフェルメールでも、背景と人物のあいだに、重く淀んだその時代の空気が感じられるところまで近づけていく。アメリカにもいくつかこの種の学校があるが、ここまでの努力はしない。こういう精神に触れるだけでも、パリまで来た甲斐があったとひとりで感激していたが、それはとんだ見当ちがいだった。この画塾の教課は名画の骨法を学ばせるのではなく、どうして複製を原画《オリジナル》に通用させるかという真贋《しんがん》つくりの秘伝を教えるのが本領で、弟子どもは、時代をつける絵具の亀裂《ひび》の型や、煤のつけかた、アルコール試験や、石英灯の検査をごまかす欺し手の研究ばかりしている。

知らぬのは小田だけだったが、フォーヴレェという名がすでに、フランス語では「真贋屋」ということで、世界中の名流の客間にある名画の八割までは、フォーヴレェとその弟子どもの合作だと聞かされると、希望をもって真面目に骨を折っていただけに、あてはずれでがっかりし、人間の醜さと、おぞましさだけが目について、パリそのものまでがあまり好きでなくなった。

後世に残る芸術を完成しようとか、傑作を描いて名を成そうなんていう、大外《だいそ》れた野心はもっていない。いわんや、浅墓な模造品を、燻《いぶ》したり、鞣《なめ》したり、針の先で突っついたり、靴屋のやるようなことまでして金をもうけたいとは思わない。おのれの才分のギリギリのところで、注文主に喜んでもらえる程度の肖像を描き、アメリカのどこかの片隅で、誰の邪魔にもならずに、平和に、平凡に、生きていくくらいのところが理想なので、パリかなにか知らないが、たいして益もない勉強に身を憔らせながら、脅かされたり、剝《は》がれたり、食うものも食えずにうろうろするような、こんなことは一切合財《いっさいがっさい》、意味のない、よけいな苦労のような気がしてきた。

小田は失意と落胆が雪風で凍りついたような深刻な顔で、新開地じみたメーヌ大通りの町角に立っていたが、明日の朝までの長い時間を食わずにいるのかと思うと、背骨のあたりに張りがなくなって、どうにもならないほど寒さがこたえてきた。

佐竹の主人の夫婦は、子供連れで暮から田舎へ行っているそうだから、貯蔵の葡萄酒でも持ちだして、フランス人の女中と二人でよろしくやっているのだろうが、気の知れた友達でも、元日ぱなから飯をせびりに行くのは気がさす。どうしようもない。下町の開いているキャフェで珈琲でも飲んで凌ぎでもつけるほかはなかろうと、不平と空腹にはげまされながら、寄席や安映画館の並んだコセコセした通りを降りて、モンパルナスのにぎやかな辻へ出た。

この辺は、大戦以来、ひどくアメリカくさくなってしまったということだが、元日も、ここばかりは平日と変りなく、通りを挟んだ四つ角のキャフェはどこもみな満員で、ガラスの風除《よ》けとコークスの火桶を置いてテラスの椅子に、押せ押せに人が詰っている。午後の第一版が出たところで、またなにか事件があったらしく、通りを歩いている何百人かと、テラスにいる何百人かが、早版の新聞をひろげて、食いいるような眼で紙面を追っている。

小田は電車線路を横切ると、大きな見出しのついたところをヒラヒラさせながら、気ぜわしい声で呼売りしている新聞売り子を横眼で見ながら、角の「ドーム」というキャフェの扉を押した。

なかへ入ると、ほっとするほど暖かい。立飲台の横手にひっそりした席がある。煽扉《あおりど》を押し、横通りに向いた硝子《ガラス》壁のそばの革の椅子におさまって牛乳入りの珈琲を注文すると、給仕が心得たように新聞を持ってきた。

パリの習俗では、十時ぐらいから午後の四時頃まで、キャフェは新聞を読みにくるところになっている。右派も左派もひっくるめ、カトリックの機関紙から産業新聞まで、依怙贔屓《えこひいき》なしに揃えておくのがキャフェのつとめになっているが、政治にも、スポーツにも、パリのうるさい市井雑俎《しせいざつそ》などにいささかの関心もない小田にとって、これはまるっきり用のないものだった。

「ありがとう」

とお義理に手にとったが、ひろげるだけのこともしない。スタヴィスキーがマレー氏をどうとかしたという脂《あぶら》ぎった大きな活字が、「アクション・フランセーズ」の題字の下に、いっぱいにはだかっているのをぼんやりながめていたが、給仕が珈琲を持ってきたので、それで新聞はあっさりテーブルの上に投げだされてしまった。

白い珈琲茶碗の受皿に、一フラン五十と値段が刷りこんである。ガラスのコップで立飲みすれば、五十サンチームですむ珈琲に、一フラン五十も払うのかと忌々《いまいま》しくてたまらない。そういえば、昨夜から、煮葡萄酒《ヴァン・キュイ》やらなにやら、小田の生活の科目にない意外な浪費をしている。小田は上着の内隠しから小遣帳をとりだして考えていたが、新春の特別支出ということにし、嗜好娯楽費の名目でめでたく書きおさめると、やっと落着いた顔になって珈琲を飲みだした。

安キャフェの土間の鋸屑《おがくず》の上で立飲みする、菊苣《シコレ》の出がらしとちがって、ゆったりと革の長椅子に掛けて飲む本物の珈琲の味は、値段だけの実質があって、うろたえた胃の腑をほどよくなだめてくれる。小田は機嫌をなおして、手間をかけてチビチビやっているうちに、わきにある新聞の写真にふと眼が行った。

さっき投げだした新聞が、折目のところから山形に立ちあがり、中段ぐらいのところに、網の粗い銅版写真になった昨夜の地下鉄の死体の顔が、大きな眼でじっと小田のほうを見ている。

「あの顔だ」

麻痺したような病的な暗影もなく、眼の位置も正常で、昨夜見た迫るような凄味は感じられない。中年頃の写真らしく、長目な揉上げと細い口髭がよく似合い、アメリカの南部の大地主か、実業家かといった活気のある表情をあふらせ、一見、べつな男のような印象を受けるが、この顔をお手本にしてスケッチまでした小田の眼が、見ちがえるなどということはない。

どういう男だったのだろうと、その興味で新聞をとりあげたが、新聞を卒読《そつどく》するほどフランス語が手に入っているわけではないから、とびとびに単語を辿るくらいのところで、よくわからない。

給仕を呼んで聞いてみると、これはマレーという王党の代議士で、今朝の午前一時ごろ、天文台の近くの雪の中で死んでいたというようなことだった。

「酔っぱらって……辷《すべ》って、転んで……歩道で頭を打って、それでおしまい、ってんです」

手真似と科《しぐさ》をまぜて、そんなことを言っている。

辷ったの転んだのということはありえない。小田の見たところでは、少なくとも、一日か二日前に生命の働きをとめた、完全な死体だった。二人の悪党どもが、雪の上に不幸なシュプールをつけながら、天文台のほうへひきずって行ったのをたしかにこの眼で見ている。

給仕に英字新聞があるかとたずねると、英字版のついた二日前の「ル・ジュール」を持ってきた。社会欄に、「スタヴィスキーとはこんな男」という見出しで、人物評のようなものが載っている。


アレクサンドル・スタヴィスキー（サッシャ、セルジュ、またはアレックス……一八八六年、白露スロヴォトカで生る）と自称するこの人物は、九四年ごろ、父と二人でフランスに流れこんできた。

父はフランス西南部のバイヨンヌ市（こんどの大詐欺事件の舞台）で歯科医を開業。スタヴィスキーは官立高等中学を中退してパリへ出奔、不良の仲間に入った。モンマルトルの暗黒社会では「アレックス」という名で知られ、キャバレの踊り子の周旋や偽宝石売りなどをやり、白奴法（醜業仲介）と窃盗で二、三度拘留された形跡がある。（以後、十八年間の行動は不明）

一九二二年、国際決済銀行関係者の一人として、突然、社会の表面へ大きく浮びあがってきた。フランス代表のボンネ（前蔵相）の懐刀として経済会議に乗込み、ハンガリア農業資金の貸出しで二億フランばかりもうけた。

この年、六ヵ月の刑で入獄。出獄後間もなく百万フラン偽造宝石入質事件でまたもや入獄。父は息子の前途を悲観して自殺した。（スタヴィスキーに尊属殺の容疑があったが、いつの間にかウヤムヤになってしまった）

二八年、出獄。アルレット・シモン（現在スタヴィスキー夫人）と結婚（一男一女あり）。「アレックス商事」を設立し、宝石取引きのほか、あらゆる商売に手を出し、各地の公営賭博場《カジノ》に出入りして巨利を博した。

三一年、バイヨンヌ市会の賛助で市金庫を設立。現拓相（当時、労働相）ダリミエ、商工省保険局長などの保証で、同金庫偽証券発行による七億フランの巨資の借出しに成功して「国際土木融資金庫」を設立。一方、総選挙を機に、左右各党に約四億の選挙費用をバラまき、多数の代議士と新聞（推定、関係代議士三十六名、新聞七社）を買収した。

三二年、仏領南米ギアナ選出代議士、ジャン・ガルモと前の情婦アルシーに宝石偽造の事実を告発されて入獄。翌三三年、わずか七カ月で仮出獄したが、（告発人ガルモ代議士は間もなく怪死をとげた）その後、一度も喚問されたことがなく、過去のすべての前科は、何者かによって前科名簿から抹消されている。（彼は保安局財務部の情報員だったことがあり、現警視総監のシアップは彼の先輩である）

知友関係は、現首相、拓相、法相、農相、前商工相、前蔵相、両院議員、知事、市理事、財務官、十大財閥の代表者など、広範な範囲に及び、最近、四年間に国庫と国民からくすねた金は、表面に出ただけでも十億フランを超えるといわれ、それらの友人たちは、彼の大金略取に応分の援助を与えたものと思われている。彼は逃亡直前まで、パリの一流ホテル「クラリッジ」に住み、王侯貴族のような生活をしていた……

読みたいのはこんなことではない。つぎの頁を見ると、「マレー氏の失踪」という記事にいきあたった。

二十八日の朝、マレー氏は、訪問者といっしょに自宅を出たきり、今日まで消息不明になっている。マレー氏はスタヴィスキーの国庫掠奪の事実に関して、密告及び調査請求付帯の告発をする準備をしていた。

先年スタヴィスキーを告発した仏領南米ギアナ選出のガルモ代議士が、その後、間もなく怪死をとげたことはわれわれの記憶に新たなところだが、マレー氏も同様の運命に、見舞われたのではないかと気づかわれる。王党関係では、当時の目撃者を探している。

記事にあるだけのことは理解した。連れだした二人というのは、たぶん地下鉄で見たあの二人だったのだろう。マレーという代議士は、いつどこで死んだのかわからないが、辷って転んで頭を打ったというような、いい加減なものではなかった。キャフェの給仕などは、なにを言うか知れたものではないが、なんだかさっぱりしない。だからどうだというわけでもないが、死体の所在は、どんなぐあいに片付いたのか、ちょっと知りたいような気がする。

キャフェを飛び出すと、そこらじゅうの売店《キオスク》をきいて歩いたが、今日の「ル・ジュール」の英字版は、売切れて一部も残っていない。どうしたのか、今日は思うことがひとつもすらりといかない。

「パリの元日は魔日だよ」

小田は嫌気になって、歩道を歩きながらつぶやいた。

佐竹が働いている家の主人は、パリ控訴院の判事で、刑事部の評定官をしているということだった。評定官というのは、どういうことをする役か知らないが、職掌柄《しょくしょう》、新聞はよく読むのだろう。「ル・ジュール」ぐらいはあるかもしれないと思って、行ってみる気になった。

佐竹のいるバビロンヌ街は、歩いてもいくらもないところだが、気が重いので、モンパルナスから南北線の地下鉄に乗った。

電車に揺られながら、トンネルに反響する車輪の音を聞いていると、昨夜の意外な光景がさまざまと目に浮んでくる。めぐりあわせが悪かったばかりに、地下鉄に乗るたびに、これから当分のあいだ、いやな思いに悩まされるのだろう、などと考えているうちに、たかが新聞を見るくらいのことで、なぜこんなに奔走をするのだろうと、奇妙に思えた。

考えてみると、まんざら理由のないことでもない。小田の父は民政会の幹事で、大正八年の総選挙に神奈川県の第二区から立候補したが、選挙地盤のもつれではげしい狭間《はざま》へ入り、ある朝、選挙事務所から誰かに連れだされたまま、どうなってしまったのか、いまもってわからない。にぎやかな町筋を歩いて行ったのだから、誰と歩いていたか、見たものがあるはずだが、後難をおそれたのだとみえ、とうとう知れずじまいだった。遠いむかしの出来事で、思いだしたこともなかったが、世間の人間の腑甲斐なさにたいする、怨みのようなものが、心のどこかに消え残っていたのだとみえる。悪党どもが死体を担いで改札口から出て行ったあと、なんともつかぬ胸中の苦悶を感じたのは、現に自分がこうあるごとく、おやじの生死の一期《いちご》の折も、こんなぐあいに無情《つれ》なく見すごされたのだろうという、苦々しい実感にうちのめされたためで、あの死体がどうなったか知りたいというのは、あてどのない自責の念のハケ口を見つけたいということなのだと気がついた。

セーヴル駅の地下鉄の口を出ると、すぐ前の売店の売台に、いま着いたばかりの「ル・ジュール」の最終版が並んでいる。いきなり飛びついて、社会欄のところをひろげてみると、死体の発見された前後のようすが出ている。

……発見したのは通りがかりの人。時間は一日の午前七時十分ごろ。マレー氏は自宅から百メートルほど離れた、ダンフェル・ロッシュロー街五十二番地先の歩道で、あおのけになって死んでいた。死亡の推定時間は午前一時から二時までの間。死因は、後頭部挫裂傷、頭蓋内出血……よくわからないが、大体そういったこと。

消火栓が破裂し歩道にあふれた水が凍りついているのを知らずに通った。あおのけに強く倒れ、後頭部を路上に打ちつけての過失死、と見る説が濃厚。

二十八日の午後、同氏がリヨン駅で、パリ＝ディジョンの往復切符を買っているのを見たものがある。誘拐されたというのは風説で、ディジョン方面へ旅行していたものと想像される。

同氏は、三十一日の午後十一時ころ、三人連れでグルネル通りの「ウッド」というバアへ行っているが、その店の給仕は、同氏は泥酔していて、ほとんど前後不覚の体であったといっている。

なお、現場付近に住んでいる某氏は、午前一時頃、路上で酔っぱらいの声を聞いたという。

二十九日以後の足どりと、当夜の同伴者を調査しているが、同氏は三十一日夜、ディジョンからパリに帰り、泥酔して帰宅する途中の災難らしい、云々……

「妙なこともあるもんだ」

仏領アフリカの暗黒街ならともかく、世界一の捜査局と鑑識課を抱えたパリ警視庁の管下で、一目瞭然な死体を地下鉄で運び、住宅区域の道路のまんなかへ放りだすというような低能行為が、そのまま通るはずはないから、簡単に足がつき、悪党どもは逮捕という落着になるものと信じていた。小田としては、すこしも早く事件の解決を承知して、良心のやわらぎを得たいと、ひとりでバタバタしていたわけだったが、こういう成行きで、かえってぐあいが悪くなった。

小田は、歩道へ出ていた塵芥桶へ新聞を叩きこむと、風に吹きあげられながらバビロンヌ街のほうへ歩きだしたが、そのうちに、いつだったか佐竹から聞いたフランスの警察組織の話を思いだし、事件のこういうおさめかたは、いったいなにを意味するのか、すこしずつわかりかけてきた。

佐竹の父は、相当に名を知られた弁護士だったが、幸徳秋水の大逆事件のとき、検事が妄想でデッチあげた虚構の大逆罪にひっかけられ、「言うに忍びざる兇行を演ぜんとした」という理由で、絞首台の露《つゆ》と消えるはずのところ、いちはやく体をかわしてフランスへ逃げ、パリの第八区にあったプランスの父の法律事務所で、死ぬまで書記をつとめていた。専門もちがい、学費に事欠くわけでもない佐竹潔が、プランスの息子の家で学僕まがいの仕事をして、手のかかる家事を助けているのは、先代の情誼《じようぎ》にむくいるというような意味でもあろうが、なおまた、プランスなどの少壮判検事の一団が、ひそかにやっている自由法論団の運動に、興味を感じているためでもあるらしい。

佐竹の話では、この国の警察組織は、やりきれないほど時代遅れで、いまなお徒弟制度の刑事部屋をもち、掏摸や、浮浪人や、詐欺の常習犯をスパイに使っている。

証拠による事実の認定も、裁判官の自由な心証に一任され、行刑の方針は執念深い懲罰主義で、日本では明治時代に廃止された非人間的な流刑を現行し、仏領南米ギアナにある「悪魔島」という亜赤道の流刑地のひどい風土のなかで毎年、千人近くの囚人を破滅させている。

フランスの多数党は、男を女にする以外のあらゆることが出来るという歌の文句があるが、パリの警視庁は多数党政府の完全な道具で、必要があれば、どんな構罪でも、どんな証拠湮滅でも平気な顔でやるといわれている。

フランスの控訴院は、上告裁判所であると同時に、法官、帯勲者《たいくん》、代議士などの始審裁判所になっていて、そういう向きの訴追はもっぱらここでやる。自由法論団は法律の自足主義にあきたらぬ控訴院の少壮判検事が、科学的良心をもって自由な法の探究をする自由法論者の集まりだったが、司法行政の腐敗と堕落に腹をたて、あらゆる妨害に抵抗して政界の汚行《おこう》を摘発しようとしているということだった。

しゃべるから聞いているだけのことで、たいして興味のあることでもなかったが、そういう話を思いあわせると、これはありふれた誘拐事件や殺人事件ではなくて、スタヴィスキーにからむ、政府と自由法論団なるものの喧嘩みたいなものではないかというような気がしてきた。くわしいことは聞いてみないとわからないが、もしそうだとすれば、死体をわざわざ地下鉄で運んだり、道路のまんなかへ投げだしたりする、手のつけられないあくどいやりかたも、それでいくらか理解できる。

この国では、三年前の大統領暗殺以来、暴力と撲り込みが公然と行われ、右翼の新聞は、毎日、誰を倒せとか、誰を殺せとか、殺伐な文字でトップを飾っている。フランスになにか大きな変動が来ようとしている。たぶんこれも異変中の一事件なので、小田孝吉のごときが、気を揉《も》んだり、感傷的になったりするような、他愛のないものではないようなふうだった。

余儀ない逃亡

バビロンヌ街の表通りの家は、二階以上が五間ぐらいの中流住宅になっていて、官庁街に近いので、官吏が大勢住んでいる。

使用人用の裏階段を上って、勝手口の呼鈴を押すと、顔見知りのフランス人の女中が出てきて、佐竹なら自分の部屋にいるというので、また八階まで上って行った。

最上階の屋根裏は、この一廓の家庭で働いている使用人の寝ぐらになっているが、廊下の両側に小さなドアがズラリと並び、ちょっとした船室《キャビン》のように見える。佐竹の部屋は通りに向いた東側で、斜めに雪崩《なだ》れさがった天井に大きな押上《おしあげ》窓がついているので、雲の低い日などは、部屋といっしょに大空を漂い流れているような気持がする。

佐竹は壁際のベッドにひっくりかえって、三時のニュースを聞いていたが、据《すわ》り加減の大きな眼でジロリと小田のほうを見ると、

「どうした。しょったれた恰好をしているじゃないか。外套も着ないで」

と、ぶすっとした調子で言った。

「外套は隣の安南人が持って行った。首吊りでも買おうと思って、『正札屋《ユニ・プリ》』へ行ったが、休みでだめだった。どう考えても、パリなんて、たいしたところじゃないね。上っ面の美しさだけで、心を高めてくれるようなものはなにひとつない。アメリカの貧乏には、それなりに調和があるが、パリで貧乏していると、人間がだんだん下劣になるような気がするよ」

佐竹は、苦味ばしった、というよりは、悪相に近い浅黒い顔をうつむけてだまって聞いていたが、うるさくなったのだとみえて野太い声で小田の話をぶち切ってしまった。

「それはともかく、外套なしじゃ困るだろう。おれのでよかったら、着て行っていいぜ。その辺にスキー帽もある」

「そうだな。じゃ、明日まで借りるよ。寒くてかなわないから」

佐竹の外套とスキー帽を借りて、帰りかけると、アナウンサーが変って、叱りつけるような調子でなにか言いだした。「マレー」という単語がさかんに出る。

「なにを言っているんだい」

「今朝、天文台の近くで死んでいたマレーという代議士のことだよ」

「そいつはさっき『ル・ジュール』の英字版で読んだ。辷って、転んで、頭を打って死んだと

「いう、あれだろう」

「それは警察がいったことだが、いくらなんでもひとを馬鹿にした発表だから、誰も相手にしやしない。右翼の連中は、政府の仕業だといっている。死んだのか、殺したのか、いい都合にして、家のそばまで運んできて捨てたんだろうというわけなのさ」

昨夜、じつは地下鉄でそいつを見たんだと、小田は調子に乗って洩らしかけたが、佐竹に言えば、プランスに通じないはずはないから、うるさいことになりそうだ。あの悪党どもが捕まれば、なにもかもわかることで、自分などが差し出ることはなにもない。もうしばらく言わずにおくほうがいいと思って、やめにした。

「そんなことなのか。それにしては、むやみに怒鳴るじゃないか。僕はまた号令でもかけているのだと思った」

「いまアクション・フランセーズの時間だから、言うことが荒っぽいんだ。誘拐中のマレーを目撃したものがあったら、なんでもかんでも、情報をくれと怒鳴っているんだよ」

「目撃者は出たのか」

「出たら言うことはない。出ないからこそ、わめいているんだろう」

地下鉄に乗りあわした勤め人夫婦は知らない。改札係も知らない。獅子の広場から天文台の近くまでひきずって行く途中でも、誰も見たものがない……とすると、目撃者というのは自分だけだったことになる。いまパリ全市に呼びかけているこの声は、けっきょくのところ、かくいう小田孝吉そのものに呼びかけているのに外ならない、と思ったとたん、また気持にひっかかりができてきた。

小田は佐竹のところを飛びだすと、今日は帰って寝たほうが無事らしいと、なにもかもあきらめて地下鉄のホームへ降りたが、南北線に乗るべきところを十番線のホームへ降りたので、河岸の終点まで連れて行かれた。よくよく日が悪い。大回りをして帰ることにして、そこで、七番線の西行に乗換えると、四つ目にゴブランの駅でとまった。宿へ帰るには、次のイタリー広場で、もう一度五番線に乗換えることになるが、「ゴブラン」という駅の名を見ると、昨夜、寝こんでしまって、送りかえしもしなかったのを思いだして、ちょっと高松のところへ寄ってみる気になった。

ゴブラン館裏のレデットというところは、むきだしの煉瓦《れんが》の煙突や、洗濯物をかけわたした暗ぼったい窓々がひしめく、ひどい貧民区で、高松は、雑多な塵《ちり》あくたを積みあげた路地の奥の、つぶれかけたようなひどいホテルにいた。

遊ぶ精《せい》もないように、戸口に凭《もた》れて通りを見ていた、黒い上っ張りを着た痩せた子供が奥へ駆けこんで行くと、すぐ高松が二階の窓から顔をだした。

「小田です。昨夜は、どうも」

「いま出ますから、ちょっと待って」

五分ほどすると、おかみさんが市場へ買出しに行くような黒い大きな買物袋をさげて出てきた。黒ずくめは昨夜のとおりだが、今日は、なんともいえない面白い色合いの血紅色のネッカチーフを、あるかなしかというふうに襟もとからのぞかせている。

「出かけるところだったんですか」

「ええ……でも、まだ時間があるから。二時間ぐらいだったら、おつきあいしてよ……それはそうと、風邪をひかなくって？　起そうかと思ったんですけど、あまりよく眠っていたから」

曲りくねった裏町を縫って行くと、間もなくイタリー広場へ出た。広場のまわりの家はみな鉄扉をしめている。三時をすぎたばかりなのに、もう暮れかけ、つきはじめたガス灯に冷たい靄《もや》がまつわりついている。いかにも寒々とした風景で、なにも食べていない胃の腑のあたりが、またしてもわびしくなってきた。

「どっちへ行きます？」

「どこって、行くあてもないんだが……元日を忘れていて、昼飯を食いはぐって弱っているんですよ。なにか温かいものを食べさせてくれるところはないでしょうか」

「あら、そうだったの。あたしもなにか食べに行こうと思っていたところ。例によって、ひどいところだけど、それでよかったら」

広場を右に入って、トルビアックの通りをセーヌ河のほうへ歩いて行くと、税関の構内のような感じのする大きな貨物駅に行きあたった。陸橋でむこうの通りにつづいている。陸橋の上へあがると、急に風のあたりが強くなった。橋の両側に身投げ防止の金網が張ってあって、風が吹くたびに咽《むせ》ぶようなわびしい音をたてる。淀んだような夕雲に煤煙がたなびき、赤や緑の信号灯がレールにうつって、寒そうにチカチカ光っている。待避線から出たり入ったりしている機関車の無意味な動きを見ていると、汽車に乗ってどこかへ行ってしまいたいような、あてどのない思いに誘われる。

陸橋を降りたところは、長々とコンクリートの塀のつづく片側町で、トバ口《くち》に、「ル・アーヴル」という屋号を出したその店があった。貨物駅の塀がそのまま店の壁になっている差掛けのバラックで、鋸屑を撒いた裸の土間に粗木の食台をいくつか並べてある。

立飲台のむこうに、人のよさそうな肥《ふと》ったおかみさんがいて、待っていたというふうに、

「ユキ」

と呼びかけ、高松の肩を抱いて、いそがしくしゃべりだした。しきりにモーリスという名が出る。

高松は、うなずきながら、しんみりした顔で聞いていたが、話のきりがついたらしく、小田のそばへ戻ってきて向きあう椅子に掛けると、追いかけるように、おかみさんが大ぶりな白い

瀬戸物の丼とパンを、盆に載せて持ってきた。

両手に余るような大きな丼に、どろりとした重そうなスープがあふれそうになっている。小田は丼を抱えて手を温めてから、スプーンをとっておもむろに一と口啜《すす》ってみた。くたくたに煮くたした人参やキャベツに、ゼラチン質の脂身がまったりとからんで、結構な味だった。

「おいしいですね。このブヨブヨしたものはなんですか」

「それは髄肉《ずい》……ほら、よく犬が銜《くわ》えて遊んでいるでしょう。牛の脛の骨を金槌で叩き割って、なかの髄をしゃくりだすんです。通人の食べものかもしれなくってよ」

やさしいばかりではない。昨夜とはまたうって変ったしとやかさで、小田を見る眼差のなかにも、女らしい心づかいがあらわれ、ちがうひとのような感じだった。

「それで、これはいくらなんです」

「ここの定食は二十銭」

「それは安い。均一ストアーの一皿盛りの立食いでさえ三十銭もとるのに……ありがたい店を教えてもらった」

高松は飾りっ気もなく、とりこむだけとりこんで食器をむこうへ押してやると、買物袋から「パリ夕刊」の早版をだして、だまって小田の前へ置いた。

「これはなんです」

「ちょっと、ここを読んでごらんなさい」

第一面のトップに、スタヴィスキー、南米に逃亡す、という大きな見出しが出ている。

「スタヴィスキーが逃げたというんですか」

「そうなのよ。二十七日ぐらいに、ボルドーからブエノスアイレス行の汽船に乗っていたのね。あたしの不安なんか、馬鹿みたいなものだったの。いったいなにを考えていたんだろうと思って、ひとりで笑いだしてしまったわ」

機嫌がいいのは、このせいだったらしい。

「それはよかった。じゃ、行くことにしたんですね」

「行くことにしたわ。十八時二十分のマルセーユ行で……その汽車だと、リヨンに早く着きすぎてぐあいが悪いんだけど……それでね、小田さん、あなた、旅行する気はおありにならない？　二人分の切符があるのよ。いらっしゃらなければ、旅行社《アジャンス》へ返すだけだけど」

「アルプスか……ちょっと行ってみたいような気もするな。でも今日すぐというんじゃ、どうも……」

そんなことを言っていると、青い仕事着の胸に番号入りのバッジをつけた五人ばかりの労働者がドサドサ入ってきて、大きな声で話しながら立飲台のほうへ行った。なにかあったのらしく、砂糖ぬきのグロックを飲み飲み、手真似をまぜた高ッ調子で、おかみさんに説明してきかしている。

「どうしたんです」

「赤いベレェをかぶった安南人の学生が、そこの構内で背中を刺されて死んでいるって」

「赤いベレェをかぶった……喧嘩ですか」

「そこの共産党支部へ、仕込杖やゴムの棍棒を持ったファッショの突撃隊がよくあばれこんでくるんです。それなんでしょう。山高帽をかぶった愛国者同盟の壮士みたいのが、しつっこく後を尾《つ》けていたと言っていますから」

広いパリのことだから、赤いベレェをかぶった安南人はいくらでもいるだろうが、山高帽の男が尾けていたというのが、気にかかる。その山高帽が昨夜の悪党だったら、誰を狙っていたのか、それはもう言わなくともわかっている。あの二人の悪党は、ひょっとすると近くに住んでいて、妙な外套を着た東洋人が、赤いベレェをかぶって、宿泊所の門を出たり入ったりするのをかねて知っていたので、昨夜、だまって見逃したのは、始末をするのは明日でもいいと思ったからかも知れない。安南人に似ているとは思わないが、あの連中の眼にうつるアジア人種の顔は、どれもおなじように見えるのだろう。ひとの外套を着て出たばかりに、人ちがいで、意外な災難にあうというような、ひょんなめぐりあわせもないことではない……と、むずかしく詮じつけているうちに、そこで死んでいるのは、隣の大学生らしいような気がしてきた。

そうかも知れない。そうでないかも知れない。死体を見たわけではないから、きめてかかるわけにもいかないが、もし事実だったら、これからの生活は、たえずなにかに脅かされる、おそろしく不安なものになるだろう。

誰の邪魔にもならずに、目立たないところで、こっそり生きていくのを理想にしているのだが、都会の波風は、こういう人間をさえ、そっとして置いてはくれないらしい。小田はテーブルに肱をついて、さりげなく煙草を吸っていたが、パリという都会の生活が、矢も楯もないほどうるさくなり、おぞましい人間どもの見えないところへ行ってしまいたくなった。

「高松さん、僕は、どうしたのか、このごろパリが嫌になって、弱っているんですよ。神経衰弱らしいね。すこしうますぎるようで気がさすけど、そんなところへ行って、気を変えてくるのもいいかも知れないな」

「うますぎる、なんてことはないでしょう。お誘いしているのは、あたしなのよ。どんなところか知りもしないで、ひとを誘うのもへんだけど、なんといったって、アルプスはアルプスだから、景色を見てくるだけでも、損はしないと思うの」

どうしたのか、いままで大声でわめいていた連中が、風にでも吹き払われたように一人もいなくなって、小田と高松だけになった。

「馬鹿にひっそりしてしまった」

「忘れていたわ。四時に、十三区の無届居住者の一斉検査があるんですって。そのせいなのよ。あッと、あなたは身分証明書《キャルト》を持っていないんだったわね」

「持っていないんです」

「いくらなんでも、あたしの子供、じゃ通らないし……ともかく、早くこの区から出ることよ。そこの橋を渡ると、むこうは十二区ですから、いまのうちなら摑まらないですむかもしれないわ」

「そういうことなら、駆けだしちゃう。あなたはゆっくりいらっしゃい。リヨン駅だね?」

「じゃ、あたしは旅行社《アジャンス》で切符をとって行きますから、階段をあがった右側の売店《キオスク》の前で」

「売店の前……わかりました」

そういう急なことになって、そこを飛びだすと、すぐ前のベルシィの橋を息もつかずに渡ったが、安心ができない。ラペェの河岸について二十分ほど駆け、古城のような角塔のついたリヨン駅の車寄せに走りこんだところで、やっと落ち着いた。

正面の大階段を上って、上の待合室へ行くと、ちょうど国際列車の出る時間で、贅沢な外套を着た男や女が、赤帽に山のように旅行鞄を担がせてひっきりなしに入ってくる。帰りは晩餐会へでもまわるつもりらしい夜会服やスモーキングの見送りまでまじって、劇場の広廊のような派手な景色になっている。

売店のつづき壁に、雪の山や、スキーのジャンプ台や、宮殿のような大ホテルや、そういった美しいポスターが隙間もなく貼ってある。することがないので、念入りにポスターを見て歩いていると、山高帽をかぶった男連れが、ブラブラこっちへやってくるのが眼についた。

小田はハッとしてあわてて、壁のほうへ顔を向けた。山高帽の二人は、待合室をぶらぶらするだけが役目というような下っ端の私服らしく、小田のうしろを通ると、気のない顔で改札口のほうへ行ってしまったが、いちど波立った小田の胸は、容易なことではおさまらなかった。

高松がやってくると、間もなく、二、三等、マルセーユ直行の改札がはじまった。

十六番というどんづまりのホームに、貧相な客車がとまっている。普通列車には、見送りもなければ、赤帽も寄りつかない。新年早々で、遠くへ行く客も少ないとみえて、ホームはさびしいほどガランとしている。

高松は一つずつ車のなかをのぞいて歩いたが、

「ここがいいわ」

と前から二輛目の車に乗った。

尻なりに半丸にえぐった、五人掛けのベンチ式の椅子が、片側の窓と直角に幾組か背中あわせになって、背凭《せもた》せの上のほうに、椅子の幅だけの網棚がついている。軌間が広いため、車室にゆとりがあるのがせめてもの取得で、この国の三等は情けないほど寒々としている。

窓際の席に向きあって掛けると、ブザーが鳴って、汽車が動きだした。

五分ほどすると、鉄橋にかかった。フランスの汽車特有の、しゃがれたような音色の汽笛を鳴らしながら、さっき小田が駆けて渡った橋をはるかに下手に見ながら、セーヌ河を逆のほうへ渡っている。パリの街の灯が幾重にも重なりあったまま、渦を巻いてうしろに退《さが》って行く。

「ご苦労さまなこったよ」

一週間、長くて十日……それくらいすれば、うるさい事件も片付いているこったろう……どんなときでも、自分の前途を明るく見る主義で、小田は煙草を出して火をつけると、いま出はずれようとしているパリ市外の夜景を、一種の思いをこめて、ジロジロながめていた。

無為の楽しみ

サン・ジェルヴェという駅で電鉄に乗換えるころは、前も見えないような大吹雪だったが、間もなくそれもやんで、びっくりするような深い色をした紺青《こんじよう》の空があらわれた。

玩具の汽車のような登山電鉄が、雪の谷間をめぐりめぐり、フランス、スイス、イタリーの三つの国境にまたがるアルプスの壮大な山ふところに這《は》いのぼって行く。

スキーを持った男や女の大学生の団体が、三輛連結の客車に息苦しいほどつめあい、新しい峰がぬうっと車窓のなかにのしあがってくるたびに歓声をあげる。

「とうとうやってきた」

来てしまえば、今日までの苦労や悩みはみなよけいなことだったように思われ、張りつづけていた肩から、いちどに力が抜け落ちていくような気がする。

吹雪のやんだあとの雪の谷間はまぶしいくらい明るくて、まわりの山々は、いま降ったばかりの新雪をかぶって、エナメルを塗ったように輝いている。

さっき上のほうにあった、樅《もみ》と杉にかこまれた洒落た山荘の群落は、いまははるか目の下になり、家の一つ一つが、雪の上に濃い紫色の影を落しながら、空中に浮んでいるのかと思うようにクッキリと浮きだしている。

この何年か、パリの場末のじめじめした界隈に住みつき、貧苦とのやりあいに精根を枯らしてきたユキ子には、見るものがあまり美しすぎ、なにかうその風景のようでなじめなかった。

「小田さん、新聞ばかり読んでいないで、すこし景色をごらんなさいよ」

小田は急に新聞を読むのをやめて、

「もう降りるんですか」

と椅子から腰を浮せた。

小田のあわてようはただごとでなく、隣の大学生に、

「ここはセルヴォですか」

と滅茶なフランス語でたずね、窓の外を見て、

「なァんだ、まだ雪の中だ」

とあきれ顔をし、それでようやく椅子におさまった。

ふざけているようでもない。暗い、いやな顔色になって、びっしょり汗をかいている。

「たいへんな汗よ。どうしたの」

小田ははじめて気がついたように、

「バカに暑いですね。この車は」

と手で額の汗をふいた。

混みあってはいるが、閉まりきらない横の戸口からたえず刺すような冷たい風が吹きこんでくるので、ひとりでに身体がちぢまる。暑いなどということは全然なかった。

ユキ子はよく小田と地下鉄に乗りあわせ、後先になって同じ道を帰るので、半年も前から小田を知っていた。すぐ近くに住み、おなじような貧苦の列にならぶ日本人と、パリの風景のなかで行きあうと、ここに友あり、というような懐かしい気持がする。ユキ子自身がそうだが、小田というひとも、貧困との面接に疲れて、生活のメドをなくしかけている。すすめるくらいにして連れだしたが、このひとは律義すぎて、もっさりし、思いのほかに鬱陶しい道連れになった。なにかむずかしい問題で悩んでいるらしいことは、昨日から気がついていたが、ひとの気を逸《そ》らすように、むっつりと新聞ばかり読んでいて、ろくに話もしない。パリを発つとき、小田もいっしょにモーリスの別荘へ泊ることになっていたが、気が変ったふうで、しきりに単独行動をとりたがっている。

「こんどセルヴォスよ。出口のところへ行っていましょう」

ユキ子が立ちかけると、はたして小田が渋りだした。

「そのことですがねえ……」

「え、どうなの」

「知らないひとのところで、世話になるというのは、どう考えても気ぶっせいでね……このままシャモニーへ行っちまおうかと思うんですが」

写真でみるシャモニーの町は、苦学生などが寄りつけそうもないような傲慢なようすをしている。アルプスの山々が八重波のように重なる雪の谷間に、どこかの国の宮殿かと思うような宏壮なホテルや、私設の公園をひかえた絵のように美しい荘館や、博物館や、公営賭博場《カジノ》や、百貨店や、劇場や、映画館などが、自然の風致を圧倒するばかりにむらむらとひしめいているのは、いかにも唐突な、異様な景観を呈している。

夏は避暑と登山、冬はスキーと金のかかるカジノ遊び……一シーズンに二十万人近くの観光客が集るのだそうで、人口、四千の小さな町に、ホテルだけでも五十以上もあるというのだから、おおよその生活が察しられる。一と口に、金のかかるのは、日本の観光とアルプスの遊覧というが、ものすごく物価が高く、一度行けば、二度と行く気がしないというような話を聞いたことがある。

「シャモニーのホテルなんかに泊ったら、それこそ、たいへんなお金をとられるでしょう。バ

「からしいじゃないの」

「どうして、僕が、ホテルなんかに……行き届きすぎて、困ったところらしいけど、金をかけずに安くあげるには、そういうところのほうが、いろいろと便利があるものだから」

「なにか、あてがあるんですか」

「あてって、べつにないが、一日、一円ぐらいで泊めてくれる、学生専門の宿があるそうだから、そんなところへでも、もぐりこむつもりです」

リヨン駅のホームの売店で、『シャモニー遊覧案内』といった、いい加減な本を買いこんで、真面目くさった顔でひねくりまわしていたが、登山電鉄に乗換える前に、小田はもうシャモニーへ行くことにきめていたらしい。ユキ子としては、どうしろと言うような事柄でもないし、変な気持だったが、反対しなかった。

むこうの雪の斜面に、村らしいものが見えだしたと思ううちに、屋根だけかかった待合のある、小さなホームで電鉄がとまった。

「セルヴォスだわ。別荘の名は言ったかしら」

「聞きました。『アルジャンティエール』という氷河の名でしたね。落着いたら、遊びに行きます」

「どうも、いろいろ」

「じゃ、また明日でも」

五人ばかりの学生のあとについて、すごい雪に埋った吹きっさらしのホームへ降りると、すぐ電鉄が動きだし、壮大な雪の切通しへ入って見えなくなってしまった。

雪をかぶったアルプスの山々が、陽の表になるところは、真珠母のように光り、陽の陰になるところは海のような深い緑色にしずまって、紺青の空の下に信じられないような高さで立ちあがっている。

電報を打っておいたので、迎えに来てくれるのかと、十分ばかりホームで待っていたが、誰も来ないので通りへ出た。

駅の前に安手なホテルや、食堂や、キャフェなどが一側だけ並んでいるとっつきのキャフェでアルジャンティエールというモーリスの別荘の名を言うと、ストーヴのまわりにいた七、八人の男が一斉に振返った。

「ピガグリオさんの別荘は……あそこに見えるでしょう、あの背の高い家よ」

いかつい顔をしたここのマダムらしい三十二、三の女が立ってきて、雪に埋った、五町ばかり先の二階家を指さしてみせた。

「あんた、女中さんでしょう。ピガグリオさん、昨日からお待ちかねよ。男手だけでは冬の炊事は楽じゃないから。でも、パリからじゃ、あんたもたいへんだったでしょう。まあ、お茶でも飲んで行ったらいいわ」

まわりの男や女がさり気ない顔で聞き耳をたてている。こんな連中につかまるとうるさくなると思って、

「待っているでしょうから、また」

と逃げだしにかかった。

「じゃ、買物にでも出たら寄るといいわ」

しばらく行ってから振返ると、キャフェにいただけの人間が、ガラス窓に顔を並べてこちらを見ている。なんだかいやな気がした。

短い通りが終ると、いきなり雪の原になった。牧場の柵のようなものがあちこちに見え、森も林もなく、家々の屋根だけがあらわれだした。波のように起伏する雪の上に踏みつけた道が、一筋、細々とついている。

陽は照っているが曖昧は感じられない。買物袋をさげている手の感じがなくなり、刺すような寒気が靴の爪先から脛のほうへ這いあがってくる。その辺へ買物にでも行くようなざっかけない恰好で、よくもこんな雪のなかへ出かけてきたものだと思うと、おかしくなる。

死にたくなるような心寒い年の暮、いよいよ食うあてがなくなって、夕方、公園の雪の小道を、呆然と歩いているとき、なにも言わずに町角のレストランで夕食を振舞ってくれたひと

……一流の事業家といった、四十七、八の品のいい中年の紳士で、黒い口髭といいかたちに刈込んだ、近東か中東か、東洋人だけがもっている、霊性をおびた、深味のある眼差が印象的だった。映画の『黄昏《たそがれ》の維納《ウイーン》』に出てくる、なんとかいう俳優の完成した美しい中年の顔に、やさし味をつけたような感じ……こうして向きあって食事をしているようすが、あの映画の場面にそっくりだなどと思ったりした。

モーリスという未知の人から学費をもらうようになってから、いつの間にか、その紳士とモーリスなるひとが、意想の中で同一人物になってしまった。試験前のいそがしい時間をつぶしてこんなところへやってきたのは、もしかそのひとだったらという、もしやにひかされたのだったが、いまのマダムの口ぶりから推すと、どうやらちがうひとらしかった。

がむしゃらに歩いていると、やっとのことでその家の門の前まで辿りついた。

勾配の強い山荘風の高い切妻《きりづま》から、鍾乳洞さながらの太い氷柱がいく筋となく垂れさがり、屋根から雪崩れ落ちた雪と、小山のような吹きだまりが家の正面を埋めているので、どこが入口やら玄関やら見当がつかない。雪かきをする人がいないのだとみえて、裏につづく横手のほうにも、去年の雪荒れのあとが土手のように雪畝を盛りあげ、いつのころのものか、スキーのシュプールがかすかに残っている。雪のなかからわずかばかりあらわれだしている窓はみな鎧《よろい》扉《ど》が閉まり、人声もなくしずまりかえっているが、空家でない証拠に、屋根の煉瓦の煙突からもやもやと煙が立ちのぼっている。

「誰か、いることはいるんだわ」

家の横手について裏のほうへ入って行くと、勝手口のドアがある。ノックしたが返事がない。右手の張出窓《はりだし》のカーテンの隙間から誰か眼だけだしてのぞいている。なんだと思って見返していると、フッとその眼が消え、ドアが細目に開いて、アンリという秘書が顔をだした。

「やってきましたね。待っていましたよ」

そう言いながら、ユキ子の腕をとってひき入れた。

山小屋のような広々とした台所で、炊事用の大きな鉄のストーヴに火が燃え、調理台のそばで、顔も、肩も、角張った、眼のキョロリとした男が、スキーに蠟《ろう》を塗っていた。

アンリは、「ヴォロンテ（意思）」紙のピガグリオ氏、と簡単に紹介すると、

「部屋は、二階にとっておきました。行きましょう」

と、せきたてるようにそこから連れだした。

台所のつづきは食堂で、突当りに扉が見え、なかに誰かいるらしく、カサコソと紙の擦れあう音がしていた。

二階の部屋は、一方に窓と煖炉、一方に寝台と洋服タンスを置いたありふれた寝室のかまえだが、屋根から垂れさがった雪庇と氷柱が窓をふさいで、おどんだような陰気くさいようすを

している。

ユキ子は買物袋をベッドの上に放りだすと、モーリスさんに挨拶をしようと思って、いそいで階下へ降りて行った。

強い眼つきをしたピガグリオとかいう男はいなくなって、アンリがせっせと昼食の仕度をしていた。器用な手つきで、野菜を洗ったり腸詰を切ったりしている。秘書だなどといっているが、そんなふうにチョコチョコしているところは、せいぜい書生の下廻りぐらいにしか見えない。

「モーリスは？　ちょっとご挨拶したいんだけど」

「挨拶って、なんの挨拶です」

アンリはタオルで手をふきながら、ユキ子のそばへやってきた。

「だって、挨拶なしってわけにもいかないでしょう。いま着きましたぐらいのことは……」

「それくらいなことなら、僕が言っておきます。パトロンは休養しに来ているんだから、そっとしておいてください。それから、あなたを招待したのは、僕の一存でやったことなんですから、どうか、そのつもりで」

「あら、そうだったの。すると、モーリスさんにどういう挨拶をすればいいのかしら」

「僕の友達だと言っておきますから」

話がずれて歩いて、つかまえどころがない。ユキ子はつぎ穂がなくなって、ストーヴのそばの丸椅子に腰をおろしてしまった。

吹雪になるのか、陽がかげってきて、ただでさえ閉めこんだような感じの家の内がどんよりと暗くなった。アルプス颪《おろし》がむせぶような音をたてて家のまわりを吹きめぐり、脇窓のカーテンの隙間から、遠い雪野のはてで雪煙が巻いているのが見える。わびしい風景だった。

「アンリさん、あたし、なにをするのか、きめてもらいたいわ。言ってくれれば、炊事もしますし、買物でも女中の役でも、なんでもしてよ」

アンリは相手になりたくないようすで、

「いずれ、なにかおねがいしますが、ほんとうのところは、じっとしていてくれるほうがありがたいんですよ」

「あたし、お邪魔をしているんじゃないのかしら」

「誰があなたを邪魔にするんです。バカに気をまわしたもんですね」

「学費さえもらえば、つぎの汽車で帰ったっていいんですから、はっきり言ってもらいたいわ」

「ここの生活、まだ説明しなかったね……よくイタリー人が言うでしょう。ドルチェ・ファレ・ミエンテ……無為の楽しみって、それをわれわれはここでやっているんです。パトロンも、僕も、ピガグリオも、ここにいる間、徹底的なエゴイストになって、自分のしたいことをして、できるだけ怠《なま》けて暮そう……われわれにとって、それが最上の休養で、そうしてまた楽しみであるというわけ……モーリスさんなどは鎧扉もあけずに、もう二日もベッドでごろっちゃらしています。食べものをつくっているけど、これは僕の食いしろで、あなたのためでも、モーリスさんのためでもない……そういった生活……もし賛成なら、あなたもしたいことをして、しばらく遊んでいらっしゃい、誰もあなたの邪魔をしないし、われわれのほうも、勝手にさせてもらうことにして……」

安静休養のことはユキ子も聞いていた。スポーツや散歩のかわりに、できるだけ少し食べ、寝室を暗くして、じっと寝ているという休養のとりかたが流行になっているらしいが、そんな生活にぶつかるのは、これがはじめての経験だった。

身体をしめつけられるような、辛い感じで、ユキ子は浅い眠りから揺りさまされた。

「おお、寒い」

机の上にひろげた本に寝息が凍って、うっすらと霜を結んでいる。頭からかぶっていた外套の襟も雪花でまっ白だった。

寒いわけだ。煖炉の薪《まき》が燃えきって灰になり、氷のような風が音をたてて焚口《たきぐち》から吹きこんでいる。

眠くなれば、その場で外套をかぶって眠り、眼がさめると、すぐ本を読みだすのは、どの苦学生も身につけている生活のスタイルで、それがどうということはないけれども、身の皮をはがれるような寒さにあったことはなかった。

「アルプスの山の中で試験勉強をするなんて、たいしたご身分なんだから、文句をいうことはないさ」

時計がないので、何時ごろかわからない。窓のそばへ立って行って、雪崩れさがった雪庇のあいだからのぞきあげると、峰の雪がほのかに色づいて、なんとなく夜明けのけはいがあった。薪箱に薪が一本もなくなっているが、取りに降りる気にもなれない。頭から外套をかぶって仕事のつづきをやっているうちに、電灯の色が薄れて白い朝の景色になった。窓からくる光は、七時ごろの見当らしく思われる。

「夜が明けた」

簡単に朝食をして、ついでに薪を取って来ようと、そっと部屋から出た。

モーリスさんなるひとも、アンリも、まだ眠っているのだとみえてなんの物音もしない。壁に身体をすりながらソロソロと階段を降りて行く。食堂も、つづきの客間も、まだ夜のままの闇で、煖炉の最後の燠《おき》が灰のなかでかすかに光っている。

手さぐりで台所へ行くと、炊事用のストーヴに火が残っている。珈琲を沸かして立ちながらパンを嚙じると、それで朝食がすむ。三度ばかり往復して、二階の薪箱をいっぱいにしてから、食堂の煖炉を燃しつけにかかった。燠を集めて吹くと、小さな炎が立つがすぐ消えてしまう。しばらくそんなことをしていたがうまくいかない。昨夜、誰か紙を燃したとみえて、火格子に灰が山のようにたまっている。燃えの悪いのはこのせいらしい。火搔きで搔きだすと、手紙の燃えかすがいくらでも出てくる。

……ヴァロア街は冷静……レーナルディは同調……礼状は保留される見込……

それからこんな文面のもの。

……スタヴィスキー事件にたいする記事統制案、九日、下院に提出する……ダリミエの線で食いとめること、ほぼ確実……セルヴォスは不可。至急、シャモニーへ移るよう希望している……

ヴァロア街というのは、久しく政権をとっている急進社会党の本部のある町の名で、そこの二階の一室で、内閣をつくったりつぶしたり、物価を上げたり下げたり、大臣の任免がきまったりする。外務省を霞が関というように、ヴァロア街といえば、急進社会党のことを指すくらいのことは、ユキ子も知っている。ダリミエというのは、いまのショータン内閣の拓相で、レーナルディは法相……

暮ごろ、子供くさい妄想につかれて精だして新聞を読んだこともあったが、当のスタヴィスキーは南米へ逃げてしまったと知ってからは、こんなことになんの関心もなくなってしまった。燃えかすを火掻きの先に突っかけて薪の上に投げつけると、端のほうに火がついて羽毛のように煙突のなかへ吸いあげられて行った。

はじめからやりなおすほうが早道だと思って、下側になった湿った薪をひっぱりだす。薪の木膚《こはだ》にも燃えかすがからみついている。こんどはエッフェル塔無線電話局の送達紙の切れっ端だった。

(マレー代議士は死亡した)

三十一日の正午に発信したもので、発信者の名前はJ・Cとなっている。

マレーという前代議士が死んだことは、ラジオのニュースで嫌というほど聞かされた。もうなんの感じもない。これもついでに火のなかへ突っこんでやると、一瞬のうちに灰になってしまった。

誰か勝手口の扉を叩く。扉をあけると、ピガグリオという男がスキーを抱えて立っていた。雪の深いところを通って来たのだとみえて、膝のあたりまで雪まみれになっている。

「アンリ?」

「まだ寝ているようだけど」

ピガグリオは横柄にうなずいて、靴に雪をつけたままセカセカと奥のほうへ入って行った。

「へんなひと」

駅前のキャフェで、パリから女中が来るなどと吹聴したのはピガグリオだが、そんなことはどうだっていい。勝手口を閉めて二階へあがると、夜まで降りて来ないつもりで、机に向かって朝のつづきをやりだした。

十時ごろ、扉をノックして、アンリが入ってきた。

「これからシャモニーへ移るんです。よかったらすぐに出かけますから……パトロンは身体の都合で夜になるでしょうが」

「ひどく急な話なのね」

「ここは雪ばかり深くて、不便で、みな閉口していたんですがね、シャモニーにいい貸別荘がみつかったので、急に越すことにしたんです……シャモニーへ行ったら、退屈しないですむでしょう。遊ぶところがたくさんあるから」

アンリの顔をながめているうちに、今朝、煖炉の中の燃えかすにあったシャモニーがどうとかしたという文句を思いだして、なんだか妙な気がした。

正午近く、アンリと二人でシャモニーの駅で降りた。ピガグリオがホームで待っていて、すぐ高台のほうへ家を見に行った。

盥《たらい》の底のような盆地の町のはずれを、氷河が解けだしたアルヴという河が流れ、一万四千尺のモン・ブランの主峰が魔の山のように立ちあがっているのが目《ま》なかいに見える。

冬の遊楽季節がはじまったところで、どの店の飾り窓にもスキーの予選大会のポスターが貼られ、駅前の通りにあるキャフェやレストランは、派手なスウェターやスキー服を着た客でいっぱいになっている。

雪の坂をのぼって行くと、まわりの別荘を見おろすような位置に「古住庵《ヴィユ・ロッジ》」というひねった名の門札の出た杉と雑木で縁取りした小道が、申し訳のような鉄の戸のついた門のそばから、白い手摺りのある右手のヴェランダのほうへつづいている。

セルヴォスの家は二階建のガッシリした山荘だったが、こんどの家は屋根の上に安手な煉瓦の煙突がのびだした貧相な平家建だった。すぐ下に住んでいる家主の細君があがってきて、ユキ子の腕に手をかけて家の中を見せてまわる。食堂、客間、台所と浴室。ほかに寝室が四つ……スチームのあるのが取得という殺風景な部屋部屋をひっぱりまわしながら、ああだこうだとうるさく説明する。

「それでですね、ファルジアの奥さん、春までお借りくださるんでしたら、お家賃のほうはおひきしてもよろしいんです。そのほうがお得になるんですから、旦那さまといちどご相談なすって」

そんなことを言って帰って行った。

旦那さまというのはアンリのことを言っているのらしいが、ファルジアなんて名は誰が考えだしたのかわからない。家主の細君の早合点でなければ、ピガグリオがでたらめを言ったのだとしか思えない。セルヴォスでは、パリからきた女中にされたが、シャモニーでは「ファルジア夫人」という名がついて、ユキ子が別荘を借りたことになっているらしい。ピガグリオはモーリスの迎えにセルヴォスへとってかえしたあとで、聞いてみることもできなかった。

夜の九時ごろ、裏口の扉を叩く音がするので、窓からすかしてみると、スキーを担いだ男が二人立っている。どんなところを通ってきたのか、頭まで雪まみれになっている。一人はピガグリオだから、もう一人はモーリスさんなるひとなのだろうが、そのほうは姿が見えず、月の光のかげんで、傾《かし》いだような影だけが雪の上に長い尾をひいていた。翌朝、アンリに聞くと、セルヴォスからスキーで山越しをしてきたのだという。登山電鉄で二十分足らずで来れるのに、なんのためにそんなことをするのかわからない。アンリは運動のためだろうといったが、安静休養をしようという人が、運動もおかしなものだった。

モーリスという男

どこかでドアの開く音がし、誰か客間へ入って来たようだったが、足音はすぐ奥のほうへ消えてしまった。

「まるで化物屋敷だわ」

この三日、ユキ子は部屋に閉じこもって、本ばかり読んでいた。住居は変ったが、モーリスさんなるひとは、相変らず顔も見せない。アンリは、一日に一度、新聞を買いに出るほか、煖炉の前で居眠りばかりしている。夜が更けると、客間のほうで椅子をひっぱったりゴソゴソ歩きまわったりする音が夜明けまで聞えている。そのくせ朝になって行ってみると、椅子もテーブルもあるべきところにあって、動かしたようなようすもない。勉強に没頭するには、ねがってもない環境だと言いたいところだが、山住みというにしても、度をこえたひきこもりようで、不安な気持をおこさせる。あまりひっそりしているので、かえって神経にこたえる。なにがあったってユキ子に関係のないことだが、モヤモヤした気分が少々重荷になってきた。

五日の午後、ユキ子は食料品の仕入れをたのまれたのをいい都合にして、買物袋をさげて町へ降りて行った。登山案内所のそばで食料品と新聞を買いこむと、町を見物しながら、子供たちの辷り場になっている丘のほうへ行ってみた。

「なんというきれいな空気なんだろう」

雲一つない紺青の空がおそろしいほどに澄み、空気は酸素のように純粋になっている。深い呼吸をすると、空気の軽さで、身体が天に吸いあげられていきそうだった。

玩具のようなスキーをはいたのや、橇《そり》に乗ったのや、八歳から十歳ぐらいまでの子供たちが、笑い声をあげながら辷ったり転んだりしている。

「やってるわ」

ユキ子は丘の下に足をとめて、子供らの騒ぎを笑いながらながめていると、借物然とした外套を裾長に着こんだ男が、上のほうから前かがみになって降りてきた。

小田によく似ている。やはり小田だった。

「小田さん」

小田はびっくりしたようにこっちを見ていたが、やあと言いながらそばへやってきた。

「どうしたんです。昨日セルヴォスへ行ってみたら、空家になっていた。パリへ帰ったんだと思っていたんですよ……いま、どこにいるの」

「この山手の、古住庵《ヴィユ・ロッジ》という別荘」

「モーリスさんなるひとは健在ですか」

小さな家に五日もいっしょに住みながら、その人の顔を見たことがないというのはあやしい。言いだすと、いやなことになりそうなので、笑ってごまかしてしまった。

「あたしのほうは無事だけど、そちらはうまくいっているんですか。どこにいるの」

小田は外套のポケットに手を突っこんだまま、無精ったらしく顎で丘のほうを指してみせた。

「あそこの、学生の小屋にいるんですよ」

丘の中段の平地に、柄ばかり尨大な殺風景な小屋が建っている。なるほど、一里も先から見えるような大きな字で「山の小屋」と書いてある。

「うまいところへもぐったもんだわ。あなた、やりくりの天才よ」

「いや、どうしまして。いかな天才でも、ここの物価には歯が立ちませんな。パリの十日分の生活費が、一日にふっ飛んでしまうというんだから……こんな不愉快なところはないね。もともと、ぬすっとみたいな接客業者だけで成りたっている町なんだけど」

「それじゃ、もうパリへ帰るのね」

「パリ？　パリはだめです。間もなく革命が起きるだろうというのに、のんきなことをいっている……宿の学生たちはスキーなんかそっちのけで、夜っぴて議論をしていますよ。リヨン大学の連中なんですが、革命が起きると機関銃を持ってパリへ乗りこむことになっているらしい……カナダから来ている学生が話してくれたんですが、火の十字団というのはたいへんなものなんだね。十万からの大学専門学校の連中が市街戦の訓練を受けて、空軍の戦闘機よりも優秀なやつを三十機も持っているそうです。パリもいいが、戦争がはじまるんじゃ、ちょっと帰る気がしない。当分ここで似顔でも描いていますよ。バカな外国人が入れかわり立ちかわりやってくるから、その点、便利です。食うくらいのことは、なんとかやれるだろうと思うから」

そんなことを言っているうちに、十字路になったにぎやかな通りに出た。

「小田さん、あなたどこへ行くんです」

「新聞を買いに行きます。毎日の日課なんでね」

「じゃ、さよなら。あたしは家へ帰りますから」

そう言って、そこで別れた。

ユキ子は教会の横手の坂道をあがって古住庵《ヴィユ・ロッジ》へ帰りかけたが、ほんとうにパリでそんな騒ぎがはじまっているのだろうかと、歩きながら新聞を拾い読みしてみたが、どの新聞も、スタヴィスキーがどういう経路で南米へ逃げたかということを想像や臆測をまぜて競争のように書きたてているだけで、小田の言ったようなことは、ただの一行も見あたらない。小田にはなにか触れられたくない問題があって、でたらめなことをいってごまかしているのだとしか思えなかった。

家へ帰ると、例のとおりアンリが台所でいそがしそうにやっていた。たのまれた買物を渡して、部屋に帰ろうと思って食堂を通ると、テーブルの上にめずらしく三人前の食器が出ている。ここにいる人間が食堂で顔を揃えたことも、いっしょに食事をしたことも、いままで一度もないことだったので、ユキ子はふしぎなものを見たように、立ってながめていた。アンリがお客をするはずもない。ピガグリオは昨日パリへ帰ったし……ひょっとすると、モーリスさんなるひとが出てくるのかも知れないと思うと、ひとりでに顔が赧《あか》らんできて、始末がつかなくなった。

ここで誰と誰が夕食をするのかたしかめてみたい。期待と不安でわくわくしていたが、あてはずれだったらがっかりだから、なにも考えずに待っていることにして、そっと自分の部屋にひきさがった。

日が暮れかけて、庭につづく雪の斜面がほのかに色づき、薔薇色に染まったモン・ブランの頂きが水々しい夕空に夢のように浮きあがっている。こういう夕方の色あいを見ると、一年前の冬の夕暮れを思いだす。長い間、心のなかに住んでいたひそかな夢想が、どういう発展をするのだろうと思うと、気が散って、読んでいることがよく頭に入ってこなかった。一時間ほどすると、アンリが、いっしょに夕食をするからと言いに来た。

「よかったら、すぐ……もう仕度ができているから」

「どうもありがとう。すぐ行きます」

大急ぎで髪を撫でつけると、短い廊下を駆けるようにして食堂へ行った。さっき仕入れてきた材料が、ひとかどの料理に成りあがってテーブルの上に出ている。

「たいへんね。今日はどういうお祝いなの」

「パトロンが、明日、奥さんやお子さんを迎えにパリに行くので、ちょっとしたこんなことをしてみたんだ。まだ一度も揃って食事をしたことがなかったから、いい折だと思って」

奥のドアが開いて、身幅のある、どっしりしたひとが食堂へ入ってきた。おだやかな微笑をうかべながらそばへやってくると、ユキ子のよりも白い手をさしだした。ポッテリした温かい手だった。

「この手だったわ」

この感触はおぼえがある。公園の前の雪の歩道で、涙ぐみながら握りしめたのはたしかにこの手だった。

あのときは渋い服を伊達に着こなして、企んでいるのかと思うような、美しい身のこなしをみせる優雅な紳士だったが、今日は膝の丸くなったコール天のズボンに、野暮ったい茶色のスウェターを着こみ、無精髭をモジャモジャさせて、山案内か牛飼いかというような見かけをしている。

「ここは気に入った？」

「ええ、とっても」

なにか気のきいたことを言いたい。せめて学費の礼くらい言いたいと思うのだが、うまく舌が動きださない。無意味な微笑をうかべているうちに、食事がはじまった。

あのときもそうだったが、このひとはろくに食べもせず、上手に肉の小間切れをこしらえながら、言うにいえぬほどのよさで愛想よくあしらってくれる。ユキ子は精いっぱいに応対していたが、だんだん話題に窮してきて、

「そうして、髭をモジャモジャさせていらっしゃると、べつな人みたいに見えますね。とんだ失礼をするところだったわ」

と突拍子もなく言った。モーリスは深い眼差でユキ子を見つめると、神経的に顎の髭へ手をやった。ユキ子は、はッとして、あわてて言いなおした。

「ずいぶん、おかまいにならない、と言うつもりだったんです。お気にさわったら、ごめんなさい」

モーリスは笑いながら、

「たしかに、かまわなすぎるんだね」

そう言うと、アンリになんともつかぬ眼くばせをしてみせた。

「こうしていると、おれだということがわからないそうだ。明日、パリへ行ったら、みなをおどろかしてやれるよ」

アンリは底意のありそうな微笑をして、うなずきかえした。

「だから言ったでしょう。みなおどろくだろうって」

「ほんとうに、ものを見る眼は、男でなくて、女が持っているんだ。なんといっても、君の眼じゃ信用しにくいから」

裏口の扉をノックする音がした。アンリは椅子から腰を浮せて音のしたほうを見ていたが、

「ノックの音のようだったね。行ってみよう」

と言いながら台所へ立って行った。

やはり誰か来たのらしく、アンリが勝手口でなにかうけこたえをしている。モーリスはものも言わずにソファから立ちあがると、影のようにつづきの食堂の闇へ消えてしまった。

アンリが押問答をしながら、こっちへやって来る。狐のような顔をした痩せた百姓のお婆さんが入ってきた。セルヴォスの駅前のキャフェの窓からユキ子を見送っていた、いくつかの顔の一つだった。

「わしは電車でやって来たんです」

「なんでやって来たっていないものはいないんだ」

「なんとしても、お目にかかりてえんで」

ピガグリオが前に使っていた通い婆で、そのときのお給金の残りを取りに来たというようなことらしい。ピガグリオを隠しているとでも思うのか、隣の食堂のほうをジロジロ見ている。

「奥に人がいますね。あれは誰です」

「うるさいね。誰だって大きなお世話だ」

アンリは腹をたてて、お婆さんを台所へひっぱって行くと、裏口から押しだした。お婆さんは雪の中で悪態をついていたが、間もなくあきらめて帰って行った。

食器をさげて、台所で跡片付けをしていると、アンリが外套を着こんでやってきた。

「月がいいから、すこしその辺を歩きましょう。パトロンも来ます」

門の外で待っていると、モーリスが出てきた。いつかの夜、セルヴォスから山越しでやって来たときのように、外套の上に雪除けのジャケットを着て、スキーを担いでいる。散歩にしては念の入った身仕度だった。明日と言っていたが、都合で、このままパリへ行ってしまうのかと思った。

雪の坂の途中で道が二つに分れる。一方はシャモニーへ降りる道で、一方は峠の杉林のほうへうねりあがっている。モーリスは先に立ってずんずんそっちへ入って行く。

青黒い無窮の虚空に作りもののような月がかかり、シャモニーの谷を囲むアルプスの山脈が氷山のように白々と光っている。天地は清浄な大気にかこまれ、万物死滅したようになんの物音もない。杉林の近くまで行くと、刺すような杉の香が、凍った夜気を貫いてツンツンとにおっていた。

道はその辺から下りになり、雪の表面が凍っているので、底の平ったい靴はよく辷る。ユキ子は転ぶまいと用心しながら歩いていたが、雪の上に顔をだしていた丸い石の面《つら》を踏みそくなって、あっと声をあげた。

その叫び声が深い夜の静寂を破って、山々にこだましながらどこまでもひろがっていく。叫び声より山彦《やまびこ》のほうが大きいので、ユキ子は思わず笑いだしてしまった。

「なぜそんな大きな声をだすんです。この辺の人間をみな呼びよせるつもりなんですか」

アンリがとげとげした声で皮肉を言った。どうしたのかモーリスは急に不機嫌になって、

「もう帰ろう、気まぐれはよしたほうがいいようだ」

そう言うと、来たほうへ戻りはじめた。ユキ子はみじめな気持になって、二人の後からトボトボとついて行った。

十間ほど先に、だしぬけに人影が浮きあがった。するとモーリスはアンリにスキーを渡し

て、横手の杉林の片闇のなかへヒョロリとまぎれこんでしまった。どうしたんだろうと思って、杉林をすかしてみたが、モーリスはいない。木の間のほの白い雪だまりに、葉繁みをもれる月明りがぼんやりと漂っている。林といっても、根株のほうが多いくらいな浅間《あさま》な疎林で、いい月夜だから、動くものがあればすぐわかるはずなのに、それらしい姿も見えない。その辺に佇んでいるかと、もういちど見てみると、遠くもない木立のかげに、それらしい人影があった。

坂の上に浮きあがった二つの人のかたちは、雪の斜面に長い影をひきながら、ブラブラこっちへ降りてくる。この先には、山越しで隣村へ抜ける雪崩の多い切通しがあるだけで、家などは一軒もない。どこへ行く人たちなんだろうと思いながら歩いているうちに、たがいの顔が見えるところまで迫った。

どちらも山高帽の長外套で、パリの下町でも散歩するようなゾロリとした恰好をしている。スキー服が幅をきかせる、こういう土地柄では、ひどく目立つ風態だった。セルヴォスの駅前のキャフェでモーリスの別荘の名を言うと、ギョロリとこちらへ振返ったのは、どうもこの顔だったような気がする。二人は並んで歩けない道なので、こちらでよけて通す。道端の雪だまりに身をひきながら何気なくアンリの腕にさわると、おかしなくらいビクビク動いている。

ユキ子はなぜかひどく冷静になって、前を通って行く二人に、

「こんばんは」

と愛想よく声をかけた。二人は、

「や、お晩」

と挨拶を返して行った。

「アンリさん、あの人たち、なんなの」

「君があんな声をだしたもんだから、山番がびっくりしてやってきたんだ」

この辺の空別荘に無銭旅行者や浮浪人が入りこんで、寝泊りしたり焚火をしたりする。それを防ぐためにガイドや山の男が組をつくって見回って歩く。それは聞かなくとも知っている。ユキ子がたずねたのは、モーリスがなぜあんなみじめな恰好で杉林の中へ走りこんだりするのかということだったが、この質問はよけいなものだった。バツの悪そうなアンリの表情を見ているうちに、こちらまで気がさして、いたたまれないようになった。

「アンリさん、あたし、くたびれちゃったから先に帰るわ。いいでしょう」

そう言うと、アンリは助かったというような顔で、いそいそとうなずいてみせた。

「歩きたくもないひとを、散歩に誘ったりして悪かったね。僕らはその辺をもう一と回りして帰るから」

ユキ子は坂下でアンリに別れて、一人で先に帰ってきたが、こんな空気のいいところにいながら、苔をはやした山椒魚のように、鎧扉を閉めきって、じっと闇にひそんでいるモーリスの異様な行動も、アンリが毎日ひと抱えほどもパリの新聞を買ってきては、あわただしくモーリスの部屋へ駆けこんで行くわけも、これでもうなにもかもわかったような気がした。

大勢の人間の中には、内観派とでもいうような偏屈な性格があって、内面の衰弱から、極度に人に逢うのを恐れるということだが、今夜のモーリスの逃げ隠れのしかたは、人間嫌いとか、内面の衰弱などということではごまかしきれない、真剣そのもののような切羽詰った行為が感じられた……なんのために？　などとむずかしく考えることはない。身に暗いところのある人間が、人目を恐れておどおどしているという、ありふれた事態にすぎないようだ。

「モーリスはいったいなにをしたというんだろう」

人でも殺したというのか？　世の中には、思いもかけない出来事もあるものだから、そんなことだってないとはいえない。たとえどんな暗い秘密を持っているにしろ、それはすべてモーリス個人に属する問題で、他人に告白しなければならない義務はない。こちらにしてからが、いったいそれはなんだと、詮索する権利はないのだが、問題はなんであるにしろ、面白くもないアルプスの雪の狭間で、人目を恐れておどおどしているのは、さぞ味気ないものだろうと、つくづく同情したい気持になった。

食器棚の上の置時計が、悠久の時の流れを刻んでいる。もう一時間以上になるが、二人は帰って来ない。吹雪にでもなるのか、風が泣き叫ぶような音をたてて家のまわりを吹きめぐっている。鎧扉の隙間をすかしてみると、ついさっきまで、あんなにいい月夜だったのに、星の光ひとつ見えず、真っ黒に塗りつぶされた空を、稲妻のようなものが走っている。

ユキ子は食堂の椅子に浅く掛けたまま、ぼんやりと頭を霞《かす》ませていたが、ひょっとすると、あの二人はもう帰って来ないのではないかというような気がして、ちょっとうろたえかけたが、この長い間、思いもかけない災難や蹉跌をくぐりぬけてきた経験で、すぐ気持を立てなおした。

「それなら、それで……」

これくらいのことは、なんでもない。いくらでもやりようがある。小田から旅費を借りて帰るのもよし、いけなければ、ここで働くだけだと、すぐそう思いきめたが、それならそれで、自分の身の処置をつけるためにも、モーリスというのはなにをした男なのか、いくらかでも知っておく必要があるようだった。アンリが毎日パリの新聞を買いこんでくるところを見ると、知りたいことは、どうやら「新聞」のなかにあるらしい。

ユキ子は椅子から立って、古新聞を投げこんでおく食器棚のそばの押入れをあけてみた。雑多な古新聞の山の上に、モーリスによく似た顔が銅版写真になって載っている。ひきだしてみると、二日前の「パリ夕刊」で、「六十億フランの大疑獄、スタヴィスキー事件の全貌」というトップ記事のまんなかに、モーリスの顔が二つ嵌《は》めこまれてあった。一つは芸術家のように髪をモジャモジャにし、一つはサラリーマンのようにキチンと髪を分けている。どちらも若いころのもので、べつな人間のように見えるが、齢《とし》のちがいを除けば、目も、鼻も、口も、みなモーリスのものだった。

「モーリスがスタヴィスキー……」

ユキ子は声にだしてつぶやいてみたが、これという情緒も感じなかった。予見というのか、先見というのか、アンリを通じて冬の遊びの招待を受けたとき、モーリスはスタヴィスキーではないかと考えたことがあった。どんなお先っ走りの心霊がお節介な予告をしたのか知れないが、直観より事実のほうが古めかしいというのでは、いまさらめかして驚いてみる精《せい》もなかった。

「たいした先見だったわ」

ユキ子は新聞をとりあげて、疑獄事件の全貌なるものを読んでみた。アレクサンドル・スタヴィスキーという野心的な金融業者は、十年ほど前から政商の仲間入りをし、右にも左にも平等に政党資金をばら撒いたあげく、この四年の間に、フランスの国庫から六十億フランの金を摑みだしたというのだった。

「一人の人間が、たった四年の間に六十億フラン……」

政権の角逐《かくちく》だけで政治をやっていくこの国では、これと思う政敵をやっつけるためには、どんな手段でも選ばない。白を黒にする政治の宣伝の技術は、堂に入ったもので、一点、やましいところのない清廉潔白な人物でも、無恥無残、ギロチンにでもかけるほかないような、完全な悪党に仕立てあげてしまう。いくらかでも常識のあるものは、政治家が口にする正義とか真実とかいうものは、どれほど空虚なものかということをよく知っている。この新聞は、二年前の総選挙に大敗し、社会党と急進社会党を眼の敵《かたき》にしている共和党の機関紙で、いまこそとばかりに書きたてているわけだろうが、あまり力を入れすぎ、スタヴィスキーという男を、人間の能力の限界を超えた、神のような存在にまで押しあげているのは、滑稽だった。

「なにがなんだか、わかったもんじゃないわ」

ユキ子は退屈して、新聞をテーブルの上に投げだした。

ユキ子は冤罪というものが、どういうたわいのない方法で作りあげられるものか、母から聞いて知っている。父は幸徳秋水事件にひっかかり、大逆と名を着せられて一審で死刑になったが、実際は、その連中が月を見ながら酒を飲んでいるところへ通りかかって、盃に一杯酒を振舞われただけのことだった。

父が死刑になったあと、周囲の迫害で、母は日本にいたたまれなくなり、ユキ子を連れてアメリカへ渡ったが、一年もしないうちに、ボストンで死んだ。ユキ子の不幸は、「アメリカ男爵」と自称する風変りな日本人の弁護士の手に娘を預けて、孤独な母が尽きぬ思いを残して異境の土になった年からはじまった。個性の進展というものは、先祖の一貫した全過程を表現しているもので、血統の上に先祖の影響が強く残っている。要するに、人間というものは、長い家族史の梗概《こうがい》のようなものだというが、人間が人間を裁く、法の規定に、いまもって溶《と》けあえぬものを感じるのは、父の血のせいなのかもしれない。こうしていて考えることは、スタヴィスキーの罪のことでもなく、罰のことでもなく、パリへ帰ることでもなく、これから先、学費はどうなるのだろうなどということでもない。逃げたのか隠れたのか知らないが、あんなにも優しかったスタヴィスキーが、なにはともかく、無事であってくれという、そのことだけだった。

裏口のあたりで軋るような音がする。風ではない、扉の開いた音だった。

「帰ってきた」

裏口につづく廊下のほうから冷たい風が流れこんでくる。足音でスタヴィスキーだとわかったが、わざと振向かずにいた。勉強の邪魔をしまいというのか、スタヴィスキーは足音を忍ばせながら奥の部屋へ行きかけたが、そばまで来たところで足をとめた。うしろに立って、「スタヴィスキーの顔」の載った新聞を肩越しにながめているけはいだった。

「見たんだね？」

たとえば、そういった言葉が、耳にふれたような気がした。それほどにも、かすかな、ささやくような声だった。

電灯の直下にスタヴィスキーの顔のついたところが、麗々しくひろがっている。見たかときかれれば、見たと答えるだけのことだが、これ以上、しゃべりあうと、いやでも、むずかしい問題にふれて行かなくてはならない。返事をしないほうがいいと思ってだまっていると、スタヴィスキーはテーブルの角をまわって、むかい側の椅子に落着いてしまった。

「雪になりました」

裏口の戸締りをしていたアンリが入ってきたが、テーブルの上の新聞を見るなり、いきなり手をのばしてさらいかけた。

「放っておきたまえ。隠せるわけはないよ」

スタヴィスキーはアンリをたしなめておいて、ユキ子のほうへ向きかえると、物憂いような調子で言った。

「……サン・ジェルヴェ行の一番は、朝の八時十五分だが、それでパリへお帰りなさい。私はいまたいへんなスキャンダルの中にいる。知らないうちならともかく、承知でここにいたということになると、あなたに迷惑がかかるから……さっき見たはずだね。杉林のそばで私がどんなことをしたか……壁と鎧扉のうしろに隠れているあいだはいいが、一歩外へ出ると、私の生命は保証しがたいものになる。今夜のように、遠くにチラとでも人影が見えたら、隠れるか防《ぼう》禦《ぎょ》の姿勢をとるかしなくてはならなくなっている……あなたをここへ呼ぶことは、はじめから反対だった。アンリは知らないが、こういう状況になることは、私にはよくわかっていたから……この一年、私があなたの援助をしていたかたちになっているが、実際は、信託事務をとっていただけで、学費を出していたのは、ほかのひとです。あなたとスタヴィスキーのあいだには、なんの恩義関係もなかったのだから、それだけは承知しておいてください」

思いがけない話になった。スタヴィスキーが嘘を言っているとも思えないが、そんな奇特なひとがいようなどと、今日までいちども考えたことはなかった。

「それはいったいどういうひとなんでしょう」

スタヴィスキーは、しばらくだまっていたが、思いきったようにボツリと言った。

「信託事務の内容は、信義上、漏泄《ろうせつ》してはならないことなんだが、私は、いつ、どこから射たれて死ぬかわからない状態なんだから、話しておきます……それはカシマというひと」

「鹿島……」

鹿島与兵衛というのは、死んだ父の古い友人で、同志会の幹事長までした進歩的な政客だったそうだが、大正三年のシーメンス海軍収賄事件の直後、政界から身をひき、世界漫遊に出かけたままフランスに根を生やし、一年の大半を南フランスやモナコで遊び暮している。だいぶ奇行があるらしく、大使館や正金［横浜正金銀行の略称］がもてあましている変った老人だった。フランスの遊び場では、雪洲の名は知らなくとも、カシマの名を知らないものはないというたいへんな粋人で、ほうぼうの賭博場で、大きな勝負をするらしい噂は聞いていたが、なんのために自分に学費などを恵んでくれるのか合点がいかなかった。

ユキ子の感慨に関係なく、スタヴィスキーがまたしゃべりだした。

「フランスの政治警察では射撃の名人を何人か雇っている。十メートルも離れたところから、うまい角度で、相手の額を射ちぬくという達人なんだ……うまい角度というのが問題なんだね。なんのことだかわからないだろうが、今夜、あなたが、見たのはそういう連中なんです……迷惑ぐらいならいいが、こういう危険を承知で、あなたのようなひとをひきとめておくことはできない。いまはまだこの程度だが、やれと命令されれば、ドア越しにでも射ちかねないやつらなんだから……」

ヴァロア街の襲撃者

五日前の夜、小田が外套を持って行ったきり、今日になっても音さたがない。ものの貸借にケジメをつけたがる律義な小田が、他の迷惑を承知しながらとぼけているとは考えられない。パリで知りあった行きずりの友人でしかないが、二十九にもなって子供ぐらいの知恵しかない気のきかない小田孝吉が、冷酷無情な人でなしのひしめいているパリのどこかで、ひょっとしてひどい目にでもあっているのではないかと思うと、放っておけないような気がする。

「ともかく見に行ってやろう」

主人夫婦は冬の休暇でディジョンの実家へ行っている。相役の女中は近所の市場にいい人がいて、毎晩、そちらへお通いになるから買出しに出る世話もない。

佐竹は大学時代の色のさめたクレヴァとベレェをひっぱりだすと、

「遅くなるかもしれないから、鍵は戸の下へ置いといてくれよ」

と言って家を出た。

バスでシャンゼリゼェ大通りまで行って、小田の通っている画学校をのぞいてみた。名画の模写と偽作の技を教えるふしぎな画塾で、いつ行っても小田のいないということはなかったのだが、そこにも姿がない。仲間の画学生にきくと、もう五日も来ないという。ほかに行くあてがないはずだ。救世軍の宿で風邪でもひいて寝こんでいるのではないかと思い、地下鉄に乗るつもりで大通りへひきかえした。

枝ばかりになった街路樹の根元で、白く乾いた土埃《つちぼこり》が小さな渦を巻いている。冬の間じゅう、パリの上に、じっと居すわっている大きな雲が、そろそろと暮れ色になじんで、小暗く翳ってくる。

大通りの両側に軒並みに並んでいるキャフェのテラスの椅子にいるだけの人間が、召集状でも受取ったような深刻な表情で、午後の早版を読んでいる。

バイヨンヌ市金庫主任の汚職……公金十億フラン行方不明……ハンガリア復興債券の大詐欺……公称資本四億フランの虚構会社……フランス国庫の危機……恐慌必至……拓相、法相、パリ検事局に召喚。ショータン内閣瓦解せん……

政界の汚職と醜聞はいまにはじまったことではない。つい三年前、ウーストリック銀行破産事件というのがあったばかり。最後まで助け船を出していたタルデュー内閣は、そのひっかかりで総辞職をし、首相はじめ、蔵相、前蔵相、前々蔵相、警視総監、上下両院議員、社会党党首のブルムにまで金銭収受の醜関係があったことが暴露され、十五億フランの預金をしていた中小商工業者が倒産して、一家、離散の憂目《うきめ》をみた。

こんどはフランスの西南部にある、バイヨンヌという小さな町の市営銀行が、スタヴィスキーという有名な詐欺師に情を知りながら五億フランの浮貸しをし、当時の労働相のダリミエとバイヨンヌの市長が、二十九社の保険会社に五億フランに相当する偽証券の引受方を依頼した……といったような事件だった。

ある冷静な新聞は、ドレェフュス事件当時のフランス人の悪熱《おねつ》と狂態が、またもやのさばりだしたと警告していた。政府自体が雲をつかむような市民の声の影響を受け、徐々に世論に支配されている。

スタヴィスキーにたいする新聞の批評はまちまちで、どれが本当かわからない。スタヴィスキーという男は人を昂奮させる謎のようなものに包まれながら、伝説の靄の中へすこしずつ溶けこんで行くような感じだった。

佐竹は気を悪くし、ただでさえ苦味走った、悪相に近い顔をけわしくし、みじめったらしく首をすくめながらル・ベリィというキャフェの前まで来ると、

「おい、佐竹君」

と、誰かが呼びとめた。

「ここだよ」

ガラスの衝立を風除けにして、ストーヴを抱えこんだ鹿島与兵衛が、一人で酒を飲んでいた。

「やあ、鹿島さん」

鹿島老は半白の形のいい頭をまわし、大きな眼玉で佐竹の顔を見すえながら、

「それァ夏外套だろ。佐竹の倅《せがれ》ともあろうものが、そんなしみったれた恰好で、どこへ行くというんだよ」

いっぱしの保護者気取りで、いきなり頭ごなしにきめつけた。

顔のこしらえの大袈裟な、芝居絵から抜けだして来たような老人は、死んだ佐竹の父の古い友達で、この十年、ヨーロッパで人の噂になるような闊達な暮しをしている。いま佐竹が学僕をしているプランスの父親が日本へ来て、大審院の法律顧問をしていたころ、佐竹の父と鹿島は開業したばかりの弁護士で、赤坂のプランスの官舎へ自由法論の講義を聞きに通った仲間だった。

幸徳秋水の大逆事件のとき、鹿島がいちはやく情報をくれたので、佐竹の父はプランスを頼ってフランスへ逃げたが、そうでなかったら、ほかの十二人といっしょに絞首台の露と消えていたところだった。

「あなたがパリへいらっしゃることは、プランス判事から聞いていましたが、どこのホテルにいるんです」

「すぐそこのクラリッジ・ホテルにいる」

クラリッジというと、逃亡する前日までスタヴィスキーが家族と住んでいたホテルで、連日家宅捜査や臨検の写真が、新聞に出ている。判事の話では、鹿島はスタヴィスキーの側に立って、政府の大官と称する連中を告発しようと計画しているということだった。しかし、むずかしいことはなにより嫌いという鹿島が、他人の国のことで骨を折ったりすることはない。プランスの懇望で、控訴院の少壮判検事だけで組織している自由法論団に、満州国承認運動にからまる詐欺事件の経緯を説明するぐらいのところだろうと佐竹は睨《にら》んでいた。

二年ほど前、香水王のコティが、自分の新聞で満州国承認の側面運動をやるから、二千万フラン（当時の二百万円）出してもらいたいと申込んできた。いろいろ折衝があったすえ、大体、よろしいということになり、コティの信用状態の調査にかかったところで、コティは新聞を乗っとられ、社長の椅子から放逐《ほうちく》されてしまった。そこへ、さる大官が、スタヴィスキーを仲介にして、おなじ条件でこちらの新聞でやるからと、割りこんできた。その間、相当な金の授受があったが、その新聞はただの一行も書かぬうちにアッサリと反対党に身売りしてしまった。まるまる詐欺にひっかかったわけだが、どこへ持ちだして黒白をつけるというわけにもいかない。日本側としてもあまり公表されたくないような事柄でもあるので、そのまま泣き寝入りになったが、鹿島はおさまらず、自分から法定代理人の役を買って出て、一《ひ》と合戦することになったというようなことだった。

鹿島が出ずともの場へ出るようになったのは、詐欺事件の理非をたてるよりはプランスたちの自由法論団に協力したいというのが真意らしい。鹿島の過去を知っている佐竹には、鹿島の意図していることがよくわかるのだが、スタヴィスキー事件でフランス人がひどいショックをおこし、恐怖と激情が愛国心より大きくなって、なにをしでかすかわからないというような困った時期に、騒ぎに輪をかけるようなことをするのは賛成できない。言ったって聞くような素直なおやじでないから言いもしないが、なにかいやなことがはじまりそうで、気持がよくなかった。

「南にばかりいるひとが、こんな冬のさなかに、パリへ出てくるとはめずらしい。どんな用だったんです」

「べつに、用ってほどのことでもないんだ。そんなことはともかく、久し振りだ。飲もう……おい、もう一つ」

なんとなく話を逸らして、給仕にペルノーを言いつけた。

中風や精神錯乱の続出で、一時、禁止になった茴香酒《アブサント》を、六九%にしてペルノー二世《フィス》が売出したが、思いがけない酔いをもたらすおそるべき魔酒で、鹿島老がこいつをやると、たいてい後が悪い。

「ペルノーは恐いからやめておきますよ。今日は行くところがあるから」

佐竹はこれから消息不明になった男を探しに行くのだと言うと、鹿島は、ふむと頭をかしげて考えていたが、

「おれのほうにも、出たっきり、行方のわからないのがいる。高松という、えらく頑固な娘でね」

高松ユキ子という娘のことは、前にもいつか鹿島から聞いた。佐竹の父と同様、大逆事件にひっかかり、無実の罪で絞首台の露と消えた高松公道の遺孤《いこ》で、母に連れられてアメリカへ行ったが、このごろ一人でフランスへやってきて、フランス語の教師の免状をとるために、ひどい貧乏をしながら苦学しているということだった。

佐竹は腰を浮せにかかったが、鹿島は耳もかさず、給仕が持ってきたペルノーに水を按配して、

「たまに会ったのに、逃げるという法があるかよ。まァ、飲め」

と無理矢理コップを突きつけた。

言いだしたら後にひかない我儘な老人なので、佐竹は観念してコップをとりあげた。

「それはそうと、クラリッジ・ホテルとはまた、変ったところに腰をすえたもんじゃないですか。スタヴィスキーって、どんな男です。いちど逢って見たかったね」

「なんだい、君は会っているじゃないか。去年の夏、サン・ジョルジュ広場のアレックスという会社の社長へ手紙を持って行ってもらったね。あれがスタヴィスキーだ」

白大理石張りの豪奢《ごうしゃ》な近代的ビュウローで、五十人からの事務員が、動きまわったり、タイプライターを打ったりしていた。社長というのは、四十六、七の一種、端然たる知的な人物で、忘れかねる印象を受けた。プランスは、田舎の裁判所の検事をしている時代からスタヴィスキーの研究をはじめ、プランスの手許には、過去十年間にスタヴィスキーが関係したあらゆる汚行と醜業の調書が山のように集っているということだったが、あの男がスタヴィスキーだとは、佐竹にとっても、まったく意外な感じがした。

「へえ、あれが……見かけだけでは、中身はわからないか。おどろいた」

「銀行家とか、金融業とかいう輩は、ある意味では、みな大山師さ。アレックスの会社にはいろんな看板がかかっているが、実体は、政治資金の融通を専門にやっている一種の信用組合なんだな。この何年かの間、貧乏代議士の選挙費用を含めて、政党の運動資金と称するものは、みなあいつの金庫から出ているんだ。ところでスタヴィスキーは政治的な偏見を持っていないから、右にも、左にも、無差別に貸す……これがこの事件のおこりよ。だって、そうだろうじゃないか。二人の愛人を平等に愛そうとすると、結局は、どちらからも恨まれてひどい目にあう……これは、きまった話だからな……だが、スタヴィスキーってやつは、政府の新聞で叩いてるようなもんじゃない。君は知るまいが、フランスを救ったのはスタヴィスキーなんだぜ。三一年（昭和六年）の大恐慌で、腰をぬかして、ふぬけのようになっている政府の尻をひっぱたいて、陰の助言者として、統制の指導をしながら、三年の間、死にもの狂いの奮闘をつづけて、やっとのことで、死にかけていたフランスに息をふきかえさした……前蔵相のボンネに献策したハンガリアの農地整理のプランのごときは、国際決済銀行あたりにおさまっている銀行家なんか、考えもつけないような立派なものだった。いまだって、スタヴィスキーの偉大な功績を、身にしみて感謝している人間が何人かいるはずだ……ともかく、ふしぎなやつにちがいない。いやさ、困ったやつが出てきたもんだ。大臣、大官は言うに及ばず、警視総監のシアップまでが、へいつくばってあいつのテーブルへ飯を食いにくる。あいつの細君は現首相のショータンの情婦で、同時に法相のレーナルディの妾だというんだ。政治にたいする不信といったって、ここまでくればヤマだよ。二十年このかた、フランスの国民は、考えられるかぎりの政治家の醜聞を、毎日、新聞で読まされてきたんだから、こんどこそとてもただではすますまいよ」

「騒ぎの大きいのはフランス人の病のようなもんですが、バカじゃないから、最後は、ウーストリック銀行の二の舞ぐらいのところでおさめるのでしょう」

「その程度にしか理解していないなら、齢はとっていても、要するに、君は学生だよ。あのときは、タルデュー内閣をつぶして、中央と右を衰弱させるぐらいのところですんだが、こんどは、下手をするとフランスの息の根がとまるんだ……どうして、どうして」

「へえ、フランスがつぶれますか」

鹿島は悠然たる飲みっぷりをしながら、

「つぶれるね。大体、そういう方向へ向いている。タルデュー将軍と、ウェイガン参謀長と、シアップ警視総監……保守派と、軍部と、官吏、つまり右翼の大同団結はファッショ独裁陰謀を計画しているんだが、三年後の総選挙をあてにしても、勝つ見込みがないから、どうしたって政治暴動でいくほかはない。政党政治と議会政治家を、根こそぎぶっ倒せるような腐敗の事実でもあればとねらっているところへ、こんどのスタヴィスキー事件だ。右翼の連中は、これだと、額を叩いてよろこんだ。こいつをキッカケにして、四年前からの腐敗を、ねこそぎ明るみに出してやる。これなら、たしかにものになる、って……パリで新聞を読んでいてはわからんだろうが、右翼では六百万の団員に戦闘指令を出そうとしている。あのときは党争だが、こんどは階級戦だ。党派の争いが階級間の争いになったときは、議会制度という政治形態が機能を失ってしまったときだ」

「右翼がそういう出方をすれば、最大多数党の社会党を左へ追いやる結果になって、フランスがフランスでなくなるのですが、そこまでのことをするでしょうか」

「政治家の泥棒をやっつけるためなら、フランスをつぶしてもいいというんだよ」

「結局は、他人の国の話ですね。日本では、軍部と財閥の抱合いがはじまっているようですが、このほうが、もっとたいへんでしょう。……遅くなると困るから、この辺で失礼しようかな」

「そんなら、帰れ。話はちがうが、こういう、ひょんな時勢になってきたから、おれを利用してすむことだったら、なんにでも利用してもいいぜ。ホテルの番号は百三十五号だ」

佐竹は地下鉄の駅のあるほうへ歩きだしたが、たいして人通りもないのに、むやみに人がぶつかる。佐竹は腹をたてていちいち突きかえしていたが、そのうちに突きあたるのはむこうのせいでなくて、こっちが眼をつぶって歩いているからだと気がついた。

立ちどまって町並みをながめると、地下鉄と反対のほうへ来ている。

「こんなはずじゃなかったんだが……あいつは、やっぱり魔酒だ」

回れ右をして、来たほうへ戻りはじめたが、歩いている足の感じが全然ない。胴から上だけでフラフラしているようで、たよりがなくてやりきれない。

大学の法科の学生が五人ばかり後から来て、いきなり佐竹の肩をどやしつけた。

「豚野郎、急がないと、間にあわないぞ」

「どこへ行くというんだい」

「こいつ、酔っぱらっていやがる。ヴァロア街の襲撃だ。しっかり歩けったら、こん畜生」

「よし、行こう」

「だめだ。間にあわない。タクシで行こう」

一人がそう叫ぶと、手をあげてタクシを呼びとめた。黒いずんぐりしたタクシが歩道のそばでとまった。学生たちは佐竹を車のなかへ担ぎこんで側窓のほうへ押しつけると、運転手に、

「ヴァロア街」

と怒鳴った。

運転手はこちらへ首をねじ向け、わかったというふうに片眼をつぶってみせた。

「ヴァロア街ならタダで行くよ」

「えらいぞ、伍長」

「すっ飛ばせ……突っ走れ」

学生たちは口々にわめくと、車房の内張りを叩きながら、「マルブルゥは戦争に行く」という古い民謡を合唱しだした。

佐竹はいっしょになってうたっていたが、やりきれないほど眠くなって、側窓にもたれてうつらうつらしはじめた……。

さっき大統領官邸が見えていたが、眼をさますと、車はオペラ大通りを走っている。学生たちは合唱をやめて、議論をしていた。

「もう政治はいらない。ぼくたちに必要なのは、全フランスの結合だ。いいかね？　フランスはいま崩潰《ほうかい》しつつある。この悲境から脱れるために、われわれが互いに結合するのでなければ、万事、休すなんだ」

「それはぼくの意見だ。可能なる学説としては、もはやファシズムしかないんだからな」

「前大戦のときのように一致協力すれば、議会の掃除なんか、一週間ですんでしまう」

良家の子弟らしく、五人ともキチンとした服装をしている。佐竹は、一年も前に志望を変えてしまったので、どれがジャンで、どれがアンリだか忘れてしまった。こんな若い下級生とタクシに乗って、いったいどこへ行くのだろうと考えていたが、側窓から王宮広場の細長い庭を見るなり、とっさに意識がかえった。この先の、狭っくるしい横通りに、スタヴィスキー事件の醜聞の震源地になっている、急進社会党の本部がある。

「デモをやりに行くんだ」

と、ぼんやりとうなずいたが、それがどういうことなのか、頭にひびいてこなかった。

ヴァロア街の入口でタクシから降りた。横通りへ入って行くと、本部の貧弱な建物の前で、二百人ばかりの学生が騒いでいた。

議員が死んだ、葬式を出そう
女房がなげく、慰めてやろう
一、二、三、くたばれ、溝鼠《どぶねずみ》

マルディグラという民謡の替え歌を合唱しながら、一、二、三で足踏みをし、くたばれ溝鼠で二階の窓へ石を投げる。

横通りの奥に、増築でごったかえしているフランス銀行の工事場があって、下級生が、そこからリレー式に石を運んでいる。十人ばかりの学生が、大きなベンチをひきずってきて、本部の入口の大扉をドスンドスンやっている。三階の窓が開いて、議員らしい老人が、

「大学生諸君……」

と演説をはじめたが、石を投げられて、あわててひっこんでしまった。だしぬけに大扉が開いて、消火ホースの筒口を持った壮漢が、入口であばれている大学生に、めちゃくちゃに水を浴びせだした。

先頭の大学生の一団は、猛烈な水の勢いにおされてジリジリと退ってきた。

「だめだ。そっちからかかれ」

入口の横にいた十人ばかりの学生が、水浸しになって、歩道を辷ったり転んだりしながら、筒口を持っている男に躍りかかって行き、そこへ小型のルノーが走りこんできた。一人の学生が、

「議員が乗っているぞ」

と叫ぶと、三十人ばかりの学生が前後左右から車にとりついて、ヨイショ、ヨイショとゆすぶってひっくりかえしてしまった。乗っていた議員はステッキを振回して威嚇していたが、袋だたきになって王宮広場のほうへ突きだされてしまった。

暮れきったが、まだ夜にはならない微妙な夕まずみのひと時で、学生たちはあるかなしかの空明りを受け、よろめくような長い影をひきながら、廻り灯籠の絵のように動きまわっている。

佐竹はこれも面白いと、むかい側の歩道に立って見ていると、王宮広場のほうで、

「巡査が来たぞ」

という声がした。

通りの入口に警察の大型車がとまって、三十人ばかりの警官が警棒を振りながら走ってきた。本部の中庭を占領していた学生は、わあッと声をあげて逃げだしたが、大部分は、

「巡査の豚をやっつけろ」

と気勢をあげながら、スクラムを組んで、ワッショ、ワッショと警官隊を入口のほうへ押し

かえしはじめた。

「こらっ、やめろ」

薄闇の車道のそこここで、学生と警官の取っ組合いがはじまった。

「おうい、テンノー、おうい、ハラキリ」

タクシでいっしょにきた上品な顔をした下級生が、勇敢に二人の警官とやりあっている。

「おれは、こいつを片付けるから、お前は、この、すがめをやっつけろ」

すがめの警官は、

「なにをこいつ」

と叫んで学生の手を捻《ひね》りあげると、警棒でつづけさまに学生の背中を撲《なぐ》りつけた。

「ああ、死ぬ、死ぬ……殺される」

その学生は軋るような悲鳴をあげた。佐竹はカッとして、

「なにをしやがる、こん畜生」

と叫びながら飛びかかって行ったが、胸のまんなかに警棒の一と突きを食って、もろくも歩道の上にひっくりかえった。

「やりやがったな」

佐竹は、もうどうなってもいいようなめちゃくちゃな気持になって、下級生をひきずってい

る警官を追って行くと、

「だめだ、逃げろ。これをたのむよ」

その学生が大きな折畳《おりたたみ》ナイフを投げてよこした。

いつの間に集ったのか、学生より警官のほうが多くなっている。佐竹はこいつはあぶないと思って、無意識にナイフを上衣のポケットへ押しこむと、フランス銀行の工事場のほうへいっさんに逃げだした。

一時間ほど後、佐竹は小田の宿に近い地下鉄の口から出てきた。広場に凍った薄い霧が降り、石の獅子の像が水に洗われるように、見えたり隠れたりしている。

「獅子の広場だ」

途中で咽喉を渇かして、二度ばかりビールを飲んだ。どこかのキャフェで、サラリーマンらしいのとえらい議論をしたようだったが、ペルノーのしつっこい酔いが頭にからみついていて、なにを言ったのか、まるっきりおぼえていない。犬のように道端にうずくまって嘔吐《えず》いてみたが、苦い水のほか、なにも出て来なかった。

ラ・サンテの監獄の塀について朦朧と坂を降りて行くと、ほどなく救世軍の宿泊所の前に出た。事務で小田の名を言うと、受付の士官は、

「オダ?」

と妙な眼つきで佐竹の顔を見ていたが、探してくるからそこのベンチで待っているようにと言って、奥へ入って行った。

佐竹は煙のような薄霧の漂う寒々とした中庭のベンチに掛けて待っていたが、どうしたのか、三十分以上たっても誰もやって来ない。

佐竹は低落し、胸に顎をつけてうつらうつらしていると、だしぬけに、おいと肩を叩かれた。貧相な外套を着た山高帽の男が二人立っている。

「よく来たな。三日も待っていたんだ……行こう」

チョビ髭を生やした小柄のほうが、ニヤニヤ笑いながらそう言った。

型にはまった身装《みなり》やものの言いかたで、私服だな、と思った。デモのことがすぐ頭に来た。

「うるさいことになった」

佐竹は聞えないほどに舌打ちした。それにしても、デモの学生をつかまえるのに、私服が二人でやってくるのはすこし大袈裟すぎる。三日も待っていたというのは、なんのことだろう。

「君たちは警察の人か」

「察してくれよ。寒いんだからな、ぐずぐず言わないで、さっさと立て」

もう一人のほうが佐竹の腕を吊りあげた。佐竹は反射的にその手を振払った。チョビ髭が躍りかかってきて、

「やるか、この野郎」

と、佐竹の胃袋のところを力まかせに撲りつけた。佐竹は、

「あっ」

と腹をおさえて前かがみになると、こんどは息のとまるほど脇腹を蹴られた。士官まで加勢して、気が狂ったように撲りつける。起きあがってはひっくりかえされ、コンクリートの中庭を毬《まり》のように転げまわっているうちに、頭がぽーっとしてきて、なにをされているのかわからなくなった。

正式裁判申立書

「ちょっと目をさませ」

誰か、佐竹の耳もとでささやいている。

「夜の明ける前に、話しておくことがある……おい、起きろったら」

佐竹は渋い眼をあけた。無精髭を生《は》やした、見たこともない顔が鼻の先におおいかぶさっている。咽喉が渇いてやりきれない。

「水はないかね」

「水か……あそこに蛇口がある。行って飲んで来い」

佐竹が身体を起すと、その男はむこうの壁際の闇だまりのなかへすうっと退って行った。

八畳より広く、十畳より狭い。三方が壁のコンクリートの四角な部屋で、一方は金網を張った鉄格子になり、格子のむこうは廊下で、その辺にぼんやりした電灯の光が漂っている。警察の留置場だということは、佐竹にも一と目で察しがついた。

左手の壁際に、縁台を細長くして、勾配をつけたような、板張りのベッドがあるほか、テーブルも椅子もない。みじめなくらいガランとしている。

寝板とでもいうような湿っぽい荒木のベッドに佐竹は放りあげられていたわけだが、いつ外されたのか、ネクタイもバンドもなくなっている。ポケットをさぐると、財布も旅行免状もない。宿泊所の庭で毬のように転がされたことはおぼえているが、いつこんなところへ運ばれたのか、ぜんぜん記憶に残っていない。手足の節々や身体の筋肉が焼けるようにうずくが、頭は意外にはっきりしている。

「ひどいことをしやがる」

この国の警吏《けいり》はむかしから殺伐で、思いきった暴行を働くので有名だが、あんな乱暴をするのはすこし無茶すぎる。

寝板から降りて、ソロソロと部屋の角のほうへ行ってみると、三角の隅棚の下に水道の蛇口が出ている。蛇口の下のコンクリートの床が一尺四方ほど凹《へこ》んで、タイルの足型のあいだに穴があいている。これがこのホテルのトイレットというわけなのだった。隅棚の上に瀬戸引《せとびき》のコップが載っているが、この際そんなものに用はない。カランをあけ、蛇口に口をつけて夢中になって飲んでいるうちに、いくらか人心地がついた。

急に寒くなった。胴ぶるいをしながら縁台に這いもどると、さっきの男が闇のなかからあらわれてきた。

「煙草をやろう」

「すまない」

佐竹が手を出すと、コルクの口のついた煙草を一本よこして、火縄のライターで火をつけてくれた。フランスではあまり見あたらない贅沢なトルコ煙草だった。

「話って、どんなことです」

「まァ煙草を喫っちめえ。喫ったら壁のほうへ寄れ。並んで寝ながら話をしよう」

佐竹が煙草を喫いおわると、その男は地虫の鳴くような声でささやいた。

「クレヴァをぬいで、そっちへ寄れ……壁に背中をつけて」

廊下から来る片明りだけでは年恰好まではわからない。無精髭を生やしているので、老けてみえるが、じっさいは四十二、三というところらしい。浮浪人か宿無しといった狡猾な顔をした小柄な男……寝板の上でなにをしようというのかわからないが、いままでのとりなしからすると、害意を持っているとも思えない。佐竹は言われたように、壁に背中をつけ、左腕を下にして横になった。その男はソロソロと寝板に這いあがってきて、抱きあうような恰好で長くなると、佐竹のクレヴァをひきよせてスッポリと頭からかぶった。大蒜《にんにく》や、煙草や、安ラムのムッとするようなにおいが佐竹の鼻を襲った。

電車かバスが通っていくひびきが、かすかにつたわってくる。夜が明けて、パリが活動しはじめた証拠だった。

「あれは十八番のバスだから、かれこれ七時か……時間がないから、アヤをつけている暇がない……早速だが、両親でも、親類でも、友達でも、パトロンでも……イザコザいわずに、だまって三万フラン出してくれるような器用な知合いがあるかね」

「三万フランを、どうしようというんだい」

「それでお前の命が助かるんだ。いればよし、いなけれァ、気の毒だが手をひく。よく考えて返事しろ」

いきなりで、なんのことだかよくのみこめない。

「もうすこしくわしい話をきかしてくれなくちゃ、返事のしようがないじゃないか。だいいち、君はどういう人なんだね」

その男は歯がゆそうに、ちえッと舌打ちをした。

「おれか、おれはジョ・ラてんだ。バカヤロー、おれの名を聞いてなんの役に立つというんだ。お前はマレー殺しの犯人に追い落される命の瀬戸にいる……ところで、おれはあと三十分もすれば娑婆《しゃば》へ出る。おれに三万フランよこす保証をすれば、どんな連絡でもとってやるといってるんだ」

「マレー殺し……」

マレーという右翼の古い代議士のことは新聞で読んで知っているが、自分とどういう関係があるのかわからない。

佐竹が考えこんでいると、その男はむやみに焦れてきた。

「オクリになったら、それでおさらば。いくらおれだって、その上のことはできやしない。あばよ、といって見送るばかりだ」

「だから、いったい、どういう……」

「なんという蔓《つる》出しの遅い南瓜《かぼちゃ》なんだろう……お前は、一日の夜、十三区の貨物駅の構内で、安南人の大学生の背中へ大ナイフを突っとおしてネムらしたことになっている……時間がないんだ。話をゴタつかせると、お前の損だぞ」

バカげている。そんなことなのかと思ったら、気持が楽になった。

「冗談じゃない、よしてくれ。人ちがいだ」

「お前の服のポケットに、でかっぱちもないナイフが入っていたが、あれで爪の垢《あか》でもほじくるというのか」

「ナイフ……」

デモのドサクサのあいだに、下級生からナイフを預ったおぼえがある。たしか上着のポケットへ落しこんだはずだが、この男がそんなことまで知っているのはあやしい。

「ぼくがナイフを持っていたかどうか、君にわかるはずがない。知っているとすれば、君は神様みたいな人だね」

「利いたふうなことを言うなよ。おれを怒らせないほうが、ためだろう。なぜ知っているかって？　お前の小道具を洗っているとき、署長室の脇間にひかえていたからよ……あいつらがなにを言っていたか、おれはみんな聞いているんだぜ」

「どんなことを言っていたんだね」

「署長が本庁へ電話をかけていたよ……アタリがありましたから、四日、午後八時現在でマレー事件捜査を打切ります……日系米人。経済学部の聴講生……米国の弁理士の免状を持っています。無理でも、なんとかモノにします。この辺でキメないと、九日の議会に間にあいませんから……今日までにひっぱったやつは、明朝、全部出します……思いあたることがあるだろう」

　いやな話になってきた。この男の言っていることが嘘でなければ、落着いてばかりもいられない。それで佐竹は、ともかくヴァロア街でデモをやって、救世軍の宿にいる友達のところへ行ったまでの話を、一と通り聞いてもらった。

「ぼくの行動はこれで全部だが、いったいどういうところでひっかけられたんだろう。わかるように話してくれないかね。とぼけているわけじゃないんだ」

「わからないことはなかろう。お前は、昨夜の『パリ夕刊』を読まなかったのか」

「パリ夕刊」……そういわれればそうかと思いあたることがあった。

右翼の新聞は政府がマレーを誘拐したのだという見解で、しきりに目撃者の情報を求めていたが、三日の朝になって、マレー氏らしい紳士を護送する三人の男と地下鉄に乗りあわしたという目撃者が出てきた。目撃者某夫妻の話では、その一団は一日の午前零時半ごろ、グルネル河岸駅［ラ・モット・ピケ駅の別称］から乗って、天文台の近くの駅で降りたが、その中の一人はベレェをかぶった東洋人だったといっている。その記事は佐竹も読んだ。

「すると、マレーを運んで行った東洋人というのが、ぼくだというわけなんだね」

「そのとおり……否でも応でも、その辺で落着かせようというんだな」

この国の警察組織は、やりきれないほど時代遅れで、いまだに徒弟制度の刑事部屋をもち、掏摸や、浮浪人や、詐欺の常習犯をスパイに使っている。証拠による事実の認定も、裁判官の自由な心証に一任され、行刑の方針は執念深い懲罰主義で、日本では明治時代に廃止された非人間的な流刑をいまもなお現行し、南米仏領ギアナにある悪魔島という亜赤道の流刑地へ、毎年、千人近くの囚人を送って、ひどい風土のなかで破滅させる。またパリの警視庁は多数党政府の完全な道具で、必要があれば、どんな構罪でも、どんな証拠湮滅でも平気な顔でやるといわれ、フランスの多数党は、男を女にする以外のあらゆることが出来るという歌の文句さえある。

夫婦者が地下鉄で目撃した東洋人と、佐竹潔という無実の個人を、どういう刑事技術で結びつけようというのか知らないが、それではいくらなんでもひどすぎる。

「それは無茶だよ、君」

「無茶はわかっているさ。マレーはあまりおどしつけられてたので、恐怖症にかかり、暮の三十日に、監禁されていたサン・ドミニック街の何番地とかの四階の窓から飛び出して死んでいる。それを、一日の朝、地下鉄に乗ったモクゾウの中から犯人をデッチあげようというんだから、どだい無理な話なんだろうさ」

「君はどうして、そんなことを知っているんだね」

「これは恐れいった……どうしてという質問には答えにくいが、大体、そういったことだと思えばいい。マレーをひっぱりだしたのは特高の古手だが、こんどはやりすぎて恩給を棒に振ったとボヤいていた。そいつらは、昨日、アフリカのカサブランカへ飛ばされたはずだ……とまあ、思うんだ。おれの想像だがね……そこでマレーの死体だが、ケチな下っ端に言いつけて、マレーの邸の近くへ放りだしてケリをつけたつもりでいたが、やはりそれではおさまらない。

法医研で解剖したら、死亡時間が四十何時間とか食いちがっているというので、それでお倉に火がついた……」

頭からかぶったクレヴァの内側に臭い熱気がこもって息がつまりそうなのに、ヒソヒソ声が邪魔になってものを考えられない。自分の上に落ちかかってきた危険がどういう性質のものか、くわしく知っておきたいと思う一方、すこしも早く一人になって、じっくり考えてみたいというような矛盾した気持が起き、佐竹の頭のなかはひどい混雑だった。

「ところで、一日の夜、この十三区の貨物駅の構内で、安南人の大学生がナイフで背中を刺されて殺された……右翼の新聞はだまっていない。その安南人こそマレーを運んだ三人のうちの一人だったんだ。政府はスタヴィスキーの告発者たるマレーを抹殺したうえ、マレー殺しの犯人まで沈黙させてしまったじゃないか。政府がみずから殺人を行なうという非常手段に訴えてまで、証拠湮滅に狂奔するところから推すと、スタヴィスキーの逃亡も、政府が援助してやったことでしょう、てなことを言いだした……安南人の学生を殺したのは誰だったかおれにはわかっているが、それはともかく、意外に火の手が大きくなって、政府たるものも大きさにあわてたさ……なんとかして揉消してしまわないと、火傷ぐらいではおさまらない。各区の警察署長に秘匿命令をだして、およそ前科のあるものは、誰彼なしにひっぱらした……おれもその一人だがね」

「待ってくれ。ぼくにもすこし考えさせてくれよ」

佐竹は、悲鳴をあげたが、相手は一言でおさえつけてしまった。

「なにを考えるんだ。考える暇なぞあるもんか。命の継目というだいじな話をしているんだ。だまって聞いてろ……どの区でも、留置場がはち切れるほど手繰《たぐ》りこんだが、モノになるようなアタリがねえんだ。弱りきっているところへ、死んだやつの友達が、でかっぱちもないナイフをポケットに入れてフラフラ出てきた。まったくもって好い都合さ……おれはこう見えても、田舎で、三百代言の下廻りをつとめていたことがある。おれにはお前のあぶなさ加減がよくわかるんだ……おどかすわけじゃないが、フランスでは、こんな羽目になったやつで、むかしからただの一人も助かったためしがないんだ。大学生殺しは、もちろん、お前が背負わされるだろう。それはもうわかっているが、ひょっとすると、マレー殺しのほうまでひっかぶることになるかもしれない……おい、どうするんだ」

　どうするといわれても、佐竹の言えるようなことは、なにもない。

「それが事実なら、ぼくはどこまでも争う」

「争う、か……人間界のことは、お前なんかが考えているより、もっと複雑で、もっと憂鬱なものなんだ……じゃ、言うがな、署長がアタリがついたと報告したとき、お前の手記がちゃんとできていたんだぜ」

「手記、というのは？」

「お前が懺悔後悔して、おのれの罪の次第を書き綴った告白文のことさ……私は、一月一日の夜の八時ごろ、第十三区、コルドリエール街二十九番地にある救世軍の宿泊所からその大学生を誘いだして、十三区の貨物駅の構内へ連れこんで、話をしながら、うしろから左肩部にナイフを突刺して殺害しました。右、告白いたします……見たとおりに自筆で書いて、署名だけすればいいように、ちゃんと手本ができている。ひっぱられたやつは、誰彼なくそいつを読まされて、おどしつけられたんだ。このおれもよ」

「その男は大学生だと、誰が言ったんだ」

「右翼の大学生のかぶるみたいな、赤いベレェをかぶっていたからだろうよ。殺されたやつの名はオー……オゥダン……オータ……」

佐竹はあわてて聞きかえした。

「オダ？」

「そうそう、オーダだった」

小田を救世軍の宿泊所へ紹介したのもこの自分だし、よく遊びに行ったので士官はみな顔を知っている。殺されたのが小田だとすると、容疑者の一人にされる一応の理由はある。私服が、三日も待っていたといった言葉の意味を、佐竹はいまになってようやく諒解した。

「なるほど、あぶない」

先方に構罪の意志があり、こちらにそういう条件が揃っていれば、この男の話もおどかしだとは言いきれなくなった。

どこかで壁に金物を叩きつける音がし、飯だ、飯だと叫びたてる乱暴な合唱がおこった。

ジョ・ラはいきなりクレヴァをはねのけた。

「はじまった……言わないこっちゃない。ぐずぐずしてやがるから、とうとうだめになってしまった」

そう言うと、ひと飛びに反対側の壁のほうへ飛んで、自分の寝板の上に長くなった。

廊下のはずれのほうで、鍵をガシャガシャいわせながら鉄扉を開ける音がする。ぼんやりした朝の光がさしこんできて、監室のなかが薄明るくなった。

「こら、こら」

と叫びながら、警棒で鉄格子を叩きつける音がだんだんこちらへ近づいてくる。

「監長がきた。眠っているふりをしろ」

ジョ・ラが低い声で言った。佐竹は言われたとおりに壁のほうを向いて丸くなった。

靴音が監室の前でとまった。鉄格子のむこうからのぞいている気配だったが、じっとしていると、間もなく来たほうへ戻って行った。

「起きろ。朝の交替だから、十五分ほど間がある。十五分で話をつける気があるか」

「ある」

佐竹は飛びつくように言った。

「あわてだしやがった」

ジョ・ラが苦笑しながらつぶやいた。

「じゃ、ここへ並んで掛けろ。ちょっとの間ガサガサするから、たいていな声で話しても大丈夫だ」

佐竹は、急いで寝板の端に掛けた。

朝の光で見ると、意外に柔和な人相をしている。佐竹は思わず横顔を見つめた。

「それで、どういう話になるんだろう」

「どういう話でも、そちら次第だ。先にお前の話を聞こう」

三万フラン……知合いの画描きや留学生の顔を一つずつ思いだしてみたが、三千円という金を右から左に融通してくれそうなやつは思いあたらない。

「そうだ。鹿島のおやじがパリに来ている」

おれを利用してすむことだったら、どう利用してもいいと言った。鹿島がパリにいるというのは、この際、なににもましてありがたかった。

「承知した。クラリッジ・ホテルの百三十五号……カシマという日本人をたずねて行ってくれ。ぼくのパトロンだから」

「アレックスとカジノでよく張合っているあのカシマか」

「カジノのことは知らないが、スタヴィスキー事件のひっかかりで、パリへ出てきたといっていた」

「さすがだな。カシマはスタヴィスキーがフランスにいることを知っているとみえる」

「あいつは南米へ逃げたんじゃないのか」

「どうして、どうして……アレックスが二十四日の夜、パリを逃げだすとき、昔の仲間のあいだを駆けずりまわって、千フラン貸せと頼んで歩いていた。億万長者も、最後は一文なしの手ッ払い……百の金もないやつが、どうして南米なんかへ逃げられるわけがある。どんなことがあったって、フランスにいる……そんなことはどうでもいい。カシマがパトロンなら大丈夫だ。助けてやろう」

うれしさで、佐竹の背筋が寒気立った。

「助かる方法があるだろうかね」

「仮にハメこむにしたって、完全な書類と証拠をそろえるには、少なくとも十日はかかる。今朝、署長がお前を呼びだして、違警罪の即決で拘留の申渡しをするだろうが、じっとしていると、退引《のっぴき》ならないようにこしらえられてしまうから、一日も早く裁判所へ移るようにする……警察の苦手は、インキと保証金よ。拘留人が正式裁判申立書を書いて、申渡しの日から三日以内に軽罪裁判所の判事に送りつけると、二十四時間以内に身柄をそっちへ移さなくてはならないことになっている……そいつをやるんだ」

そういうと、上衣の裏の妙なところから、紙幣と紙と鉛筆の芯をだした。

「この二百フランは一日二十フラン、十日の拘留にたいする保証金。申立書はおれが口述する……もうわかったろうが、何十年となくやっている、これがおれの商売なんだ。ソツはないよ」

うねり返す雪波

五日の夜半から吹きだしたアルプス颪《おろし》は、つぎの日の午後になるとだんだんひどくなり、いまにも家が吹き飛ばされるかというすごい荒れかたになった。天と地の間は猛烈な吹雪に吹きとざされ、鎧扉の隙間からのぞくと、薄暗い、どんよりした空の下で、灰色の雪波が錯乱したように猛り狂っているのが見えるだけだった。電鉄は運転休止で、新聞も手紙も来ない。電線が吹き切られて、電信も電話も、一切、不通になった。今月分の学費と、パリまでの旅費は、昨夜、たしかに受取った。二人とはなんの関係もない存在になった。ユキ子は朝から一人で部屋に閉じこもっていたが、夜になると、いたたまらなくなって、二人のいる居間へ行った。

戸口からのぞくと、スタヴィスキーとアンリが思い思いの恰好で頬杖をつきながら、暗い顔で物思いに沈みこんでいる。

昨夜の二人の会話から推すと、スタヴィスキーは、ここで、政府という大勢力をむこうにまわして、倒すか倒されるかの大勝負をしているのらしい。投機家が市況をにらみあわせてたえず商略に生気を与えるように、スタヴィスキーにとっては、パリの新聞で政界の微妙な動きを読みとることだけが、ただ一つ生きる手がかりになっている。いいぐあいに吹雪が夕方までにおさまっても、パリの新聞は明日の午後でなければ来ない。この調子で吹きつづければ、いつのことになるかわからないが、そういうむずかしい掛引きでは、たった一日、新聞を読みおくれたばかりに、打つべき手を打てなくなって、えらい運命のミスになるようなこともありえる。ラジオもないこんな山の中の破家《あばらや》で、吹雪の音を聞きながら、あてのない命の便りを待っているのは、やりきれないほど焦立たしいものだろう。これからの何十時間のあいだ、どんな思いで暮すのかと思うと、気の毒で顔を見る勇気もない。そのままそっと部屋へひきかえした。

夕方になると風はいくらかおさまったかわりに、急に温度がさがってきた。スチームの熱の届かない部屋の隅々がカチカチに凍って、庭のほうへ向いた壁面《かべづら》にいちめんに霜がつき、部屋のおもむきがなんともいえないすさまじい形相になった。

六時ごろ、また客間へ行ってみると、スタヴィスキーは部屋へ帰り、アンリがアルプスの案内記や、トゥリスト用の地図をひろげて、一人でなにか考えこんでいた。

「アンリさん、あなたのパトロンは？」

アンリは眼もあげずに、

「もう寝たんだろう」

とこたえた。

所在がないので、ユキ子は地図をひきよせて見ていたが、スイスの国境が意外にも近いところに……せいぜい四里ぐらいのところにあるので、はッとなった。この辺の三角地帯は、イタリーとスイスに挟まれているくらいのことは、常識としてユキ子もわきまえていたが、これほど近いとは思っていなかった……ここから電鉄で一時間足らずのところにスイスの国境があって、マルティニという駅でイタリー行きの汽車に接続する。自動車なら国道二十号を通ってかんたんにスイスへ入る。スキーならバルムという切通しで国境を越える安易な道のほかに、いくつかハイキングコースがある……セルヴォスから移ってきたが、この隠れ家ももう安全でなくなっている。この嵐を利用して、ちょっと居所を変えてみるぐらいのことを、なぜ思いつかないのだろう。しかし、それもよけいな心配かもしれない。スタヴィスキーが寝に行ったのは、たぶんこれからはじまる活動にそなえるためなんだろう。

「いまからだって、おそくない」

風が吹きつけるたびに、家中の柱がいっせいに悲鳴をあげる。どこかで窓の鎧扉がけし飛んだような音がした。あいかわらず猛烈に吹雪《ふぶ》いているが、吼《ほ》えるような風の音も、いままでのようにはいやらしく聞えなくなった。

「なかなかやみそうもない。痛快ね。いくらでも吹くといいわ」

アンリは眼を動かしてチラとユキ子の顔を見たきり、相手にならなかった。

昨日の昼あたりから、ユキ子はアンリを憎らしいと思うようになった。むやみに忠実ぶって、スタヴィスキーの愛情を独占しようとしていることも気に入らない。せいぜい小田ぐらいの齢でしかないのに、ひとを子供扱いにするのが腹がたつ。

「ねえ、アンリさん、間もなくお別れになるんですから、なにか話しましょうよ」

そう言うと、アンリは急に警戒するような眼つきになった。

「どんな？」

「どんなって、わかってるじゃありませんか……あなた、なにかあたしに話してくれること、ないの」

「だから、たとえば？」

「こんなところへ呼んでくれたことは、すんだ話だから責めるつもりもないけど、これからのあたしの成行きってものも、すこしは考えていただきたいのよ。情実になった以上、スタヴィスキーってひとのことを、いくらかでも知っていないと、なにかの場合、間誤《まご》つくでしょう」

「さあ、どうだろうね。僕は、深いことを知らないほうが、君のためにいいのだと思うんだが……事実、君はなにも知らないのだから、知らないで押し通せるわけだからね」

「気にさわったらごめんなさい。あたし、あなたをえらいと思っているのよ。でも、スタヴィスキーの秘書だというのは嘘でしょう」

「そんなことを言ったっけね。あれは法螺さ。ほんとうの秘書はフランスの北のほうへ逃げてしまった……どいつもこいつも、みな逃げた。最後にスタヴィスキーのそばに残ったのは、走り使いの小僧一人だけというんだから……僕は浮浪児さ。モンマルトルのキャバレの前で、自動車のドアを開けるのを仕事にしていたのを、パトロンが拾いあげてくれた……だが、そんなことを恩だなんて思っているわけじゃない。誤解してくれちゃ困るよ……僕がいま、どんな気持でいるか、君にわかるかしら？　わかるわけはない……九日に議会があく。政府としては、その前にスタヴィスキーを片付けたいと思うだろう。それはもう当然のことなんだ……すると、あと二日……明日でなければ、明後日……」

アンリはおかしなくらい調子づいてきた。しゃべっているアンリの顔が稚気《ちき》をおびた子供くさい表情になっていくのを、ユキ子はふしぎな思いでながめていた。熱にうかされた子供のような顔をしていると思ったら、アンリは酒を飲んでいるのだった。

「お酒でもこぼれているんじゃないかしら。葡萄酒のにおいがするようだけど」

アンリはツイと眼をそらすと、

「そうだよ。今夜はうんとこぼれちゃったんだ」

と、ふてくされたように言った。

「もう行先はきまっている。どうしていいかわからない。泣きたいくらいなんだ……だが、僕は恐れていない。明日はどうなるかなんて、いちどだって考えたことはない。パトロンが行くとおりだまってついて行くだけだ。どこへでも……どこまででも……ねえ君、君は、ルイ十六世が首を斬られるとき、最後まで弁護した弁護士のこと知っているかい？ ……私は、今日までつねに王の恩顧をかたじけなくしたものである。すべての人が王を弁護するのは危険だと考えつつあるとき、であるからこそ、私は王のために最後の義務をつくさなくてはならない、ってね。つまり僕も……」

アンリはしゃべるのをやめて窓のほうへ立って行き、鎧扉の隙間から、雪の降りだした暗い庭をのぞいていたが、そのうちにだまって椅子のところへ戻ってきた。

「風がやみかけている……一分ごとにチャンスが逃げて行く……こんなことをしているうちに、なにもかもみなだめにしてしまうんだ」

そういえば、風のつく息がすこしずつ弱りかけ、風と風との間がだんだん間遠《まどお》になっていくようだった。

「パトロンはあまり弱すぎる。ナポレオンもそうだった。病的虚栄心というやつが邪魔をするんだ。こんな羽目になっても、卑屈な真似はしたくないなんて言うんだ……スタヴィスキー……これはもう金貸しなんてもんじゃない。絶対なる芸術家なんだ。あまりにも敏感で、傷つきやすい自尊心をもっている。要するに、弱すぎるということなんだ。政治家の最初の罪は、たいてい友情のために犯されるものだが、銀行家は友情ぐらいでは腐らせられない。たのまれれば、金も貸す、保証もする、投機の手伝いもする……こちらは地道な商行為をやっているだけだが、あの連中はバカでむこう見ずだから、あぶないものでもなんでもつかみだしてきて、自分で自分の首を締めるような真似をする……あの連中が持ちだしてくるもののなかには、それだけでも悪魔島行きになりそうな、ぞっとするような剣呑《けんのん》なものがある。そいつを押えられたら助かりっこないんだから、パトロンはそいつらの署名のあるものは、一切合財、セルヴォスで焼いてしまった。金庫の隅まで洗われても、あいつらが怪我をするようなものは、なに一つないようにしておいてやった……あいつらは会社の家宅捜索の結果をじっと見ていた。スタヴィスキーの金庫からは、なにもあぶないものは出なかったらしい。嘘ではなかった。スタヴィスキーはほんとうに始末してくれたんだ。あいつらは急に強くなりだした……証拠はなにもない。危険なのはスタヴィスキー自身だけだ。つまらないことを口走らないうちに、なんとか始末してしまおう……あれを焼かなかったら、完全にあいつらを押えつけておくことができた。今夜みたいに、刑事くずれや警部ずれにおどかされて、ビクビクすることはなかった」

ユキ子は、セルヴォスの家の煖炉で見た、山のような灰を、なんともつかぬ思いで眼にうかべた。署名のある燃え残りを、そうとは知らずにわざわざ火の中へおしこんでしまったが……

「ねえ、アンリさん、こんなところにマゴマゴしていると、マレー代議士の二の舞になってしまうでしょう。どうしてこんな窮屈なところへやって来たんです?」

「これは警視総監の指示なんだ。スタヴィスキーはなるほど友達でもあり、古い同僚でもあるが、この際、犠牲になってもらおう。こいつはかけがえのない証人だが、パリに置くと、政府側に逃がすか殺されるかしてしまう。監獄へ入れても、ユルローという恐い検事がいるから、すぐ連れ出されてしまう。それで、スタヴィスキーに耳打ちをした。いい時期まで逮捕状は、なんということなく、おれの机の引出しの中へ保留しておく。バイヨンヌなんていう田舎町の市金庫の焦げつきぐらい、すぐウヤムヤになってしまう。その間、どこか辺鄙《へんぴ》なところに隠れていてくれ……政府は卒倒する騒ぎになった。スタヴィスキーを法廷へひっぱりだされると、一列同体、みな首がすっ飛ぶ。血眼《ちまなこ》になって探しているうちに、警視総監が隠したということをかぎつけた……それにしても、ここにいることがどうしてわかったんだろう? ピガグリオでも言わないかぎり、わかりっこはないんだが……」

「おかしいわね。セルヴォスの別荘はピガグリオが借りたものなんでしょう。信用もしていないひとのところへ、なぜ来たんです」

「あいつはパトロンが金をだしている『ヴォロンテ』という小新聞の宣伝部長なんだが、運の悪いことには、あいつがいちばん早耳だった。警視総監の電話とほとんど同時くらいだったんだ……細君や子供をスキーにやるつもりで、セルヴォスというところに別荘を借りてあるから、ともかくそこへ……あそこなら絶対に人目につかないから……悪い男じゃないけど、オッチョコチョイなんだ。別荘を借りたというのが自慢で、さかんに言いふらしていたもんだ。自分の別荘へ大人物を連れて行くってのが、むしょうにうれしかったんだね。それくらいの男なのさ」

「聞きほじるようだけど、シャモニーへ移って来たのはどういうことだったの」

「……大丈夫どころか、バカなことになっていたんだ。もともと、ピガグリオなんてやつは、こんなところで別荘暮しのできるような身分じゃないんだから、たちまち村中に借金をこしらえて、逃げまわっているという始末なんだ。貸したほうは、手分けをして、毎晩、別荘の前で見張っている。あの口のうるさい連中に、パトロンが隠れていることを見られたら、最後だからね……だが、そんなことはどうだっていい。いまとなっては、どの道、おなじことさ……パトロンは」

「アンリ、もうそれくらいにしておけ」

いつ部屋から出てきたのか、客間の隅の闇だまりにスタヴィスキーが立っていた。むずかしい仕事をしていたのらしく、疲れきった青い顔でソファに掛けると、

「アンリ、お祝いはまだはじまらないのか？」

と低い声でたずねた。

「今日は一月六日だよ。一昨日の朝、言っておいたね。今夜お祝いをすることを……このひともパリへ帰るんだからって」

一月の六日と七日は主現節《エピファニ》という旧教の祭日で、ご馳走をしてお祝いする。スタヴィスキーが言っているのはそのことなのだが、アンリはそっぽを向いたまま返事もしない。スタヴィスキーはだまってアンリの顔を見ていたが、

「金がないんだね？」

と低い声でたずねた。

「ええ、でもなんとかします。明日やりましょう。帰るのを一日のばしてもらって」

「明日？」

スタヴィスキーは眼を伏せながら、歌うような調子でつぶやいた。

「明日……明日ね……それもよかろう」

アンリの顔がだしぬけに額際まで赤くなった。

「ねえ、パトロン、昨日の『パリ夕刊』に、あなたが船室ボーイに化けてボルドーから南米へ密航する段取りがくわしく出ていましたね。スタヴィスキーはたぶんブエノス港でこっそり下

船して、詐欺の成果たる巨万の富を擁して、平和な余生を送ることになるだろう」

「それがどうした?」

「要するに、政府は、フランスなんかでマゴマゴしていないで、早く南米へ逃げてくれといっている。乗船港と下船港を指示して、このとおりにやれば安全だと保証しているんです」

「おれがそうしたら、政府は万万歳だろうが、こっちの汚名は死ぬまで消えない。そんなことはできない。私だってだまってばかりいるのじゃない……プランスという判事を知っているかね? 私をやっつけるために、パリの控訴院で、十年も前からコツコツと調べている根気のいい先生……政府の連中がいちばん恐れているのは、私が法廷に立つことなんだから、一昨日の夜、その先生にこっちから調査請求をぶっつけてやった。あと三日……多くて五日だけ生きのびれば、こっちの勝ちになるんだ」

「パトロンはプランス判事の調査に期待をかけているようですが、最高裁判所長も検事総長もファッショの仲間なんだから、プランスがどんなに力んだって、すぐ押えつけられてしまうでしょう。下手にタテをついたりすると、プランスだって、生きていられるかどうか」

こういう話は聞かないほうがいい。ユキ子は客間を出て、台所へスチームのボイラーを見に行った。石炭箱にはもういくらも石炭がない。気あたりがして戸棚をあけて見ると、パン籠が空になり、しなびたジャガ芋が二つだけ転がっている。明日の朝の珈琲さえなかった。スタヴィスキーは詐欺と商法違反で掻きあつめた四十億フランを抱え、南米のどこかで豪奢《ごうしゃ》な余生を送ることになるだろうということだったが、その記事を書いた新聞記者に戸棚のなかを一と目のぞかせてやりたいと思った。

アンリが出て来た。こんなに遅くどこへ行くのか、大外套を着こんでいる。

「一昨日の晩、君にあげた五千フラン、ちょっと貸してくれないかね」

「お安いご用だけど、こんなに遅く開いている店なんかないでしょう」

「開いているよ。カジノが」

アンリは明日の生活の代《しろ》を賭奕で稼ぎだそうというのだろうか？　そういう詰った考え方をするようでは、この先の運命はわかったようなものだと思った。

ユキ子は部屋へ寝に帰ったが、頭が冴えてなかなか寝つかれなかった。むずかしい政治の掛引きのことは、いくらきかされても理解できない。ユキ子が考えるのは、明日、なにがはじまるかわからないという、ギリギリの現実的なことだけだった。いつかの夜、杉林のそばですれちがった山高帽の二人が、スタヴィスキーの言うような人物なら、いずれ嫌な場面に直面するものと覚悟しなくてはならない。ユキ子はスタヴィスキーが無事であってくれと祈るほか、自分にはなんの力もないのだと思うと、絶望して泣きだした。

「射つのは待て……」

明け方、切って落したように風がやみ、雲一つない美しい朝になった。澄んだ大気のなかに銀色の雪の峰が絵のように浮きあがっている。小山のような庭の雪は、昨夜のうちにきれいさっぱりと吹きはらわれ、去年の固い根雪が出て、コンクリートの歩道のようにツラツラに光っていた。

三時ぐらいにアンリと駅前のキャフェで落ちあい、お祝いの材料を買う約束だったが、正午近くになって、間もなくパリの新聞がシャモニーの新聞売店に並ぶ頃だと思うと、その新聞を憔《やつ》れるほど待ち焦れているスタヴィスキーの気持が推し量られ、とても落着いていられなくなった。ユキ子はアンリが残していったパンをちぎって、立ったままで食事をすませると、あわてて裏口から飛びだした。

日曜と祭日が重なり、シャモニーの町はたいへんな人出で、昨日の雪荒れのあとが残っている通りを観光客の団体や、家族連れや、スキーの学生がわけもなくゾロゾロ歩きまわっている。
国民通りという広場の角までくると、ちょうど「ラジオ・パリ」の速報が出たところで、速報板の前に黒山のような人が集っていた。

拓相ダリミエ辞職す

現内閣閣僚、官僚中に、スタヴィスキー詐欺事件の関係者少なからず、ショータン内閣の総辞職は必至の形勢であったが、本日にいたり、ダリミエ氏辞職し、後任に労働相、同相の後任に海運相を任命。政府は一部改造によって、明後、九日の会議再開にのぞむ決意を示した。

同事件にたいする世論の激昂はいよいよ高まるばかりで、六日以来、各所に猛烈なる示威運動が行われ、政府の態度如何によっては、いかなる騒擾《そうじょう》に拡大するやも計りがたき情勢。パリ全市はいまや暗雲におおわれるにいたった。

速報板の前に立っている何十人かの人々は、「ラジオ・パリ」のニュースを見詰めたまま、一人ものを言わない。どんなことにでも、一応は意見のあるフランス人が、こんなようすを見せるのは、ほんとうに怒っている証拠なのだろうと、ユキ子はうそ寒い思いをしながら速報板の前を離れた。

いつもの売店へ行ったが、パリの新聞はまだ来ていない。ユキ子は焦々して、町を歩いているうちに、駅のほうから小田が新聞を読みながらやってくるのに出会った。

「小田さん」

「ああ高松君」

小田はユキ子の顔を見るなり、血相を変えて駆けてきた。

「いま君のところへ行こうと思っていたところなんだ。この新聞、君、読んだの」

そう言うと、持っていた新聞をガムシャラにユキ子の手に押しつけた。

「ドーフィヌ州報」という、土地の二ページ新聞で、一面のトップに肉付きのいい大きな活字で、

スタヴィスキーの足どり判明。明日中に逮捕されん。


という見出しがデカデカに刷りつけてある。

スタヴィスキーは、昨年十二月二十五日から、一月二日まで、当県、セルヴォス村に所在

の「アルジャンティエール」なる貸別荘に住んでいたことが判明。逮捕は時間の問題になった。

記事の大半はスタヴィスキーがセルヴォスに潜伏していた事実を突きとめるまでの苦心談で、身柄収容のため、パリの警視庁からシャルパンチェ、バイヨンヌの警察からル・ガルの両警部が、それぞれ当地に来着、最後の追込みにかかったと結んであった。

「追込み……」

記事に書いている程度のことなら、二日も前に察しをつけている。いまさらおどろくことはなかったが、最後の追込みというのが気にかかる。

セルヴォスの通いお婆さんさえ知っているのに、警察が知らないわけはない。スタヴィスキーがシャモニーの古住庵《ヴィユ・ロッジ》にひそんでいることは、もう何日か前にはっきりわかっているのだから、最後にも最初にも、追込むなどという手間はいらない。

ユキ子は見出しの大きな活字を、もう一度しっかりした眼でながめ返した。

スタヴィスキー……明日中に逮捕されん……

明日中？

なぜ今日ではいけないのか？

それより、なんのために、こんな予告めいたことを言う必要があるのだろう。まるで、遠くからつかまえるぞ、つかまえるぞと警告しているようなものではないか。

「あたしには、わからない」

今日の政変などにも関係のある、なにか複雑な事情がひそんでいるのだと思われるが、ここまでくると、自分の頭では解きようがない。こんなところで下手な考えにふけっているより、新聞を買って帰って、スタヴィスキーの理解にまかせるほうが早道だと、新聞をたたんで、小田に返した。

「ありがとう。この新聞どこでお買いになったの」

「駅の売店《キオスク》で」

なるほど、駅の売店を忘れていた。

ユキ子が駅のほうへ歩きだすと、小田があわてて追ってきた。

「どこへ行くんです」

「駅よ」

「駅はだめです。刑事や新聞記者みたいのが、うんといる。馬橇でセルヴォスまで行って、そこから電鉄に乗るほうがいい」

臆病な小田がいまなにを考えているか、ユキ子にすぐわかったが、あまり頓狂で笑う気にもなれなかった。

「君なんかの考えているような、生やさしい事件じゃないんだ。落着いていると、たいへんなことになるよ」

「落着いてるわけじゃないけど、こんなことになってしまったんですもの、しようがないじゃありませんか。それで、あたしにどうしろというの」

「悪いことはいわないから、逃げたまえ」

「心配してくださるのは、ありがたいけれど、いまさらジタバタしたって、どうなるもんですか。つかまえるものなら、どうしたってつかまえるでしょう」

そんなことを言いながら駅の近くまで行くと、むこうから憲兵がやってきた。それを見ると、どうしたのか、小田はものも言わずに、横通りへ走りこんでしまった。

小田は長い外套の裾をヒラヒラさせながら、細い横道をどこまでも駆けて行く。

やって来たのは、びっくりするようなものではなく、日曜や祭日に交通整理に駆り出される在郷軍人の治安会員でしかなかった。

「なにをあわてているんだろう」

パリから逃げだしたうえ、こんなところへ来てまでソワソワしなければならないというのは、どういうことなのか。秘し匿《かく》しているが、いろいろな点から想像すると、小田もなにかこの事件に関係があるらしい。あの夜、獅子の広場で行きあったのは、ただの偶然ではなく、なにか眼に見えぬ運命の糸で、二人が結びつけられているような気がしてならない。ふしぎな思いで見送っているうちに、小田の姿は人ごみにまぎれて見えなくなってしまった。

駅の待合には刑事らしいものもいない。ちょうど電鉄が着いたところで、売店の小僧が新聞の束を頭にのせてホームから運んでいる。ユキ子は二日分のパリの新聞を一と抱えほど買いこむと、すぐカジノへ行った。

ドア番の子供に金をやって、ファルジアという人を探してくれとたのむと、十分ほどしてアンリが出てきた。

二人は肩を並べて歩きだした。人通りのない通りまで行くと、アンリが、

「なにかあったの」

と低い声でたずねた。

アンリはユキ子の渡した「ドーフィヌ州報」を読んでいたが、勝った、と叫んだ。

「政府が折れて出た。明日はパリ行きだ。お祝いをしよう。ぼくは買物をするから、君は新聞をもって先に帰ってくれたまえ」

家へ帰ると、待ちかねていたようにスタヴィスキーが客間へ出てきた。ユキ子は買って来ただけの新聞をテーブルのうえに積みあげると、壁際の椅子へひきさがった。

スタヴィスキーは「ドーフィヌ州報」の見出しにチラリと眼を走らせ、なにもかも見ぬいている人の顔でパリの新聞にとりかかった。

上置きになった「パリ夕刊」の第一面に、「これが詐欺師の家族」という説明つきで、大きな写真が載っている。

「いやなものが出ている」

ユキ子は思わず眼を伏せた。

スタヴィスキーは暗い大きな眼で写真を見つめていたが、鋏《はさみ》で丁寧に写真を切抜くと、だまってユキ子によこした。

自動車を背景にして、鍔《つば》の広い大きな夏帽子をかぶった、三十二、三の美しいひとと、子供が二人うつっていた。

「私の家族……家内のアルレット。これが長男のクロード……七つだ。詩人になるんだといっている。いくらか才能があると私も見ているんだが……これが娘……ミシュリーヌ、三年と六カ月……こいつはもう、天使みたいに可愛いんだよ」

そう言うと、切抜きをたたんで、敬虔なようすでチョッキの胸の隠しにしまった。

スタヴィスキーはテーブルの上に両手を投げだして、なにか考えていたが、そのうちに、すわった眼から涙がにじみだし、両眼からあふれて頬をつたわった。あふれては流れ落ち、そしてまたあふれた。

スタヴィスキーは、あてどのない悲しみにひたりきっているように、ひっそりと涙をこぼしていたが、しずかに立って、奥の部屋へ顔を洗いに行った。水を流す音が長いあいだ聞えていた。

ユキ子は壁際の椅子に掛け、もう考えることもなくなったように、ぼんやりと頭を霞ませていた。

ユキ子の頭の中で、この三日ほどのうちに、スタヴィスキーなる人物は、この世に不可能なことはないといった、超人的な存在になりかけていたが、そのスタヴィスキーにも、やはり人知れぬ悲しみがあるのだと思うと、なんともいえないわびしさを感じる。

アンリは、なにもかもうまくいったようなことを言って、ひとりではしゃいでいたが、当の主人公のしめり方を見ると、それもちょっと信用できなくなった。

靴音が家の横手をまわってこっちへやってくる。たしかに二人の足音だった。

「とうとう、やってきた」

ユキ子は椅子から立ちあがると、猫のように足音を忍ばせながら台所へ行ってみた。

アンリとピガグリオだった。ピガグリオは例のとおりユキ子には目もくれずに、スタヴィスキーの部屋へ入って行った。

「あなただったの」

「誰だと思ったんだい。ビクビクすることはないよ。万事は明日なんだ」

アンリはそう言って笑ってみせたが、さっきの冴えた顔色はもうなかった。

「それでね、いまピガグリオとも話したんだが、君は、明日、なるたけ早く発ったほうがいいね。早くといったって、一時四十分の下りだけど……パリまでの切符は買っておいた。どうする?」

「どうするって、そのほうがいいのなら、そうするだけでしょう。ただ、あたしは逃げだしたと思われたくないのよ」

「そんなことは思わない。パトロンにしたって、僕にしたって、君には言いつくせない感謝の念をささげている。それは、ほんとうだ……正直なところ、君だって無事にはすまないだろうが、このうえの迷惑はかけたくないんだ。それに、なんといったって、嫌な場面になるのだろうから、見ないですむなら見ないほうがいいからね」

「じゃ、そうします」

「ぼくはパトロンのところへ行ってくるから、気が向いたら、お料理の真似事でもしていてくれたまえ」

アンリは買物袋を調理台の上へ出しておいて、急いで奥の部屋へ行った。

ユキ子が台所でゴタゴタやっていると、いま来たばかりのピガグリオが、ひどくあわてた恰好で裏口から飛びだして行った。

一時間ほどして客間へ行ってみると、スタヴィスキーとアンリが、一と山ずつテーブルの上に新聞を前に積みあげ、手分けをして夢中になってニュースを読みあさっていた。なにがはじまったのかと思うようなあわただしさで、つぎつぎに新聞をひきよせ、素早い一瞥をくれると、それを床へ投げだし、またつぎの新聞をひきよせる。

翌日、正午近く、例のバカでかい買物袋に身のまわりのものをおしこんで、スタヴィスキーの部屋へお別れを言いに行くと、それでもう、することがなくなった。

「ドーフィヌ州報」の報道にまちがいがなければ、朝の八時から十時ぐらいまでの間に、いつかの夜、杉林のそばですれちがった軍人あがりの、姿勢のいい二人の山高帽が威儀を正してやってきて、「法律の名において」同行をもとめる。スタヴィスキーはニッコリ笑って、大人物にふさわしい態度で連れだって出て行く……

小説か映画でそういう場面を見たことがあった。

ユキ子は早くから起きだし、そういう情景を描いてひとりで昂奮していたが、午《ひる》すぎになってもなにもはじまらない。気を張っていたせいか、拍子抜けがしてぐったりしてしまった。

スタヴィスキーはいつもと変りなく、ものしずかなようすで本を読んでいる。アンリはアンリで、昼食をすますと、ブラリと買物に出たきり、帰って来ない。

ぬけるようないい天気で、生垣をへだてた隣の空別荘の庭で、いつも来る小鳥がのどかな声で鳴きかわしている。なにもかもおだやかな風景のなかに、おっとりおさまりかえり、ユキ子が考えていたような冒険趣味のしるしさえなかった。

「あたし、どうかしているんだわ」

ユキ子は浮き浮きした気分になった。

お名残りに、この辺の景色をながめるつもりで、家の横手をまわって、ヴェランダのあるほうへブラブラ歩いて行った。

「なんといい天気なんだろう」

いままではそうも感じなかったが、どんよりした、暗い、湿ったパリの空の下へ帰るのだと思うと、晴れわたった空の色の美しさが身にしむほどありがたくて、しみじみとしてしまった。

澄みわたった紺青の空のなかで、金粉のようなものが無数にきらめきわたっている。なんだろうと思って手に受けて見ると、目にもとまらないほどの小さい雪の粉だった。

ユキ子はのどかな顔で、地境になっている生垣のそばまで歩いて行ったが、そこで、ひとりでに足がとまってしまった。

「誰かいる……」

姿は見えないが、近くに誰かいることが感覚でわかる。それも一人や二人ではない。大勢の人間が、足音を忍ばせ、息をころしてひそんでいるようなただならぬけはいが感じられる。風も吹かないのに、ときどきゾヨゾヨと葉ずれの音がする。雪を踏みつけるような重っくるしい靴音……大勢の人間がヒソヒソとささやきあっているような声まで聞える。

「誰がいるんだろう」

隣の家は夏だけの貸別荘で、いつ見ても屋根まで雪に埋り、人の住んでいるけはいなどはすこしもなかったのに、そんなところから人の声が聞えてくるのは妙だった。

「たしかに誰かいる」

ユキ子は、それが警察の連中だなどとは思いもしなかった。

スタヴィスキーは、何日も前から所在を明らかにし、いつでも令状の執行を受けられるように準備している。身柄の収容は、いまや公然たる儀式になっているのだから、ギャングの捕物もどきに、遠巻きにしたり、隣の垣根の破れからのぞき見するようなバカげた真似をすることはない。

家を修理に来た大工でも入りこんでいるのだろうと念のために、

「どなたかいらっしゃるんですか」

と垣根ごしに声をかけてみた。とたんに、ふき消すようにざわめきがしずまり、にぎやかな小鳥の声だけになった。

つまらなくなって、家のほうへ戻りかけたが、パリに帰ることを、大家の細君に通じていなかったのを思いだした。

挨拶ぐらいはしておくほうがいいと思い、門を出て急な坂を降りて行くと、いきなり異様なさわぎのなかへ巻きこまれてしまった。

最初にやってきたのは、好人物らしい、でっぷりと肥った赧ら顔の土地の警官と、だらしなく写真機を肩にかけた二十人ばかりの新聞記者の一団で、酒にでも酔っているのかと思うように、身振り手振りをまぜながら、大声で笑ったりしゃべったりしている。

底ぬけに陽気な一団のうしろから、ホテルの料理場からでも飛びだしてきたらしいコックの見習いや、ボーイや、土産物屋の店員や、庭番や、山案内や、そういった連中が何十人となく長い列をつくって、一人幅の狭い雪の坂道を、あとからあとからと、ひっきりなしに上ってくる。

見おろすと、お祭りの行列は、はるか坂の下まで蜿蜒《えんえん》とつづき、あとになるほどさわぎが大きくなり、ひどく昂奮して、わけのわからないことを口々にわめきたてている。

ユキ子は人波にさからいながら、隣の空家の門のところまで降りたが、そこでとうとう動けなくなってしまった。

「なにがあるというんだろう」

フランスが右と左に真二つに分解をとげるかという慎重を要する行政事務が、こんなお祭り騒ぎでやられるとは思えない。

なにがあるのだろうと考えているうちに、昨日から、仏独対抗のスキーの長距離リレーがはじまっているのを思いだした。

「上の切通しで、リレーのラッシュでもあるんだわ」

ユキ子は道端に押しつけられ、通る人たちに手荒く押しまくられながら行列の終るのを待っていると、ひときわ大騒ぎをしている大学生の一団の中に、びっくりした子供のような小田の顔がまじっているのを見つけ、思わず笑いだしてしまった。

ユキ子が声をかけようとすると、小田は通りすがりに、

「逃げろい、バカ。なにをしているんだ」

と、おしつけるような声で叱りつけ、すぐ素っ気ない顔になって、人波にもまれながら上のほうへ上って行った。

身体を固くして立っていると、こんどはアンリの顔が見えた。

軽薄なくらいノッペリしているのが、今日は昂奮の色に染って、戦闘中の兵士のような立派な顔になり、手あたりまかせに人を突きのけながら、泳ぐように坂を駆けあがって行った。

「こんなことをしてはいられない」

アンリのムキな顔を見るなり、ユキ子は突きあげられるような不安を感じて、いきなりそばの小道へ走りこんだ。

どうするという考えもなく、踏みつけ道をうねり上って行くうちに、雪に埋った空家の横手に出た。

深い杉林のむこうが、根雪をためた高い斜面になり、そのうえに古住庵《ヴィユ・ロッジ》の地境の生垣がまわっている。スタヴィスキーの居間の窓がちょうど見あげるような位置にあった。

それはともかくとして、その辺一帯のなんとも言えぬ乱雑な様子に、ユキ子は思わず眼を見張った。

ここでいったいなにがあったのか、庭の雪はめちゃめちゃに踏み荒され、木の枝は折られ、梯子《はしご》のようなものをひきずった跡まである。

庭に向いた部屋をのぞいてみると、誰もいないはずの家に、折畳みのベッドが三つも持ちこまれ、鉄の大きい火桶のなかでコークスが青白い炎をあげている。床の上には、二、三日前の新聞や、煙草の吸殻や、罐詰の空罐などが雑多なふうに投げだされ、相当な人数の人間が、少なくとも二日以上、ここで生活していたことがわかる。

「こんなところに張込んでいたんだわ」

何人の人間が通った跡か、杉林のなかに踏みつけ道ができ、それが上の垣根のほうへつづいている。ユキ子はそれについて上ってみた。

ついさっきまでなんともなかった生垣が、一間ほどの幅で大袈裟に切取りされている。そのむこうが古住庵《ヴィユ・ロッジ》の建物の南側で、スタヴィスキーの居間の窓が、つい眼と鼻の先にあった。

古住庵《ヴィユ・ロッジ》の庭には、警官や、憲兵や、土地の警備員が、物々しいくらいに詰めあい、警部らしい中年の私服が勝手の板戸を叩きながらなにか叫んでいる。

門のほうを見ると、憲兵が二人立ちはだかって、押し入ろうとひしめく新聞記者の一団を、けんめいに食いとめていた。

裏口の組は、しばらくヤッサモッサやっていたが、間もなく板戸をはずしてしまった。先頭の警部は同僚らしいのとうなずきあうと、警官を外に残して一人で中へ入って行った。

「誰かいるか」

部屋のドアを一つずつノックしながら、大きな声で人間の所在をたしかめている。

「誰かいるか」

その声がだんだんこちらへ……スタヴィスキーの寝室のほうへ近づいてくる。

「この部屋に誰かいるのか」

スタヴィスキーの落着きはらった声がした。

「そこへ来たのは誰だね?」

「警察」

ドアの開く音がした。それから十秒ばかり……

「射つのは待て」

というおしつけるような声をユキ子は聞いたと思った。そのとたん、銃声が一発ひびきわたった。

足踏みをしていた二十人ばかりの新聞記者が憲兵の制止を振切って、いっせいに裏口へ殺到した。アンリがもみくちゃにされながら、いっしょに走って行くのが、見えた。

崖を下る転石

「……とうとう、やった」

たぶんこんなことになるのだろうという嫌な予感があった。

「ひどいことをする」

ユキ子は、がっかりして、生垣の根方へしゃがみこんでしまった。

あの連中が、なんのために隣の空家にひそんでいたか、その辺の消息も、いまとなっては、はっきり理解ができる。

「あたしとアンリが、出て行くのを、あそこで待っていたわけなんだ」

ユキ子は、生垣にもたれながら、愚痴っぽく、つぶやいてみた。

アンリが出て行く。それはここから見ていた。だが、女がまだ残っている。それではまずいのだ。スタヴィスキーが一人だけのときに踏みこまなくてはならない。

なんのために？　……それはもう、言わなくともわかっている。そのうちに、女のほうも出て行った。

「そら、女が出た」

坂の下あたりでくいとめられていた新聞記者が、電話の通報で解放される。

「諸君、行こう。すぐはじまる」

肥《ふと》っちょの巡査が先導して上ってくる。

検察当局が、垣根をこわして古住庵《ヴィユ・ロッジ》の庭へ入ったのは、こちらが門を出たのと同時ぐらいだったのだろうか。

そこへ新聞記者がおしあがってきて、あらためて門の前にとめ置かれる……こうして公正な令状執行の場ができあがる。何十人かの新聞記者の眼の前で、スタヴィスキーの身柄収容を公演する。どこからも文句の出ようがない。

「なんとまァ、行き届いたことをするんだろう」

ユキ子は時の経つのも忘れて、寒々とした物思いに沈みこんでいた。

坂の下で、病院自動車のサイレンが聞えたようだったが、間もなく車付きの担架が上ってきて、頭じゅうに繃帯を巻いたスタヴィスキーを担ぎ出して行った。

「助かるわけはない」

ヨーロッパ一といわれる刑事技術の練達《れんたつ》が、考えに考えてやった仕事に、ソツがあろうわけはない。あんな見せかけをしているが、もう死んでいるのかもしれない。そう思って、ユキ子は情けない気持で見送った。

スタヴィスキーの部屋で、めまぐるしいほどマグネシュームの閃光がひらめく。新聞記者がとうとう部屋へ入りこんだのだとみえる。

窓の鎧扉が突き開けられ、そこからえらい煙が流れ出す。さっきの警部がこんなことを言っている。

「諸君は聞いていてくれたろうか。裏口の戸を叩くとき、ぼくは『開けろ』と言っただけだったね？　……この部屋へ入ってから、はじめて『法の名において』という言葉を使ったんだ。スタヴィスキーは、そこの、その寝台の端に掛けていた。ぼくが令状を示すと、あいつはいきなりピストルを出して、顳顬《こめかみ》にあてたんだ……

やったんだよ。いきなりさ……顳顬から頭蓋へ斜めにぬけたんだ……弾丸はあそこの壁に入っている……スタヴィスキーの身長は一メートル九五、弾丸は床上一メートル三五の位置……なんのために自殺した？　そんなことはぼくにはわかるわけはない」

新聞記者はガヤガヤ言いながら勝手な質問をしていたが、そのうちに一人があらたまった調子で念をおしているのが聞えた。

「シャルパンチェ警部……最後に一つだけ……君がドアをノックすると、スタヴィスキーが『入りたまえ』と言った。それで君がドアを開けた。ドアには鍵がかかっていなかったんだね？」

「かかっていなかった……誰かと思ったら、『パリ夕刊』のエッス君か。これァ、うるさいひとがやってきたぞ」

「そう言うなよ。ほかの仕事につかまっていて、いまの汽車で着いたばかりなんだ。ここにいる諸君のように、昨日から張込んでいたわけじゃないから、ぜんぜん白紙さ……いまル・ガルという警部に聞いたんだが、自殺の瞬間を目撃したのは、君一人だけだったんだそうだね」

「一人ということはない。ル・ガル君は、たしかむこうの客間の入口まで来ていたはずだ」

「部屋へ入ったのは、君一人だけだとル・ガル警部は、言っていた。ここでなにかあったにしても、君の言うことを信用するほかないわけなんだな……それで、君はドアを開けた。スタヴィスキーは、この寝台の端に……どんな恰好で掛けていたんだ？　……ちょっとやってみてくれないか。こういうことは、とかく問題の起きがちなところだからね」

「つまり、ここにこういうふうに……」

シャルパンチェという警部が、実演して見せているらしいが、惜しいことにはユキ子のいるところからは見えなかった。

「なるほど……斜め横向きに。スタヴィスキーの右の体線が、ドアの口から直視する位置にあったと理解していいんだね……君は、『職権によって逮捕する』と声をかける……スタヴィスキーがピストルを……どこから出したんだい?」

「ズボンの右のヒップから出した……それでいきなり顳顬へ持って行った。同時に、ズドン……それで、ここにうつ伏せに倒れた……そこのその絨氈《じゆうたん》の血の跡が頭の位置なんだ」

ユキ子は垣根のそばにしゃがんで聞いていたが、なんという白々しい嘘をつくんだろうと思って、ムラムラした。

「ヒップからピストルを出して、顳顬へ持って行くのを、君は一メートル足らずのところに立って見ていた。『待て』とか、『よせ』とか……声をかける暇はなかったのかい?」

「そういう場合、声なんかかけるもんじゃない。君は素人みたいなことを言うじゃないか。声をかける暇があったら、飛んで行っておさえているよ」

「理屈だね。ありがとう、よくわかったよ……最後に、もう一つ……君たちが家へ入ってきたことは、スタヴィスキーにはわかっていた。裏口で、ガタガタやっていたからね……自殺するつもりなら、なぜ、あのときやらなかったんだろう? ……君がドアを開けるまで、待っていなければならないわけはないはずだが」

「『パリタ刊』の先生、妙なことを言うじゃないか。それはどういう意味なんだい」

「意味もクソもない。おれの質問に答えてくれればいいんだよ」

警部も「パリ夕刊」の記者も、負けずに大きな声を出す。十間ほど離れているユキ子にも、二人のやりとりがはっきり聞える。

「ドアを開けるまで、なぜ自殺せずにいたか？　そんなことはスタヴィスキーに聞くほかないだろう」

「スタヴィスキーに聞け？　君も人が悪いね。スタヴィスキーはさっき病院へ着くなり息をひきとったんだろう？　知らないと思っているのかね」

「スタヴィスキーの感情まで、ぼくには説明できない。うるさいから、やめてくれ」

「怒ることはないだろう。べつに君が射ったなんて言ってやしない。最も射ちやすい状況に、君がいたとしてもだね」

「おいおい、なにを言いだす気なんだ？」

「ドアを開けると、目と鼻の先に、スタヴィスキーの頭がある。悪いことには、君は有名な射撃の名人だ……。射とうと思えば、わけなく射てたろうと、誰だって一応は疑ってみたくなるところだからね。そういう誤解を防ぐためにも……」

「君にはかなわないよ。スタヴィスキーの名誉のためにこれだけは保留しておくつもりだったが、じつはこんな一と幕があったんだ。君はスタヴィスキーの最後の言葉を聞いたろうね」

「そんなものは、誰も聞いていない。われわれは門の外にとめられていたから」

「聞かないでしあわせ。聞いたら、ひっくりかえって笑ったろう……ぼくはドアを開けて、『職権によって』と声をかけると、あいつは、いきなり喚《わめ》きだしたもんだ。『おれは死んでも、正義は死なない。フランス万歳！』それからズドン……なぜそれまで自殺せずにいたか？　あの気取り屋は、やる前に、ぜひともそれを言いたかったんだね……もういいだろう。諸君、この辺で食堂まで退ってくれたまえ」

スタヴィスキーの最後の叫びは、誰の耳にも届かなかった……結局のところ、「射つのは待て」という、一と言を聞いたのは、ここにいた自分だけということになるらしい。

「たいへんなことを聞いてしまった」

スタヴィスキーは自殺したのではなくて、シャルパンチェという警部に射ち殺されたのだという事実を知っているのは、自分一人だけだと思うと、背筋のあたりが急に寒くなった。

警部が誰かを叱っている。おしつけるような声が聞える。

「ル・ガル、なんのつもりでおれが一人で部屋へ入ったなんて言いやがったんだ」

「部長、私はただ、ちょっと遅れたと……」

「やかましい。それも選《え》りにえって、『パリ夕刊』なんかに」

そんなことを言いながら窓を閉めに来たが、垣根のそばにユキ子がうずくまっているのを見

ると、すごい眼でにらみおろしてから、

「おい班長、ファルジアの奥さんがこんなところにいらした。早くむこうのお部屋へお連れしろ」

と庭にいる憲兵に言いつけた。

ユキ子は、胸の悪くなるような不快なショックを受けて、フラフラと倒れそうになったが、息をつめていると間もなく気持がしっかりしてきた。

「とうとう、つかまった」

何日かのあいだ、スタヴィスキーといっしょに暮していたというだけ……法律に触れるようなことはなにもしていない。恐ろしいことはなかった。

額の狭い、チョビ髭を生やした、ヒットラーそっくりの男が、凍りついたような冷酷な眼つきでこちらを見おろしている。

これが、シャルパンチェという警部なんだと、ユキ子は、まじまじとその顔を見返した。いつかの夜、杉林のそばですれちがった二人の山高帽の男の顔を思いだしてみたが、どちらにも似ていないようだった。

ベランダのそばの植込みのあいだから、背の高い憲兵巡査が出てきた。

「ファルジア夫人ですか」

この別荘を借りるとき、ピガグリオが勝手にそういう名にしてしまった。いずれわかることだと思って、あいまいにうなずくと、憲兵は小腰をかがめながら、

「部長が、あちらへお連れするようにと申しておりますから」

と慇懃な調子で言い、いきなりユキ子の腕をとってひきたてた。

「こちらへ、どうぞ」

腕をとられて裏口のほうへ歩きだすと、うしろで手荒く窓を閉める音が聞えた。

勝手から食堂へ行くと、いるだけの新聞記者がユキ子のそばへつめよってきた。

「君はなんです」

「あなたの名は？」

奥からシャルパンチェが飛びだしてきた。

「取調べの前に、勝手なことをしてもらっては困るよ。おい、班長、早くむこうへやれ」

憲兵は、ユキ子を奥の部屋へおしこんだ。

ベッドの上に置いた手提げの買物袋の口があいて、下着や靴下がみっともない恰好ではみだしている。

「こんなものまで調べたんだわ」

ユキ子は苦笑しながら、もとのとおりにしまい返そうとすると、封筒に入った手紙のような

ものが指先にさわった。

こんなものを入れたおぼえはなかった。

ドッシリと重い手紙だが、ろくに封もしていない。封筒のおもてに乱暴な字でファルジア夫人と走り書きしてある。スタヴィスキーの手蹟《しゅせき》だった。

「なんだろう」

とりあげて封をあけてみると、そのなかにもう一つ封筒が入っている。

パリ控訴院、評定官プランス判事殿

と書いたのを青鉛筆で消してパリ第七区バビロンヌ街六番地、アルベール・プランス様と訂正してある。

ユキ子は手紙を手提げへ押しこんで、下着で押えつけ、反射的にドアのほうへ振返った。しずかだった胸が、にわかに荒れだち、はげしい息づかいをしながら、夢中になって押えつけた。そうしていないと、手紙が、下着の間からはいだしそうで不安だった。

頭のなかで大鐘のような音が鳴りはためく。考えをまとめようと思うのだが、芯《しん》がなくなったようになって、なにひとつ考えをまとめることができない。

「たいへんなことになった」

共犯……

そういう言葉が、頭の中で秋の野末《のずえ》の稲妻のように青白くひらめく。

行刑にも司法にも、怯《おび》えるようなことはなにもない。いきなり検事の前に坐らされたとしても、落着いて微笑していることができるはずだったが、この瞬間から、そういう心の平和は、なくなってしまった。

いままでは、なにひとつ恐れることがなかったが、今日からは、みじめな罪人の意識でおどおどしていなければならない。

「おお、いやだ」

これで、とうとう自分も、ぬきさしのならない境遇に落ちこんでしまったという、やるせない思いで、ユキ子は思わずそうつぶやいた。

「それにしても、こんな手紙なんか、いつここへ入れたんだろう」

部屋を出るとき、こんなものは入っていなかった。すると、たぶん自分が出た後のことだったのにちがいない。

それはわかったが、なにを考えて、こんなところへ押しこんだのか。

「これをどうしろというんだろう」

封筒のおもてに、「ファルジア夫人」となぐり書きしてあるだけ。なんの指示もない。よく封もしていないところをみると、なにか急な場合だったことがわかる。隠す場所に困って、当座の思いつきでこんなところへ入れたのか？　これを保管しろというのか？　それとも、宛名のところへ届けてくれということなのか？

いくらか落着いてきた頭で、三つの場合を考えあわしてみたが、考えているだけではいつまでたっても答えが出ない。自分の態度をきめるためにも、手紙の内容に触れてみるほかなくなった。

靴をぬぐと、ユキコは戸口のほうへ忍んで行ってドアに耳をあててみた。

短い廊下を、さっきの憲兵が規則正しく行ったり来たりしている。

「大丈夫らしい」

ユキ子は、手提げのそばへ飛んで帰ると、手紙をひきだしていきなり読みだした。

文字が一つ一つ浮きあがってくるようで、よく意味がとれない。斜めに眼を走らせているうちに、こんな文句に行きあたった。

……彼等は、地境の垣根を切り破ろうとしている。門が開いているのに、そういう卑劣な方法で私に迫ろうとしている。彼等がここでなにをするつもりなのか、私にはもうはっきり……

また、こんなところがある。

……彼等はいま裏口の戸を壊そうとしている。同封のものは、最初に計画したような方法で送達することができなくなりましたので、友人のファルジア夫人に託して、あなたの手許へ……

誰かドアをノックする。ユキ子は二尺ばかり床から飛びあがった。

スタヴィスキーの遺書を手提げの底へ押しこむのと、ドアが開くのがほとんど同時ぐらいだったが、それでも、窓際の椅子のところへ飛んで行ってそこに掛けるだけの時間はあった。

入ってきたのは、質素な背広を着た、四十四、五の、田舎の小学校の校長といった善良そうな男で、

「ル・ガル警部です」

戸口に立って、自分から名乗った。

さっきシャルパンチェという警部に叱りとばされていたのはこのひとだったなどと、そんなことを考えながら、重い吐息をついた。

「調べられるんでしょうか」

「あなたのほうはまだまだ……むこうは夜中までかかるでしょう。こんなところで待っているのもたいへんだから、それまで、ホテルへ行って休んでいてください。新聞記者がうるさいから、私が送って行きます」

世間話でもするような、おだやかな口調だった。

「下着なんかどうしましょう？　……着換えといったってあの中にあるだけだけど」

そう言いながら、ベッドの上の買物袋を指さしてみせた。ちょっと中を拝見と言われたらどうしようと思って胸がドキドキした。

「もちろん身のまわりのものは持って……むこうへ泊ることになるだろうから」

疑ってはいないらしい。緊張から解放され、安心と気のゆるみで、瞬間、眼の前がぼーっとした。これさえ持ち出せれば、あとはなんとかなる……ユキ子は助かった思いで買物袋をつりあげると、なにげないふうにそれをブラブラさせながら、警部の後について奥の部屋を出た。

客間ごしにスタヴィスキーの部屋のほうを見ると、判事か検事か、そういったひとが、書記らしいのを指図しながら、本や書類に封印をさせているのが見えた。ユキ子は思わず首をすくめた。

家の横手をまわって門のそばまで行くと、まだ帰らずにワイワイ言っている人群れのなかから、小田が飛びだしてきた。

「高松君、どうしたんだ」

腹の底から怒っている顔で、怒鳴りつけるように浴びせかけた。臆病な小田がこんなところへ飛びだしてくるのは、よくよくのことだった。他人のことにはいたって冷淡な小田が、こんなにムキなところを見せるのは、これも日本人の血につながる友情のせいかと、うれしく思った。

「とうとう、つかまったわ」

「あたりまえだ。いい気になるからだよ。ぼくになにか言うことはないのか」

ユキ子は、それで警部にきいてみた。

「このひとは大学の友達なんです。間もなく大試験があるので、後のことを頼んでおきたいんですけど、話をしてはいけないかしら」

警部はちょっと考えてから、

「ここじゃどうも……シャモニーというホテルへ行くから、そっちへ来てもらったらどうだね」

ユキ子は小田のほうへ向きかえると、

「これからシャモニー・ホテルへ行くんです。来る気があったら来てください」

小田はむずかしい顔でうなずいた。

坂下はたいへんなごったかえしだった。

通りの両側で、黒山のような人が、警官にせきとめられてワイワイ騒いでいたがユキ子と警部が降りてきたのを見ると、

「来た、来た」

と、いっせいに伸びあがった。

「安南人の娘じゃないか」

「あれがスタヴィスキーの妾なんだ」

ユキ子は声のしたほうをキッと睨んだ。笑っている顔、しゃべっている顔……何十という顔が、物見高い、のんきな表情で、こちらを見ている。なんのつながりもない他国の人の顔だった。ユキ子の心を、いたわってくれるようなものも、やさしく慰めてくれるようなものも、なにひとつなかった。

「ここはフランスという国だった……」

この何年、ただの一度もこんな感慨を催したことがなかったが、ここは日本でないのだと思うと、それが悲しくて、子供のようにしゃくりあげて泣きたくなった。

「車で行こうかね。こんな中を歩いて行っちゃ、痩せてしまう」

警部は警官にタクシを呼ばせた。二人が乗ると、タクシは大通りのほうへノロノロと走りだした。

見馴れた町並みが見える。店々の飾り窓が陽の光にかがやき、スキー服を着た男や女が笑いさざめきながら歩いている。こちらは痴呆のような空虚な表情で、ぼんやりとまわりを眺めているだけ。

「あたしはどうなるんでしょう」

聞くまいと思っていたのに、ツイそう聞いてしまった。警部は胸の上に組んでいた腕をといて、ユキ子のほうへ顔を向けた。

「どうなる、というのは？」

「この事件で、あたしはなにをしたと思われているんでしょう」

「私には私の思料《しりょう》があるが、判事はどういう考えかたをするか」

「罪になるんでしょうか」

「シャルパンチェは、さかんにスタヴィスキーのベッドを嗅ぎまわしていた……君の……いや、女のにおいでもするかというんでね」

ユキ子は味気なくなって、思わず眼を伏せた。

「アンリという男が言っていたが、あんたは古住庵《ヴィユ・ロッジ》の下宿人だったんだってね。それが事実なら、あんまり運が悪すぎる」

考えていたような簡単なことではないらしい。なにかたいへんなことになりかけている感じだった。

「すると、けっきょく私はパリまで送られるってわけなんですか」

警部は気の毒そうに首を振った。

「パリはずっと後……とりあえずボンヌヴィルの裁判所へ送られることになるんだろう」

ボンヌヴィルというのは県庁所在地の名だった。パリへやられるのだとばかり思っていたので、この返事は意外だった。

「どうしよう」

ユキ子は手提げの上からそっとスタヴィスキーの手紙にさわってみた。なにが書いてあるのか知らないが、最後の思いのこもったこの手紙だけは、なんとかして望んでいたところへ届けてやりたい。

登山バスの発着所や案内所のある、ゴタゴタした町筋でタクシがとまった。裁判所や警察関係の宿になっているのだとみえて、そういった風態の連中がしきりに出たり入ったりしている。広廊まがいのホールで私服らしいのが息抜きをしていたが、警部が入ってきたのを見ると、間の悪そうなようすで椅子から立って行った。

「あの晩の人たちだわ」

後姿を見送りながらユキ子がつぶやいた。

山高帽こそかぶっていないが、拳闘家のように肩幅の張ったのとヒョロリと痩せたのと、この組合せに見おぼえがあった。スタヴィスキーはパリから来た刺客だといっていたが、月夜の杉林のそばですれちがったのは、たしかにいまの二人だった。

ユキ子が聞いてみた。

「いまの二人も警察のひとなんですか」

「警察の人間といえば、警察の人間だが……気にすることはないよ」

警部は面白くもない顔で言葉を濁し、三階のとっつきの部屋へユキ子をおしこむと、外から鍵をかけて降りて行った。

ユキ子は手提げをテーブルの上に置くなり、落ちこむように椅子にかけた。

古住庵《ヴィユ・ロッジ》の庭から真むかいに見えていた雪の山が、落日を浴びて赤金色に光っている。今日一日のあわただしい動きを思い返すと、なにもかも夢の中の出来事のようだった。お別れを言いに行くと、スタヴィスキーは例の謎のような美しい微笑をしながら、

「じゃ、パリで」

と、うなずいてみせたが……

そのスタヴィスキーも、もうこの世にいないのだと思うのだが、疲れはてて涙も出てこない。追憶はゆっくりやるとして、スタヴィスキーの手紙だけは始末してしまわなければならない。いまのところ、宛名のひとに届けるなどということは、考えたってどうにもならない。できるだけ早く身体から離して、誰かの手に渡すことが先決問題だ。

スタヴィスキーが書き残したのは、人間の陋劣《ろうれつ》さにたいする止むにやまれぬ抗議といったようなもので、首相、各大臣、上下両院議員以下、何十人かの人間との金銭授受の関係を、金額と氏名をあげ、適法の書証の形式にしてあり、なお、スタヴィスキーを抹殺しようとする政府の攻撃に、どんな方法で戦ったか、この二週間の苦闘のありさまを怒りをこめて書き綴っているが、それはともかくとして、最後はこんな小娘の力に頼らなければならなくなったはかない末路が、あわれでならなかった。

三十分ほどすると、警部が下のホールで友達が待っていると、言いに来た。

いい考えも浮ばない。もうどうしようもない。心許ない気がするが、小田に預けるよりしかない。

封をしたのをもういちど備付けのホテルの封筒に入れ、茶の眉墨《まゆずみ》で「卒業論文在中」と書きつけると、それを持って階下へ降りた。

警部がホールの入口で待っていた。ユキ子はさりげないようすで切りだした。

「卒業論文なんですけど、急がないと間にあわないのであのひとに持って帰ってもらおうと思うんです。どうでしょう」

「卒業論文……ちょっと中を見せてもらうよ」

「どうぞ。封をしなければよかったわ」

どこから出るかと思うような、自然な声がでた。

警部は封を切りかけたが、考えなおしたふうで、

「いやよろしい」

と、あっさり返してよこした。

「ほんとにいいんですか」

笑ってみせたが、こんどは声がふるえた。

「私は二十年も前からアレックス（スタヴィスキーのこと）を知っているが、こんな仕事に、あんたのような若い娘さんを使うようなことはしない奴なんだ。だいいち、こんなドタン場でジタバタするような、手際の悪い男じゃないからね」

小田が例の大外套を着こんで、窓際の椅子に掛けている。

「じゃ、話したまえ。十分したら来るから」

警部はブラブラ帳場のほうへ行った。

「よく来てくだすったわね。お礼言うわ」

小田は怒っているのだとみえて、そっぽを向いたまま返事もしなかった。

「おねがいがあるのよ。これ、論文なんですけど、預っていただけないかしら」

小田はだまって封書を受けとると、無造作に外套のポケットへねじこんだ。あまり簡単なの

で、ユキ子は思わず大きな声をだした。

「ちょいと、それ大切なものなのよ」

「大丈夫だ。たのむことはこれだけ？」

「ええ……あなたはまだここにいるんですか」

「もう大手を振ってパリへ帰れるんだよ。小田孝吉は死んじゃったんだそうだから。連絡先はどこへやればいいんだね」

「大学の教務課へ」

さっきの二人連れが、奥の戸口から入ってきた。

おや、といったような顔で、こちらを見ていたが、なにかささやきかわすと、痩せたほうがのっそりと小田のそばへやってきた。

「一日の朝の一時ごろ、地下鉄でお目にかかった兄さんだね」

どうしたのか、小田は血の気のなくなった顔で、

「こいつは、なにを言っているんだい」

とユキ子にたずねた。ユキ子が通訳してやると、小田は、

「一日の朝の一時？　地下鉄？　とんでもない。人ちがいだといってくれよ。これくらいの似た顔はどこにだってあるって」

と、うわずった声で言った。

モルグで見たもの

煤《すす》色におどんだ運河の水に、みぞれが横なぐりに降りこんでいる。

河岸の荷揚場のドラム罐も、古ぼけた川蒸気も、ポプラの裸の幹も、居酒屋の看板も、なにもかもビショビショに濡れしおれ、見るからに寒々しい風景。セーヌ河の水を掘割で引いて、またセーヌ河へ落す運河の両側にあるみすぼらしい町筋で、ちょっと小松川の放水路といったようなところだが、と畜場に近いこの辺はもうまったくの貧民区。

つぶれかけた工場と倉庫の庇間に、古トタンや防水紙で膏薬《こうやく》張りをしたバラックが、高さのちがう煙突から乏しい煙をたちあげながら、あるものは北、あるものは西と、てんでんな方角へ入口を向け、目白押しにゴタゴタ立並んでいる。

「なんという、あわれな景色なんだろう」

小田は窓際の椅子に掛けて、みぞれに濡れた運河の景色をスケッチしていたが、愛想をつかしてスケッチ・ブックを投げだすと、なにをする気もなく、ベッドにあおのけに寝っころがった。

パリへ舞いもどってこの安ホテルにもぐりこんでから二週間になるが、一日に一度、新聞を買いに出るほか、煮え切らない顔で、毎日、寝て暮していた。

佐竹のところへ外套を返しに行かなければ、と思うのだが、山高帽の二人連れに出っくわしそうで、外へ出る気にもなれない。

シャモニーのホテルで山高帽に声をかけられ、ひどいショックを受けて以来、どこへ逃げてもだめだという絶望感で、すっかり参っているところへ、こんどは、また良心のささやきというやつに悩まされ、夜もオチオチ眠れないことになった。

「こんなことをしていると、ジリジリと自滅するだけだ」

小田は、汚染《しみ》だらけの天井をながめながら、ため息まじりにつぶやいた。

なまじい辺鄙なところにいるとかえって人目につく。身を隠すならやはり大都会のほうがと、あわててパリへ逃げもどってきたわけだったが、どうやらそれがまた失敗だったらしい。

十三区の貨物駅の構内で、小田孝吉が殺されたということが、意外に評判になっているのにも仰天したが、小田孝吉の死体が、身元不明で、市のモルグ（死体収容所）に陳列してあるというのには、まったくのところ恐れいってしまった。

もっとも、いままでだって、平気でいたわけではなかった。身代り同然に殺された男の顔が、眼について弱ったが、死んだあとまでさらしものにされ、あの大学生の霊が行きどころもなく迷っているかと思うと、なんともいえない嫌な気持になる。

この二、三日、あの大学生の顔が夢の中にまで出てくるようになった。

朝々、新聞の「モルグだより」で小田孝吉という名を見るたびに、胸のあたりに刺されるような痛みを感じる。すると、その晩、かならず夢を見る。

「それもこれも、みな卑怯のむくいか」

行方不明になったマレー代議士の目撃者を新聞が探していたとき、地下鉄の生《なま》の出来事を申出ていたら、こんなことにはならずにすんでいた。

階下の食堂のラジオが、がなりだす。この家のおやじはたいへんな政治狂いで、ホテルに「中央右派」という名をつけている。

十九区の貧民区の北のはずれにいながら、中央右派も笑わせるが、階下の安食堂はそういった連中のクラブになっているのらしく、食事時でもないのに大勢集まっては、社会党がどうの、党略がどうのと、わめきあうのには参ってしまう。

午後一時の「政界ニュース」をやっている。こいつを聞くと、袋小路で犬に吠えつかれるような切羽詰った気持になる。

「また、はじめやがった」

小田は泣きだしそうな顔で頭を抱えた。

小田に理解できるのは、下院付近とか、デモとか、マレー代議士とか、スタヴィスキーとか……そういう切れ切れの単語でしかないが、ここのところ、毎日、骨を折って新聞を読んでいるので、なにを言っているかぐらいのことは察しがつく。

調査請求付帯でスタヴィスキーを告発しようとしていたマレー代議士が、その直前に怪死をとげ、それから一週間目、法廷に立つ用意をしていたスタヴィスキーが、自殺他殺不明の突飛な死にかたをした。それがいま全パリの問題になっている。

他殺だったと主張しているのは、主として「パリ夕刊」と「ジュールナル」だが、ほかの新聞も大体、他殺説に同調している。

一時、おさまりかけた下院付近のデモは、この事件に刺戟され、昨日の夜から猛烈にむしかえされているふうだった。

「だんだん大きくなる……」

あの夜、二人の山高帽に運ばれて行く死体を見たとき、気の毒な境遇もあるものだと、それだけのことで見送ってしまったが、あれがこんな大きな事件になろうとは思いもしなかった。

「ファッショ……デモ行進……左翼団体……ピストル……棍棒……血……」

ラジオがわめく。騒擾の実況放送だった。小田は両手で耳をおさえて、ベッドに俯伏《うつぶ》せになった。

「やっている」

左翼と右翼のデモ行進が衝突し、殺伐な闘争を行っている光景が眼にうかぶ……

「ひどいことになった」

こういう騒ぎにした責任の一端はたしかに自分にある。あのとき申出ていたら、これほどのことにしなくともすんでいたかもしれない。

「だが、いまからじゃ、もう遅い」

小田が溜息をつく。

もう一人の小田が、やりかえす。

「遅いことはない。いまからでも間にあう。早く行け」

小田が弱々しい声をだす。

「間にあうなら、もちろんやるが、今日は厭《いや》だ」

もう一人の小田が詰め寄る。

「それじゃ、いつ行く？」

小田がつぶやく。

「まァ、そのうちに……なにしろ、たいへんなことになるんだから、よく考えて行動しないと……」

部屋の中が急に夕暮れのようにたそがれてきた。

肱をたてて窓をながめると、みぞれがやんで、霧がかかり、運河の波の間から鷗《かもめ》が飛びあがるのが、一本の白い筋になって見える。

むこう河岸の家の棟と、ポプラの梢だけがあらわれだしよろめくように見え隠れしていたが、それも間もなく模糊とした灰色のなかに沈み、うごめく霧のほか、なにひとつ目に入らない。誰かの絵で見た陰府の風景にそっくりだった。

「ひどい霧だ」

パリという大都会が消え失せ、地上でもない、空間でもない、漠《ばく》とした次元に浮いている感じ。もののかたちもおぼろげな薄闇の中にこうしてしずまっていると、自分がほんとうに死んで、死後の世界にいるような、ひっそりとした気持になる。

「こいつは悪くない」

死後の世界には、義務もなければ責任もない。悩みもなく苦もない。ただ時が経つという感覚を、おぼろげに感じるだけ。

小田は死後の世界の生活を想像しながら、うつらうつらしていたが、そのうちになんとなく気持がひらけて、快活にさえなった。

「パリの戸籍では、おれはもう死んだことになっている。これでも歴《れ》っきとした亡霊なんだから、マレーにもスタヴィスキーにも、告訴の義務なんか負うことはない。誰が苦しんだっておれのせいじゃない。もうクヨクヨするのは、やめた」

棚の煙草をとろうと、手を伸ばしたが、暗くてよく見えない。いくら死後の世界でも、これではすこし暗すぎるようだ。

「マッチは……」

貧民区のこの安ホテルでは、電灯は、階下まで来たところで足をとめてしまい、二階は前世紀のままランプでやっている。

小田はやっとのことでマッチを探りあてると、舌打ちをしながら、枕元のランプに灯をつけた。昼の一時すぎからランプをつけなければならない、パリという町にも困ったものだが、そろそろ石油を買う金もなくなると思うと、せっかく浮きたった気持がまたジメジメと暗くなった。

こんどのアルプス行きはまったく無意味だった。パリでなら三月《みつき》は楽に暮せる金を、一週間足らずで使ってしまったのは痛かった。残るところは五十フラン。五十フランと言えば五円のことだが、これでは昼食を抜いても五日はもたない。二、三日中に生活の方針をたてないと、いかな亡霊でも乾《ひ》あがってしまう。

急に心配になってきた。もういちど有り金をしらべてみようと、財布を置いた棚の隅を掻い探っていると、白い四角なものがバサと音をたててベッドの上へ落ちた。シャモニーのホテルで高松ユキ子におしつけられた例の封書だった。

「そうそう、こんなものを預かったんだっけ」

無責任のようだが、頭の中がいそがしくて、この件をすっかり忘れていた。封書のおもてに、丸い太い字で論文在中と書いてある。あのときは気にもしなかったが、手にとって見ているうちに、この字はなんで書いたものだろうと疑問を起した。

「クレヨンでもなし、パステルでもなし……」

字の上を撫でてみる。油性のねっとりしたものが指先につく。鼻の先へ持って行って嗅《か》ぐと、ほのかな香料のにおいがした。

「なんだ、これゃ、眉墨じゃないか」

名画の模写技術を学んできた小田にとって、古今東西の絵具と顔料に通暁することは、仕事の生命のようなものだから、これが眉墨だぐらいのことを見ぬくのはわけはなかった。

小田は封書を手のひらにのせて、重さをはかっていたが、そのうちにこいつはあやしいと、頭をひねりだした。

シャモニーのホテルで山高帽の二人組に逢ってから、高松ユキ子という女に割りきれないものを感じるようになった。

「モーリスさん」なるスタヴィスキーと、高松がどんな関係になっているか、そんなことはこっちの知ったことじゃないが、高松のいるところへ、かならず山高帽の二人連れが出てくるのが、ふしぎでならない。

そもそもの最初、地下鉄の出口でユキ子に逢ったのは、あの二人連れがマレー代議士の死体をひきずって行った直後だった。こんどは、来るはずもないアルプスの山の中へあの二人が出てくる……たしかになにかいわくがある。この封書にしたってそうだ。

ホテルの封筒を使って、眉墨で上書きを書くようなあわてた真似をする以上、いずれ中身はあぶない加減のものなので、やり場に困ったすえ、こちらの人がいいのにつけこんでポスト代りにしたというわけなんだ。

「論文だといいやがった」

美容術の学校でもあるまいし、眉墨で書く論文なんかあるもんじゃない。こうまでバカにされればたくさんだと、腹だちまぎれに、封書を棚の上に放りあげたひょうしに、思いもかけなかった考えがひらめいた。

「高松は、山高帽の仲間だったんだ」

高松も山高帽も、スタヴィスキーにつながるマレー殺しの一味だとすると、あの二人が古住庵《ヴィユ・ロッジ》の近くへあらわれることにふしぎはない。

「高松がマレー殺しの一味……」

言いあてた考えにおびえて、小田は首をすくめた。

日本人にしては、めずらしく素直な、感じのいい女性だと思ったこともあったが、とてもそんなものじゃなかった。

「女ってやつは、どいつもこいつもみんな狐だ」

あの夜、獅子の広場で出逢ったのは、すると企らんでやったことだったのにちがいない。

寒い風の吹く、夕暮れの場末の町をひっぱりまわして、マレー事件のラジオを聞かせたり、マレーの写真を見せたりしたが、あれはどの程度にマレー事件に関心をもっているか探るためだったんだろう。そう言えば、赤いベレェ帽をかぶった大学生が、駅の構内で殺されているのを、あんなに早く知っていたこともチト妙だ……結局は、さんざんおどしつけて、パリにいたたまれないようにしてしまったが、アルプスの雪の中へひっぱりだして、このおれをどうするつもりだったのだろう？　そこのところがわからない。

「警察へ駆けこんだりしないように、パリからひき離しておく……なんてこともありそうだが、それだけでは、なさそうだ」

小田は天井をながめながら、まわらぬ頭をまわして考えていたが、そのうちに、

「あっ、いいぐあいに仲間にされてしまった」

と叫んでベッドの上ではねあがった。

おなじ汽車でアルプスまで連れて行ったり、ホテルの広廊で山高帽と話をさせたり、官憲の見ている前で封書を渡したり……すべては小田を仲間だと思わせるように仕組んでしたことだったのだ。

なんのために？ と考えるまでもない。退引《のつぴき》ならない関係にはめこんだうえ、追々、深みにひきずりこんで逃げるにも逃げられないようにし、便利な手先に使おうというのだ。そうしておけば、警察へ駆けこむようなこともなかろうし……

「なるほど考えやがった」

こちらは人がいいから、言われたとおりに大学へアドレスを通知しておいたが、思えばバカなことをしたものだ。

「こうしているうちにも、やってくるかもしれない」

小田はおびえたようにドアのほうへ振返った。

もう顔を見る気もしない。高松ユキ子がそこのドアを開けて入ってくると考えるだけでも、ゾッとする。

贓品《ぞうひん》運搬ならびに牙保《がほ》という罪がある。ユキ子がやってきてこの封書を渡せば、完全な共犯関係が成立しそれで否応なしに仲間にされてしまう。

マレー事件だけでも、背負いきれないような思いがしているのに、いまやえらい騒動になりかけているスタヴィスキー事件にまでひきずりこまれるのでは、とてもうだつがあがらない。ともかくこの封書をなんとかしなくてはならない。警察へ持ちだせば簡単だが、それではマレー事件以来の関係がわかってしまうので困る。

「そうだ、大学へ持って行ってやろう」

この中身は論文なんだそうだから、その辺へおさめてやるのが親切というものだ。

小田は思いつきのよさに、ひとりでニヤニヤしだした。言語学とやらの主任教授が開けてみて、さぞたまげることだろうと思うと、いささか痛快でもある。

窓のそとの風景はとりとめないまでに混沌として、亡霊がさまよい歩くのにうってつけというぐあいになっている。

万一、山高帽に見つかったって、この霧ならなんとかなる。佐竹のいるバビロンヌ街のプランス判事の家は大学の近くだから、帰りに寄って今日こそは外套を返してこよう。

急に思いたって、外套のポケットに封書をねじこむと、小田は霧につつまれた河岸の通りへ泳ぎだした。ジャン・ジョーレスという通りまで行って、そこから地下鉄に乗った。

西行きの地下鉄の車内は、終点から乗ってきたらしい労働者で満員。オーヴァオールや作業服の連中があふれるほど乗っていて、どの男の胸にも「パリ第二十区統一戦線」と書いた布切れが縫いつけてある。

地下鉄でこの連中の姿を見かけるのは、朝の六時からほんの一時間ほどの間。朝寝坊の男なら、こういうさわぎを、生涯、一度も見ずにすんでしまう。小田の乏しい経験でも、午後三時という時間に、地下鉄の中でこんな大勢の労働者の集団を見たのははじめてだった。

シトロエン、ルノー、オチキスなどというフランスの大自動車工場の工員が、もう一年近くストライキをくり返し、市内のタクシ組合が同情罷業《ひぎよう》をしている。この方面の郊外に、大きな自動車工場があるそうだから、そういったさわぎのあぶれなのだろうと思った。

ひどい混みようで、うっかりすると押しつぶされそう。小田は四方八方からこづかれながら、重苦しい人間の臭気の中であえいでいたが、やっとのことで東駅のステーションに着いた。

やれやれと南行きの四番線に乗換えたが、車内に一と足ふみこむなり、意外な光景に思わず眼を見張った。

「こいつは壮観だ」

小田にとって、忘れられぬ思いをとどめている赤いベレェ……燃えるような緋色の大黒帽が、両側の窓際にずらりと並んでいる。

イタリーのファシストのようなシャツに愛国青年同盟の戦闘隊の銀色のバッジのついた赤いベレェ。一と目で仕込杖とわかる太いステッキを持った何十かのたくましい顔が、小田のほうへいっせいにギョロリと振返った。

「あっと、失敗《しま》った」

小田が赤いベレェをかぶるようになったのは、フランスの極右団体の主義主張に同感したわけではない。色気が気に入ったというだけのことだったが、こんなところで本物に出っくわそうとは、思っていなかった。

こんなでたらめをやっていると、どんな目にあわされるか知れたもんじゃない。

小田は思わず、ハッとなって、あわてて頭へ手をやったが、さわったのは、ベレェでなくて、佐竹から借りたスキー帽だった。

「なにをあわててるんだ」

赤いベレェは、あの運の悪い安南人の大学生が外套もろとも冥土へかぶって行ってしまったはずだから、戦闘隊の連中などに、こんなすごい眼つきでにらまれるわけはないのだが……

小田をにらんだわけではなかった。

さっき七番線で乗りあわした二十区の統一戦線の労働者が、小田のうしろから隊伍を組んで乗りこんでくる。それを見ている眼だった。

「戦闘隊は前部へ」

隊長らしいのが、明晰な口調で命令した。戦闘隊の連中は窓際を離れて車の前部へ行った。統一戦線の連中は、重い足音をたてながら乗りこんでくると、無言のまま後部へ集結した。マゴマゴしているうちに、小田は極右と極左のちょうどなかごろのところへ挟《はさ》みこまれてしまった。

電車はトンネルに車輪のひびきを反響させながら、パリの暗い胎内をセーヌ河のほうへ向って轟然《ごうぜん》と疾駆している。

小田の眼にうつるのは、作業服の厚い胸と黒シャツのファッショのたくましい背中でしかない。見るに足るものもないので、眼をとじて車の動揺に身をまかせていると、森閑《しんかん》としたあの夜の車内の、悪夢のような光景と、眼玉をむきだしたマレー代議士の陰惨な死顔がマザマザと眼にうかんでくる。

あの夜以来、はじめて地下鉄に乗ったわけだから、これはもうどうしたって思いださないわけにはいかない。一と電車早くか遅くか、少なくとも、あの一台だけを見送っていたら、他人の国の政治の掛引きで、こんな不愉快な目にあわずともすんでいたろう。

あの夜の運命の微妙なズレをクヨクヨと思いかえしていると、前部のほうからなにか悪意のある圧力が加わって来、小田は押され押されて、すこしずつ左傾して行った。労働者のほうは、右翼の敵意を感じて、一体になって、ジリジリと押しかえしてきた。小田は、それで右のほうへなだれて行った。

右が押す。左が押しかえす。小田をまんなかに挟みこんだまま、右と左が無言のうちに猛烈な押しっくらをやっている。

小田の胸と背中はたいへんな災難で、上げ潮の渚に浮んだコルクのように、あっちへ行ったり、こっちへ行ったり、行方知れずにヒョロつきまわっていたが、そのうちに、押しまくる力のなかに人をナメた調子のあるのを感じた。

満州建国以来、パリにいる日本人の人気が下落し、町を歩いていても、とかく白い眼を向けられる。それはともかく、こうまでバカにされながら、だまっているわけにはいかない。

小田は意気地なしではない。反対に、血気にはやってなにをやりだすかもしれない、粗暴な血を父から受けついでいる。そういう地金を出さないですむように、臆病なくらいに平和をねがってきたのだったが、この時、本来の性質が勃然と頭をもたげてきた。

「やめろ、やめろ、我慢しろ」

自分でなだめているうちに、両手がひとりでにあばれだし、前後左右の背上や胸板をガムシャラに突きとばしはじめた。

「なにをいい気になっていやがるんだ。フランスなんか、つぶれるともどうとも勝手にしろい。

ここに人間がいるんだぞ。押しっくらをするなら、降りてからやりやがれ」

スキー帽のてっぺんしか見えなかった子供のような東洋人が、いきなり外国語でわめきだした。

右も左も呆気にとられたらしく、一と時、しんとしずまりかえっているうちに、電車はシテ駅のホームへ走りこんだ。

まわりのフランス人は、東洋人が降りられずに腹をたてるのだと誤解して、

「この坊やを降ろしてやれ」

というようなことを言いながら、左右から親切に小田の腕をとった。小田の降りるところは、もう一つ先のサン・ミッシェルという駅なので、

「ちがうったら。なにをするんだ」

と精いっぱいにもがいてみたが、右も左も力自慢の連中なのでどうにもならない。あッという間にホームへ押し降ろされた。

ドアがシュッとしまって、電車はそれで闇のトンネルの中へ走りこんで行った。

遠い他人の国で、こんな目にあうとやり場のない怒りがこみあげてきて見るものがみな癪《しゃく》にさわる。五分もするとあとの電車が来るが、待っている気はない。歩けばいいのだと、小田は腹だちまぎれに地上へ飛びだした。

出たところは、セーヌ河にかこまれた、シテという中洲の島。パリの中でも、とりわけ時代の錆のついた古めかしい界隈で、苔の生えたような警視庁やパリ裁判所の陰気な建物が、むっつりとおし並んでいる。

小田は市立病院と商事裁判所に挟まれた暗い通りを歩いて行くと、いきなりノートルダム寺院の前の広場へ出た。セーヌ河から冷たい川風が吹きあげるたびに、煙のように霧が流れ、いかめしい寺の正面が見えたり隠れたりする。ノートルダム寺院と、エッフェル塔と、凱旋門は「パリの月並み」といったようなもので、なんの情緒も感じない。人気のない広場を横切って、橋のあるほうへ歩いているうちに、ふとしたことが心をかすめた。なにかの小説に、モルグの下役人が水死人の死体を用水で洗っているのを、中洲をつなぐサン・ルイ橋の上からながめるところが書いてあった。

例のモルグ……身元不明の水死人や行倒れの死体を陳列し、一般の展覧に供するという嫌味な施設がこの寺のうしろにある。あの不幸な安南人の大学生の死体がすぐそばにあると思うと、気重りがして、われともなく足がとまった。

「呼び寄せられたのかな」

降りる気もないところで降ろされ、否応なしにこんなところへやってきた。そう言えば、風はモルグのあるあたりから吹いてくるようでならない。

そんなバカなことはあるはずはない。世の中にはこうした偶然もあるものだと、詮じつめてみたが、気持はいっこうに軽くならなかった。

「どうせ、見ずにすますわけにはいかないんだから、ここまで来たついでに」

いまさら、あの大学生の死顔を見たって、どうなるものでもないが、それで気がすむというなら、行ってみるのもよかろう。

小田は広場の霧に巻かれながら考えていたが、この折に、不幸な大学生の霊を弔《とむら》ってやりたい気になり、封書のほうは後まわしにして、モルグの建物のあるほうへ歩きだした。

寺の長い石塀に沿って、ひっそりした河岸の通りを行くと、ほどなく寺のうしろへ出た。聞いたところでは、河に突きだした三角形の河岸端に古い建物が見えるということだったが、寒々とした空地があるだけで、それらしいものもなかった。

通る人をつかまえてたずねると、モルグの建物は三年ばかり前に取りこわしになり、河上のラペェという河岸へ移ったと言って、そのほうを指してみせた。

橋を二つ渡り、アンリ四世という河岸からセーヌ河について二十分ほどさかのぼると、右側に法医学研究所という標示の出た建物に行きついた。それがモルグだった。

アーチの低い門を入ったところが吹きっさらしのコンクリートの中庭で、病院のような白い建物が中庭を三方から囲んでいる。とっつきの壁の「来所者心得」という掲示と並んで、全パリ市吏員《りいん》、団結せよ！

官吏減俸絶対反対！　スタヴィスキーと結託するショータン内閣を倒せ！

と書いた大きなビラが貼ってあった。

そういえば、今日の夕方、下院の河むこうのコンコルド広場で、市吏員のデモがあるはずだった。

死屍室に行くには、司屍官の許可がいるのだそうで、教えられた事務所へ行ってみたが、五人ばかりいる事務員は、議論ばかりしていて相手になってくれない。

カウンターに凭れて辛抱強く待っていると、いかにも法医学者然とした冷やかな顔をした男がやってきて、

「君はなんだ」

と怒鳴りつけた。

小田は回らぬ舌をまわしながら、クドクドと説明したが、先方は半分も聞かないうちに、「出屍票」と印刷した紙に青鉛筆でソソクサと番号を書きつけ、カウンター越しに投げてよこした。

死屍室という標示の出たところへ行くと、一間四方もあるような大きなエレベーターで地下へおろし、まぶしいほど電灯をつけちらした待合室のようなところへ押しだした。

正面に大きな鉄の扉がある。守衛が一人立っていて、ここから入れと顎をしゃくってみせた。把手《とって》を押して入ると、強い薬品のにおいのまじった、身を切るような冷たい突風がまっこうに小田の顔に吹きつけた。

古い絵で見るモルグは、百貨店の飾り窓のようなところに、腰のまわりに白布を巻きつけた、すごい死体がズラリと並んだ醜怪《しゅうかい》きわまる場所だったがここにはそんなものはない。むやみに天井の高い三十坪ほどのコンクリートの部屋で、三方の壁に、把手のついた大きな鉄の箱が、生薬屋の引出し然と五段になって嵌めこまれているだけだった。

手術台のような鉄のテーブルがあるのを除けば、壁も、床も、霜が結んで、魚河岸の冷凍室といった感じ。首巻と手袋をした頑丈そうな男が三人、木靴を鳴らしながら歩きまわっている。そばへ来た一人に伝票を渡すと、白い布をかぶせた鉄の寝棺のようなものを右側の壁の三段目からひっぱりだしてきて、無造作に部屋のまん中へ放りだした。

小田が二十銭ばかり心付けをやると、その男は急に愛想がよくなって、

「電灯をつけてやろう」

といって、壁際のスイッチをおした。何百燭光かの天井のスポットに明りが入り、臭気除け

の扇風機がにわかにバタバタとまわりだした。

覚悟してやってきたが、ありがたいというようなことではない。手を控えてモジモジしていると、死体を蔽《おお》っていた白布が扇風機の風にあおられ、フワリと浮きあがって部屋の隅まで飛んでいった。

「おっ、どうしたんだ」

小田の見たあの大学生ではなく、凍りついてツラツラに光ったのは高松ユキ子の白い裸体像だった。

暗い河のほとり

一時間ほどの後、小田は下院前のデモの中をすりぬけ、バビロンヌ街の佐竹のところへ行った。

佐竹はいまクラリッジ・ホテルのカシマという日本人のところで働いているという女中の話で、気抜けがしたようになって、ぶらりとリュクサンブールの公園へ入って行った。ここでも大騒ぎをしているのだとみえて、上院のある公園の奥のほうから、木の間ごしにすさまじい喊《かん》声《せい》とフランスの国歌がひびいてくる。

小田は激動に疲れてクタクタになり、いまはもうしずかに休みたいと思うだけ。メディシスの泉のそばへ行って、そこにある石のベンチに掛けると、やれやれと煙草に火をつけた。

この泉のあるあたりは、夏でもひっそりした片隅だが、いまは冬の霧にとじられて木影さえほの暗く、去年の落葉が堆《うずたか》く池の中に散りこんで、水の音もかすかであった。

「死んじまっちゃ、しようがない」
小田は煙草の煙といっしょに、おしだすような長い溜息をついた。

風が煙を吹きちぎって、クルクルまわしながら空へ運んで行く。その行方を見ていると、人の命のはかなさがいまさらのことのように思われて、小田も、ついしょんぼりしてしまった。

モルグの鉄の寝棺の中で、皮を剝がされた冷凍魚のようにころがっていた高松ユキ子の死顔が眼について離れない。髪の毛に氷がからみつき、ほっそりした白い身体が陶器のように硬直して、電灯の光をチカチカとはねかえしていた……

シャモニーのホテルの広廊から、警部にせかせられて二階へ上って行ったたっけが、あれが生きたユキ子を見た最後だった。長い外国の浮浪生活のあいだには、いろいろな日本人の浮き沈みを見てきたが、シャモニーで別れた高松が、あわれな死体になって、パリのモルグの棺の中にひそんでいようとは思いもしなかった。

係の話では、十七日夜の下院前の騒擾に巻きこまれ、警官に追われて川へ落ちたのだろうということだった。十七日は朝からひどい寒さで、セーヌ河に氷塊が漂っていたようなわけだったから、溺死する前に凍死したものらしい、とも言った。死んでしまった以上、溺死だろうと凍死だろうと、名目などはどちらでもかまうことはない。残されたものに及ぼす影響に、さしたるちがいがあるわけではないが、こんな死にかたでは、他人事ながらあきらめかねるような気がする。

小田は上着の内ポケットからモルグで受取った高松の手紙を出してながめてみた。ユキ子のスーツのポケットに入っていたのだそうだが、ユキ子といっしょにセーヌ河の水にくぐったので、十日もたつのに、まだしっとりと湿り、インキが滲んで、美しい花模様のようになっているのもあわれだった。

封筒のおもてには、パリ十九区マルヌ河岸十七、中央右派ホテル、小田孝吉様と書き、切手を貼るばかりになっている。

そちらまで行けないから、元日の夕方に寄った貨物駅の前の食堂まで来てほしいという、簡単な走り書き。これから推すと、ポストに入れに行く途中で、こんな不幸を見るようになったのだと思われる……

上院のあたりで、けたたましい連続音がパン、パン、パンとひびき、林の上に煙のようなものがあがった。

「はじめやがった」

小田は眼をすえて腰を浮せた。喊声は合唱から動物的な絶叫にかわり、フランスの国歌に革命歌がまじりあっていた。

平和な世代に生をむさぼってきたおかげで、機関銃などというものの音を聞いたことがない。

火の手があがったと見えたのは、風が吹きおこした霧の流れで、機関銃だと思ったのは、自動車の排気管の音だったらしい。

仰天するようなことはなかったのだが、しみじみとした情緒はそれでいっぺんに消し飛んでしまった。

フランスの法律では、行倒れの死体はモルグに六カ月保管しておき、引取人が無ければ、そのままサン・ドニの無縁墓地へ投げこむということだった。パリには「米人会」というものもあるが、会員でなければ世話をしない。二世でもあればとにかく、アメリカにいたというだけ。属地法で市民権をとったユキ子のような人間にたいしては、死んだあとのことまで見てくれない。死体を引取る友達がなければ、否応なしに無縁墓地へ行くだけのことだ。

「どうしようもないよ」

小田自身、そんなふうにして死んだら、やはりおなじ決着になるのだろう。外国で孤独な生活をしている人間の誰しもが行着く道。高松だって、それくらいのことは覚悟の前だったろうから、文句はないだろうが、見ないうちならともかく、おなじ血につながる日本人として、むざと無縁墓地へはやれない。

「明日中に引取りに来るから、遺骸はそっとしておいてもらおう」

頼まれもしないのに大見得を切った。あの場の昂奮のせいではない。なんとかしようという気持はたしかにあった。フランスというセチ辛い国で、金もなく、言葉もよく通ぜず、マゴマゴするだけが身上という情けない状態で、死体の引取りから埋葬まで、とあらためて考えると、とても自分の手に合う仕事とは思えない。

「それにしても高松ってどんな女だったんだろう」

フランス語の先生の免状をとるために、貧乏しながら勉強していたということだけ……両親があるのかどうか、それさえ知らない。パリという大都会の雑踏の中で偶然に触れあった、行きずりの人間でしかない。こんな役を買って出るのも、おかしなものだが、そうせずにすまされないものがあるのは、なぜだろう。

たしかになにかある。それにはちがいないが、なにか、とはなんなのか、よくわからなかった。ただならぬ喊声を聞きながら、うつらうつらと考えていたが、これはもう佐竹にでも相談してみるほかないと思い、ベンチから腰をあげると、ようやく切りぬけてきたばかりの下院のデモのほうへひきかえしはじめた。困ったことには、佐竹のいるクラリッジ・ホテルは、そういう騒ぎのすぐそばにあるのだった。

夕闇が迫り、凍えたような霧の中で街灯が青白くまたたきはじめた。

河岸の近くまで行くと、無数の物音のいりまじった、休むことのないざわめきが遠雷《えんらい》のようにひびいてくる。セーヌ河にのぞむ下院前の通りから、世界中でいちばん美しい十字街だといわれる河むこうのコンコルド広場まで、見えるものはただもう人の波だけで、その間を水嵩《みずかさ》のましたセーヌ河が、橋桁を嚙みながら陰鬱なようすで流れていた。

ショータン内閣は、今日、二度目の政府信任投票を行うということだった。いまや表決が迫っているのらしく、反対党の議員がつぎつぎに下院の正面へ飛びだしてきて、投票の経過を報告し、群衆に向かって、身振りたっぷりで内閣打倒の演説をやっている。下院前の群衆は熱狂して、

「泥棒どもをやっつけろ」

「ショータンを倒せ」

と、鬨《とき》の声をあげる。

一万の群衆が一体になって叫びだすと、言葉は聞きとりにくい響音になり、なにか漠然とした巨大な動物が荒々しく息をついているようにしか見えない。

そのうちに何千という群衆が、河をへだてたコンコルド広場のほうから、橋の幅だけの流れになって雪崩れてきた。

下院前の群衆はむりやりに圧縮され、ジリジリと横通りへ退って行ったが、そっちから来た密集部隊におし返され、上げ潮のようにもどってきて、狭い河岸で揉み合った。

ウーストリック銀行の醜取引が発覚して退却を余儀なくされた共和党のあと、急進社会党が

政権をとったが、なにひとつ政策らしいものを示さず、責任のがれに内閣を瓦解させては、自党内でたくみに政権の授受をやっていた。

上院、下院を含め、議員なるものは、普通選挙の堆肥の中から生えだした得体の知れない茸《きのこ》のような存在で、国家という実体を忘れ、ひたすら自分のことだけを考えている。

新聞は政府を攻撃するが、その新聞自体がすこぶるあやしげなもので、政治と金繰りのふた股をかけた、いかがわしい企画で創刊しては、内閣の瓦解と同時に煙のように消えてしまう。

民衆は二年の間、無為と無秩序につらぬかれた自信のない暗い政治を見てきたが、それにもう一つ幻滅が加わった。

この二年間、あまりにも醜事件が多すぎた。ハノー事件、ウーストリック銀行事件、マヴロマッティ事件。そして、こんどはスタヴィスキー事件……

議会再開を明日にひかえた八日の午後、共和党の代議士がダリミエ拓相の労働相当時、労働者の零細な賃金から天引きした、社会保険の積立金の中から、二千三百万フランという巨額をスタヴィスキーに融通した事実を暴露した。

急進党はそのシッペイ返しに、前首相タルデューがスタヴィスキーから受取った三百万フランの小切手の控えを持ちだし、共和党に反撃を加えた。

共和党は、急進党の機関紙が、内務、外務、大蔵、各相の総理官房の機密費から、月々三万フランの手当を受けていた醜事実を公表し、それやこれや目もあてられない泥仕合になった。五日の夕方、急進社会党本部のあるヴァロア街で、約四百名の大学生が代議政治反対の示威をやり、八日には三十二万の団員を持つ「愛国青年同盟」が下院前でデモを行なった。ショータン内閣は世論を無視して、一部改造で強引に議会にのぞんだが、休会開けの第一日は、スタヴィスキー事件にたいする討議に終り、急進党と保守党の代議士がフランスの名誉のために崇高な撲りあいをしている最中、

「スタヴィスキー自殺す」

という「パリ夕刊」の号外が出た。

先年、ガルモ代議士が、スタヴィスキーと政界の結びつきを摘発しかけたところで、だしぬけに死んだ。これは催眠剤の飲みすぎということであった。

ガルモの遺志をついで立ちあがったマレー代議士は、行方不明になった後、元日の朝、自宅前の道路で死んで三日ほどいた。このほうは、酔っぱらって辷って転んで頭を打ったということでケリがついた。

こんどは、政界のあらゆる醜行に通暁していると思われているスタヴィスキーが、議会再開の一日前に、アルプスの雪の深いところで、これも物言わぬ人になってしまった……

右翼の新聞は、

「スタヴィスキー事件、埋葬、終る。政界に喜色がよみがえった」

と祝辞を述べた。書類紛失による陰謀と、証人の隠滅による韜晦《とうかい》は、政府のお家芸のようなものだが、ところで、スタヴィスキーというのはいったい何者なんだ？

共和党の機関紙はこの事件で罷免されたパショという警部の談話を載せてこれにこたえた。

「スタヴィスキーは、全パリの警察官に親しまれていた有名な顔役で、後押しをしていたのは警視総監と保安局長でした」

九日以来、フランスはスタヴィスキーの自殺他殺の論議でわきかえった。「パリ夕刊」は、スタヴィスキーの逮捕に向かった二人の警部の談話を、おなじ紙面に並べて掲載した。

シャルパンチェ警部、

「スタヴィスキーは、ピストルを握ったまま床に倒れていた」

ル・ガル警部、

「スタヴィスキーは床に倒れ、ピストルは二尺ほど離れたところに落ちていた」

証言の微妙な食いちがいはユーモラスでさえあって、読んだだけの人間を失笑させた。

「スタヴィスキーは度胸をきめて、一人で罪を引受けたんだ」

という説もいくらかあったが、

「あっさりバラしてしまったのさ」

というのが一般の常識的な解釈だった。

誰ひとり自殺だなどと思っていない。それにもかかわらず、生前スタヴィスキーに関係があったと思われる向きでは、上は首相から下は一警吏にいたるまで、申合せたように自殺だと主張するのがうさん臭い印象を与えた。

共同の腐敗にもとづく、共同防衛の広大なブロックが出来、たがいに秘密を守りあい、代議政治の名誉にかけてあくまでも揉消してしまおうと、必死の工作をしているとしか思えなかった。

田舎の小都会で起った詐欺事件は、フランスの生命を脅かす巨大な悪魔のような感じで立ちあがった。八日から、毎日、各所でデモが行われたが、十七日には暴動に成りあがり、下院付近の商店の飾り窓を壊し、道路にベンチを投げだしてバスをとめ、急進党の機関紙を売っている売店に火をつけた。

その日の新聞は穿った評を載せた。

「スタヴィスキーの復讐……死せるスタヴィスキー、生ける政党を追撃す」

スタヴィスキーの生前の仕事は、その尨大な金額からいっても、二十世紀最大の疑獄たるに恥じないが、死後、政界と経済界に巻起した動乱にくらべれば、ほんの小さなものだった。詐欺事件の本体は、ひきつづく政党の内幕の暴露で遠くへおしやられてしまい、政治腐敗の事実だけが大きく波をうちだした。

検察当局の指向する範囲は、総理大臣官房から大蔵、拓殖、労働、土木、司法の各省、上下両院、大審院、軽罪裁判所、警視庁、保安局、商工会議所、各県県庁にいたるまで、政治機構のあらゆる部分に及んでいる。摘発の強行につれて、スタヴィスキーの亡霊は政治の息の根をとめ、フランスを倒壊させなければ止まぬ意志をもっているかのように見えてきた。

下院の右派は、議会内に審査委員会を設置して、徹底的な審査を行うことを要求したが、首相はこれを一蹴し、事件を故意に拡大するものだとして、担当の二検事を罷免した。その一人、良心と至誠をもって審理にあたっていたユルローという検事は、屈辱に耐えられなくなって自殺をくわだてた。

ファッショの機関紙は、

「もうたくさんだ。フランスの名誉のために、この腐敗政治に終止符を打とう。内乱も止むをえない。パリ市民よ、立て!」

という檄文を掲載した。

首相は国情不安を防止するために、スタヴィスキー事件にたいする記事統制案を提出したが否決され、報復としてなんら法的根拠がないのに「自由」紙の主筆を監獄にぶちこんだ。

レーナルディ法相は「二十六日までに事件を明白にする」と公約した。二十六日は昨日になったが、なんの釈明もなく、今二十七日になって、その法相自身がスタヴィスキーと醜関係があったことが暴露された。

議会には政治家と泥棒が同居し、官邸では詐欺師と大臣がおなじテーブルで飯を食っている。民衆の感じたことは、決定的に最悪の事態が来かけ、フランスは、政治の無能と腐敗の中に嚥《の》みこまれてしまうだろうということだった。

「おれたちは、どうすればいいんだ」

いままでは、ただ絶望的に呻くだけだった大衆は、度重なる内閣の瓦解と、政治の腐敗に教育され、ようやく批判的にものを見るようになった。

「自殺、他殺は、どうでもいい。問題はスタヴィスキーが政界にバラ撒いた六十億という金の行方だ。その金はどこへ行った？　誰がとったんだ？　それをはっきりさせろ！」

これ以上、目をつぶることは不可能だ。自分らの力で、なんとかするほかない。いままで鬱積していた不満と憎悪が、恐怖と激情の形で爆発した。それが今日の騒ぎなのだと、小田は小田なりに解釈した。

通りに向いた下院の窓々にいっせいに明りが入り、暮れるに早いセーヌの河岸は、いつの間にかすっかり夜の色になった。

それまでは、保守党と下院右派の反対投票が多かったが、大多数党の社会党が政府支持の腹をきめたらしく、このころからグングン形勢がよくなった。

群衆は減るどころかいよいよ増える一方で、老人も青年も、おなじように強い決意をあらわし、内閣の解散を見るまでは、朝まででもねばりそうなようすをしている。疲労と寒さで、どの顔もトゲトゲしくなり、みなの上に、得体の知れない無気味な狂熱が作用しかけているように見えた。

どこを見ても、警官らしいものも、騎馬巡査らしいものもいない。これくらいの群衆なら、警官が二十人か、騎馬巡査の五人もいれば、わけなく整理できるはずなのに、ぜんぜん放りっぱなしにしているのが妙な印象を与える。今日のデモの正体が、うすうす察しられるようであった。

そのうちに警官隊がやってくるのだろうと待っていたが、いつまで待っても埒《らち》が明かない。小田はあきらめて大回りをすることにし、人波にさからいながら川上のほうへ歩きだした。つぎの橋まで行ったが、ここもたいへんな人で通れない。そのうちに、ついそこにシテ島が見えようという美術学校のそばまで来た。

さすがに人通りがうすくなって、騒然たる鬨《とき》の声だけが、暮れ切った暗い川面をつたって流れてくる。

この橋を渡ると、ルーヴル宮の横手へ出る。えらい回りになったと、金網を張った三尺ばかりの低い欄干に沿って歩いていると、右手に人影が迫ってきて、行手をふさぐようにツイと小田の前へ出た。

おどろいて、足をとめたとたん、後ろから息もとまるほどなにか固いもので背中を撲《なぐ》りつけられた。

「なにをするんだ」

前に出たやつが、こんどは振向きざまゴム棒のようなもので小田の頭をひっぱたいた。

眼がくらんで思わずそこへしゃがみこむと、急に身体が地上から浮きあがって、暗い川面がグイと眼の前に迫ってきた。

「川へ投げられる」

小田は必死に金網にしがみついて、

「助けてくれ」

と、わめいた。

反対側の道をひっきりなしに人が行くが、どれもこれも見ないふりをして通りすぎてしまう。

「助けてくれ。殺される」

一人が小田の足を抱えて振回しながら、欄干からもぎ離そうとする。も一人のほうは、小田の手の甲をこれでもかというふうに無慈悲に撲りつける。

河むこうからオープンの自動車が走ってきたが、この騒ぎを見ると、急に車をとめた。

「なにをしてるんだい」

「新聞記者か。とめるな、行け」

小田の足を摑んでいるほうが、そう言った。

「人殺しだよ。諸君、ちょっと降りよう」

五人ばかりの男が車からドサドサ降りてきた。先頭のスポーツマンらしい若い男が、小田を見るなり、

「おっ、君はシャモニーにいたひとだね。君を探していたんだ」

そう言うと、後ろを向いて、

「ジャン、つかまえたよ。ここにいた」

と大きな声で叫んだ。

よく頭のまわりそうな、はしっこそうなこの顔を、小田もどこかで見た記憶があった。足を抱えていた壮漢は、無造作に小田を橋の上に放りだすと、ぬうっとその男の前へ立ちふさがった。

「どうしたというんだ」

二人の壮漢は、首までのジャケットを着て、薄汚れた上着をだらしなくひっかけている。鍛

治屋か、市場の仲仕といった、たくましい男たちだった。

小田は環境を理解しようと、いそがしく頭をまわし、逃げるならいまだと、金網に沿って這いかけたが、鋲《びょう》を打った大きな靴で顔のまん中を蹴られてあおのけにひっくりかえった。

「これはうちの社のものだから、渡してもらうよ」

若い男は小田の腕をとってひき起そうとすると、壮漢の一人が、うるさそうにその手をおしのけた。

「よせよ」

「君たちは、フロリック・クラブの人殺し屋だな」

「フロリック・クラブのものだが、それがどうした」

「このひとを、どうしようというんだ」

「大きなお世話だ。あまり出しゃばるない」

そういうと、いきなり拳を突きだした。

後ろでもはじまっていた。

もう一人の壮漢は、写真班らしい痩せた男を一と薙《な》ぎになぎ倒すと、残った三人を自動車のそばへ追いつめて無残に撲りつけている。

「おい、エッス、逃げろ」

むこうの一人が悲鳴をあげた。

「ジャン、おれのことは心配するな、プランス判事に電話をかけろ。こいつらをつかまえてる間に……早くしろ、すっ飛べ」

自動車が大あわてに走りだした。

通りがかりの男や女が足をとめ、遠巻きにしながら見物している。

若い男は、二人と一定の間隔を保ちながら、欄干のほうへ退った。

「おい人殺し屋……相手が悪かったな。悪魔島送りにしてやるから、待っていろ」

二人の壮漢は、ぞっとするような陰惨な顔つきになり、擦り足をしながら右と左からジリジリと若い男のほうへ迫って行った。

「怒ったのか。そんな面をしてみせたって、おかしいだけだ。失敬だが、笑わしてもらうよ。そういえば諸君の親分の顔が見えないようだが」

「おいおい、いいのか、小僧」

若い男は、たくみに位置を変えながら、元気な声で笑った。

「あいつが出てきたら、いっしょに送りこんでやるのに……それが残念だよ」

「おれなら、ここにいる」

すこし離れたところに立っていた、眼つきの鋭い中年の男がこっちへ歩いてきた。

「出てきたな、シャルパンチェ」

「だれだと思ったら『パリ夕刊』のエッス君だな。君こそよくいろんなところへ出てくるよ」

通行人のような顔で足をとめていた七、八人の男たちは、みな暴漢の仲間だったらしく、すこしずつ前へ出てきて、グルリと新聞記者を取巻いてしまった。

市場の仲仕体のほうは、御用ずみになったのんきな顔で、円陣の外に出て煙草をふかしながら、立ちどまりそうにする人間を、

「行け、行け」

と追いたてている。

小田は両手で頭を抱えながら、欄干の根もとにしゃがみこんでいたが、ときどきふッと気が遠くなって、意識が霞んだ。

「シャルパンチェ警部、この日本人をどうしようというんだい。この間の女のように、またモルグへやろうというのか」

小田の頭の上で、新聞記者がそんなことを言っている。

新聞記者は、シャルパンチェ警部と呼んでいるが、この顔も見おぼえがあった。

小田はたしかに弥次馬といっしょにスタヴィスキーの別荘の門の前に立って、物々しい騒ぎを見物していたが、最後に裏口の戸を破って入って行ったのは、シャルパンチェというこの顔

だった。

「この顔も、あの顔も……」

身装《みなり》こそ変っているが、今まわりを取巻いている八人ばかりの男は、みなあのとき見た顔ばかりだった。

「シャルパンチェ警部、ともかく、この人はもらって行く」

「そういうわけには、いかないねえ。職務でやっていることなんだから、うるさくしてもらっては困るよ」

「職務ってのは、邪魔な人間を片付けることか、スタヴィスキーを射ったのは君だってことは、ちゃんと証拠があがっているんだぜ。バカな義理立てをしているが、ショータン内閣はいまつぶれた。君はもう首だ。無駄に力《りき》むのはよしたがいい」

「君はふしぎなことばかり言う」

「スタヴィスキーが『射つのは待て』といったのを、ほかにも聞いたのがいるんだ。嘘だと思ったら、明日の『パリ夕刊』を見ろ」

「困ったね。そんなことまで知っているんじゃ、これァもう君と喧嘩だ」

「やかましい」

新聞記者は、人垣の外へ出ようとしたが、すぐ腕をとってひきもどされ、横合いから大きな手が伸びだして、その咽喉に巻きつくのが見えた。

人垣になっている連中は、何事もないように喋言《しやべ》ったり笑ったりしている。そういう円陣の中で、わあーッと、つんぬけるような動物的な絶叫が起ったが、それも一時のことで、すぐひっそりとしてしまい、間もなく橋の下ですごい水音がした。

さっきの壮漢の一人が、ぶらりと小田のほうへやってきた。

「いよいよ、やられるのか」

小田は薄目をあけて、ぼんやりとその顔を見ていた。

頭のまん中にひどい衝撃を受けたと思うと、霧の中でまたたいていたアーク灯が一時に消えた。小田の身体は一塊の物質になり、風を切って無限の空間へ落下して行った。

腎臓とツヅミ玉

この一カ月、佐竹はクラリッジ・ホテルに部屋をもらって、鹿島の秘書のようなことをやっていた。まとまった用があるわけでもない。シテ島にあるパリ控訴院へ通う鹿島を送り迎えするくらいのところで、面白いというようなことではなかった。

模擬犯人の一件は、鹿島の尽力というより、プランスの権勢で事なく解決した。十三区の署長は巡査部長に下落してフランスの北のほうへ追いやられ、あの事件が機縁になってジョ・ラが控訴院の法定鑑定人に復職し、名もコォジョールとなって自由法論団の陰の仕事をするようになった。

小田はパリへ帰ってきた。救世軍の宿所を出奔《しゆつぽん》してからちょうど一カ月目の朝、古ぼけた水夫のブルーズを着、巡査に連れられてボンヤリとホテルにあらわれた。この一カ月の間、どこでなにをしていたのかわからないが、最後はセーヌ河の河口のル・アーヴルの港でうろついてたらしい。五日ほど前、ル・アーヴルの警察から、小田という日本人を知っているかと、電話で問合せがあった。その男なら、元日以来失踪してしまったので、探していたのだと言うと、じつはこちらでももてあましているので係のものを付添わせて、すぐパリへ送ると言って電話が切れた。

なんのつもりでそんなところへ行ったのかわからない。ル・アーヴルの警察では、小田が貨物船でアメリカへ密航しかけたようなことをいっていた。パリが嫌になってホームシックにかかっていたようだから、急にアメリカへ帰る気になったのかも知れない。元日の夜、外套を借りに来たのは、その準備だったのだろうと察しをつけたが、事実のところはなにもわかっていない。ホテルのロビイに入ってきたとき、中心のない、どんよりした眼つきをしているので、だいぶ頭を悪くしているなと思った。憂鬱症に罹《かか》っているふうで、一日中、不機嫌な顔で黙りこみ、なにを聞いてもろくすっぽ返事もしない。付添ってきた警官は、波止場で喧嘩して水夫に頭でも叩かれたのだろうといっていた。医者の話ではほんの機質的なもので、時がたてば自然になおるということなので、そのまま自分の部屋へ同居させておいた。頭が狂っても似顔絵描きの本性は失わないのか、ベッドの上にあぐらをかき、人の顔ばかり描いて暮している。それもいいが、山高帽をかぶったボクサーのような男の顔と、中南米人といった初老の紳士の顔だけを、毎日飽くことなく描きつづけている。平調を失った頭の中が見えるようで、無気味だった。

そういう男とおなじベッドに寝るというのは、なにしろいい気持のものではない。夜中に首を締められるかとも思わないが、鬱陶しくてたまらない。それで昼はロビイか図書室で暇をつぶしている。

鹿島を迎えに行く時間になったので、佐竹はホテルを出、地下鉄でシテ島まで行った。「宮殿」といっているこの古めかしい建物は、シテ島の端から端までまたがる広大な地幅で、この中に大審院から初審裁判所までのあらゆる法院を抱えこんでいる。むかいは警視庁。風の吹きとおる広い中庭で、これから警備に出動するらしい、鉄兜《かぶと》に黒い立毛をつけた国家保安隊の騎馬警官が、胸甲を光らせながら勢揃いをしていた。

法服を着た検事や廷丁《ていてい》がめまぐるしく行きちがう広廊の端で待っていると、鹿島老がプランス判事に送られて審理部の応接室から出てきた。

「このごろは情勢が悪いから、なんだったら、車でお送りしましょうか」

プランス判事が思いついたように言った。

鹿島は大きな眼玉で相手の顔を見つめながら、

「まったく、えらいことになったもんだ。このぐあいだと、間もなく暴力の時代が来るんでしょう。みな鉄を抱いて、磁石のまわりをうろついている。自分がどこへ行くかもわからないんだからね」

と、あやしげな気焰《きえん》をあげだした。

「世の中がもっと乱れたら、われわれの国にもこういうことが起きるのだろうから、しっかり見物しておきましょう。ありがたいが、送っていただくほどのこともないようですな」

プランス判事はおだやかにうなずくと、佐竹に、

「じゃ、気をつけてあげたまえ。今夜は家へ帰るね？」

と、ささやくように言った。

プランス判事が自室へひきとると、鹿島は、

「まごまごしていると、風邪をひいちまう。なんという建物だ。どこもここも隙間だらけだ」

と、腹をたてた。裁判所の正面の石段を降りたところで、大時計が三時を打った。鹿島はいよいよむずかしい顔になって、

「まずい時間になった。まごまごすると、広場のあたりでデモにぶつかるぜ。吹きっさらしの中で、足どめを食うのは忌々しい。すこし急ごうじゃないか」

ぶつくさ言いながら、老人とも思えない達者な足どりで歩きだした。

橋を渡ってコンコルドの広場の近くまで行くと、市中はにわかに形相がけわしくなった。誰もかれも追いかけられるような早足で歩き、通りすがりにたがいにチラリと相手の服装を見、

右か左か判断しようとする。

「鹿島さん、どいつもこいつも狐憑《きつねつ》きみたいな眼つきをしているじゃないですか。ただごとじゃないね」

二十七日にショータン内閣がつぶれ、急進社会党のダラディエに後継内閣のお鉢がまわったが、右からも左からも入閣拒絶を食う不人気で、予期したような協力内閣ができず、共和党を三人加えただけの案山子《かがし》内閣をつくりあげた。

新内閣は、二月六日に施政方針を声明するはずだったが、二日の午後、社会党から、かねて社、共両党の弾圧に尽力していた警視総監のシアップを罷免しなければ、ダラディエ内閣を信任しないという申入れがあった。

ダラディエは社会党の百三十票をかき集めるために、シアップを罷免してモロッコ総督に任命したが、シアップは政争の犠牲になるのはごめんだといって、即日、辞職してしまった。つづいて、陸相、蔵相、教育長官の三名が連袂《れんぺい》辞職するさわぎになったが、ダラディエは、国民の指弾を受けて、先日、失脚したばかりの前首相を蔵相の後任にすえるという、世論無視の党略を強行したので、民衆の不満と怒りは、手のつけようのないところまでたかまってきた。

広場を横切り、ホテルのあるシャンゼリゼェのトバ口まで行ったが、示威行進にぶつかって、そこでせきとめられてしまった。凱旋門が遠くかすんで見えるあたりから、人と旗の流れが殺気をはらんで進んでくる。

示威行進の先頭に、黒シャツに革のゲートルをつけ、背革でピストルをつるした、四十二、三の男が、団旗に守られるようなかたちで、一人離れて歩いている。

両側の歩道にギッシリと詰めあった群衆の口から、

「ロック中佐、万歳」

という歓声が起ったと思うと、屋上にすえつけた拡声器からフランスの国歌が流れ出した。

鹿島は街路樹の根元に押しつけられながら、

「佐竹君、ヒットラーが来た」

と皮肉な調子でつぶやいた。

これがいまフランスの英雄になりかけている男だが、歩きっぷりから顔のこしらえまで、ヒットラーに似ているのが妙だった。

二日の夜、火の十字団のロック中佐が、パリ・オランダ銀行のフイナリ以下、ファッショの九団体の代表と会合し、議会召集の六日に、暴動による上下両院の決定的、瞬間的、占領の準備を完了したという風評だったが、パリ市役所の全吏員と警視総監に同情する市会議員十五名が、昨日、政府反対の声明を出し、新生の右翼大同団結に、

「パリ市の独立と威厳のために、われわれは諸君とともに攻撃を開始する」

というメッセージを送った。

左翼の連盟派組合は、まだ完全な統一ができていないが、セーヌ地区の自由労働者と失業者同盟がこれに同調し、二百五十万の団員をもつ農民戦線と、四百万の全国在郷軍人同盟が参加することにきまった。

スタヴィスキーの亡霊は、内閣を一つつぶしたが、それだけでは満足せず、見えない手でフランスの土台骨を大きく揺すりはじめた。

ロック中佐のうしろから、黒シャツを着たウェイガン将軍の一派が、

「フランスは共和制を欲しない。パリを内乱へ！　トコトンまで前進だ！　二月六日、コンコルド広場へ集まれ！　自由と真実の勝利のために」

という大きな横旗を持って行進してくる。

ベレェをかぶって赤い腹巻きを巻いた、海賊のような一団が、

「議会を叩きつぶせ！　スタヴィスキー事件、即時、徹底的、糾弾！」

というプラカードを掲げてくる。これはマジノ将軍のひきいる「愛国青年同盟」の突撃隊だった。

ルノー少将の「フランス連帯」のつぎに、ピュジォ将軍の「アクション・フランセーズ」が学士院会員と毛皮の外套を着た貴婦人の一団を挟んでやってくる。

パリ大学のファランジ団と、赤旗を持ったセーヌ地区の自由労働者が仲よく隊列につき、「農民戦線」が「全国在郷軍人同盟」と腕を組み、「ユダヤ人排斥フランス主義団」が「納税者同盟」と肩を並べてやってくる。歩道の群衆は、わけもなく熱狂して、右にも左にもおなじように歓呼と万歳を浴びせている。

「内乱予備だ。鉄兜に黒い立毛をつけた防衛隊は、動きもしやがらない。国家の権力は地に墜《お》ちたね」

佐竹が、そうつぶやくと、鹿島が気のない調子で受けた。

「昨日、警視総監が暴露記事を書いていたろう。ダラディエは共産党と組んで左翼独裁を企てているらしい。十七日のデモの煽動者は内相自身だったというんだから、ひどいもんだ。急進党自身、右へ行くか左へ行くか迷っている。国家の権力も糞もありゃしないのさ」

「民衆は右にも左にも平等に旗を振っているが、いったいどっちの味方なんです」

「右だろうと左だろうとかまわない。誰でもいいから、国民を欺してきた議会政治家と議会の息の根をとめてくれということなんだよ。正義感の満足を得るためならフランスをつぶしてもかまわないと思っている。つぶしたあとでなにが来るか、そんなことまで考えてやしない。スタヴィスキーってやつも、えらい仕事をやったもんさね」

示威行進は天からでも繰りだしてくるようにやってくる。クラリッジ・ホテルはすぐそこにあるのだが、えらい人波で押しわけて行くこともできない。

佐竹は鹿島と並んで人垣の狭間で揉まれていたが、ホテルに置いてきた小田のことが気にかかって、だんだん落着かなくなってきた。いつまで待っても終りそうもない。急に雲が低くなり、雪でも降りそうな模様になってきた。

大回りをして帰ることにして、海軍省の横からロアイヤルの狭い通りへ入りこんだが、ここもえらい人。

歩道と車道のギリギリのところを、後先になって歩いていたが、小型のルノーが車の流れを突っ切って、無茶な走らせかたをして行ったと思ったら、うしろでただならぬどよめきが起った。

歩道に人が立ってガヤガヤ騒いでいる。後から来たはずの鹿島の姿がない。佐竹は気あたりがして、人垣のところまで駆け戻ってみると、鹿島が半白の髪に泥をつけて歩道の縁石を枕に寝ころがり、若い警官が、しゃがみこんで介抱していた。

「どうしたんです」

「膝をめちゃめちゃにやられている。君はこのひとの連れかね。すぐ病院へやろう」

警官はうしろから来た自動車をとめてなにか言っていたが戻ってきて鹿島を抱起しにかかった。

「君は腰ンとこを」

鹿島は気を失って、グッタリと眼を閉じている。佐竹が腰を持ちあげると、鹿島の右の足がへんにブラリとしているので、思わず顔をそむけた。佐竹は汗を流して車の中へ抱《かか》えこんだが、いかにも意外で、押しつぶされたあわれな場所を、思いきって見ることも触わることもできなかった。

五分ほど走ると、ペロンという病院に着いた。電話をかけてあったのだとみえて、担架夫が担架を持って走りだしてきた。

診察室の廊下の椅子で息をついていると、係の医者がやってきた。関節間の軟骨とか、関節液とか、むずかしい言葉をつかって骨折の細かいところを説明し、足を切らなくともすみそうだが、完全になおるというわけにはいかないだろう、などと言った。

佐竹は事務所へ行って、電話でプランス判事を呼びだした。

「鹿島が怪我をしました。ヴェネエ街のペロンという病院におります」

「やられたのか」

プランスが呻くような声をだした。

「死んだ?」

プランス側には、鹿島の身上に予期される危険といったようなものがあったのらしい。控訴院を出るとき、気をつけてと言った言葉の意味を、いまになってようやく諒解した。

「命は大丈夫らしいです」

「怪我はどこ？　腎臓？」

「足です。これから手術します」

「輸血する？」

「血清でやると言っていました」

「ぼくは顔を出せないから、ジョ・ラをやる。それから、そちらが落着いたら、ホテルへ帰って、オダというひとのようすを知らせてくれたまえ」

佐竹は、むっとした顔で診察室にもどってきた。鹿島はもう手術室へ運ばれ、診察用の革の寝椅子の上に、膝から下を鋏《はさみ》で切りとったズボンだけが居残っていた。

「反吐《へど》が出そうだ」

佐竹は革椅子の端に腰をおろしながら、大きな声で独り言をいった。

マレー殺しの犯人にデッチあげられそうになり、あぶないところで助かった。あれくらいのまやかしはどこの国でもやることだが、誰にも害を与えないあんな老人までを殺してしまおうという悪意の深さを思うと、けがらわしくて反吐が出そうだった。

ドアの外で医務員に老実《ろうじつ》な挨拶をしている声が聞えていたが、

「こちらですか」

と言いながら、ジョ・ラが入ってきた。

十三区の警察の留置場にいたときの、ルンペンの俤《おもかげ》はどこにもない。チックで髪を頭に貼りつけ、念入りに髭を剃っている。見るからに時代のついたフロックコートを着こみ、愁いを含んだ憂鬱な眼つきをして戸口に立っているところなどは、葬式馬車の先頭を行く葬儀社の手代そっくりだった。

「ジョ・ラ君」

佐竹が声をかけると、ジョ・ラは真面目くさった顔で、

「私はコォジョールです」

と訂正した。

「そうそう、コォジョール君だったね」

佐竹があわてて言いなおした。

コォジョールはパリ控訴院の法定鑑定人までした筆相学の天才で、酒で身を持ちくずして堕落し、市井の塵にまぎれこんでしまったが、そういう筋では、みなから非常に惜しがられていた男だったということを、後でプランス判事から聞いた。

ジョ・ラは折目正しく椅子に掛けて、慇懃にひかえていたが、医務員の足音が廊下のむこう

に消えると、たちまち姿勢をくずして、

「あのおやじに死なれちゃ、アルベール（プランスのこと）も弱ったろう」

と無造作な調子でやりだした。

「こう言っちゃ、なんだが、君のようなひとに預けっぱなしにしておくって法はない。死んでからフロックコートで駆けつけたって、なんの役にたつものか。バカな話なんだ」

「早合点しちゃ困る。鹿島は死んじゃいないんだ。プランスに電話で言ったはずだが、聞かなかったかね」

「それは聞いた。君の電話で納得できるものなら、アルベールがこんなところへ向けてよこすわけもなし、またおれにしたって、こんな装束で駆けつけることはないんだ」

持ってまわった言いかたが、ピッタリと来ない。

「鹿島は車に突っかけられたんだ。ぼくの電話が、どう聞えたかしらないが」

ジョ・ラは頭を振った。

「いやいや、そんな簡単なことではないはずだ。医者はまだなんとも言って来ないか」

「膝の複雑骨折だと言った」

「そうかね。こっちには、誰があんな悪戯をしたか、ちゃんと見当がついている。やりかけたらへマをしない連中だから、膝ぐらいではすむまい」

佐竹は急に不安になってきた。

「じゃ、どうなんだ。じらさずに言ってくれよ」

ジョ・ラは薄い掌でツルリと顔を撫でて、

「君のような若いひとに、あまり聞かせたくない話なんだが……あのおやじの腎臓に、空気銃のツヅミ玉が一つ入っているはずなんだ……轢いたのは、その後のことだったろう」

「腎臓？」

プランスも電話でそんなことを言ったようだった。

「ツヅミ玉って、なんのことだね」

「ツヅミ玉にかぎったことはないが、人間の腎臓って、ひどくバカげたものなんだな。悪い奴はいろんなことを研究しているものだが、人間にとって、そこんとこが一番の急所だってことを知っている。背骨のわきの腎臓のあるところを、ペンナイフでちょいと突いてやるだけで、溜息もつかずにガックリと参ってしまうものなんだ。まったくの電撃死……あいつらは、それを空気銃でやるんだ。うしろから来て、車の前窓越しに……嫌な話さ」

そんなことを言いながら、寝椅子の上の鹿島のズボンをとりあげて見ていたが、

「やっている」

と、そこを指で差してみせた。ズボンのうしろの、バンドの通る上のあたりに、織目がほつ

れたくらいのあるかなしかの小さな孔《あな》があいていた。

「ひどいことをする。あんな年寄を」

佐竹は顔に血の色をあげて叫んだ。

佐竹とプランスの倅の連帯は、先代の情誼《じようぎ》の延長でしかないが、佐竹と鹿島の結びつきは、父の血につながる因縁によることで、見かけはどうでも、他人などの知らぬ深い親身の情が通っている。プランスがなにか偉大な仕事をしていることはわかるが、たとえなんだからといって、他人の命をこんなに安っぽく扱われてはたまらない。こういう合理主義の国では、利用するだけ利用すれば、あとは死んでもかまわないというのだろうかと、忌々しさと憤懣の情で佐竹の頭の中が鳴りだしそうになった。

「ジョ・ラ君、心得のために聞いておくんだが、プランスの仕事に協力する前に、鹿島はこんな危険のあることを知っていたのだろうか？」

「知っていたよ。それは、さっき言った」

「町を歩いているうちに、空気銃で、突然うしろから腎臓へ玉を射ちこまれるような事態もありうる、ってことも？」

「そこまでは、プランスも言わなかったろうと思うね」

「なぜ言わないんだ」

「用心というものは、たいていの場合、ご注文どおりにいかないものだから、よけいな忠告はかえって害になることがある」

ジョ・ラは懐中時計を出してながめては、なにか考えていたが、いくぶん落着いたようすになって煙草に火をつけた。

「こう言っちゃなんだが、こんな始末になるのは、あのおやじのほうにも罪があるんだ。だいいちスタヴィスキーのいるホテルに……それもわざわざ廊下つづきに部屋をとるなんてのは、よけいなことなんだ。プランスがほかのホテルへ移ってくれといくども頼んだそうだが、いっこうに聞きいれなかったって……そのうえ、大通りのキャフェで、誰彼なしによけいなことをしゃべりちらしたというんだから」

世の中に恐いものはないという、鼻っぱしの強い鹿島のことだから、それくらいのことはあったかもしれない。そこまで言われると、佐竹は一言もなかった。

「それはそれとして、喪服を着てやってくるというのはどういうことなのかね。手まわしがよすぎて、妙な気がするよ」

ジョ・ラは相手になりたくないふうで、そっぽを向いたまま、

「ふん」

と鼻であしらった。

「喪服か……喪服にはちがいないが、こういう風袋の大きな服は、手品師のマントのようなものので、いろいろ品物を隠しこんでおく便利があるんだな……おれはこれからむやみにいそがしくなるんだからお前の言うことなんかにかかりあっていられないよ」

「いそがしいかしらないが、ぼくのほうも、聞くだけのことを聞いておかなくちゃ困るんだ。それでプランスは君になにをさせようというわけなんだい」

「鹿島が死んだら、法医研の先生を呼んで、大急ぎで剖見《ぼうけん》をさせる。マゴマゴしていると、マレーのときのように、いいぐあいにあいつらにゴッタかえされてしまうから」

「死ななかったら?」

「死ななかったら、今夜じゅうに病院から連れだして田舎へ隠してしまう。そういう情勢になっているんだ……明後日の騒動は確実にはじまる。えらい騒ぎになるだろう。こんなところへおいたら、どんなことをされるかわかったもんじゃないから」

そういうと、また時計を出してながめた。

「おれが家を出てからでも二十分たつ。いまもって、死んだと言って来ないところをみると、これァ助かったね。衝撃死でなければ、一時間以内……さもなけれァ助かったんだ。こんなことは、千中の一例だろ。運のいいおやじだ」

ジョ・ラは底意のある眼つきで佐竹を見ていたが、

「そういえば、君たちもえらい災難だったねえ」

と同情するようなことを言いだした。

「おやじのほうは、自分で買って出た仕事だから、跛行になるぐらいのことは覚悟していたろうが、君たちのほうは、なんの因縁もないんだから気の毒だった。君はもちろんだが、なんとかいう女の大学生も、それからオダというひとも……」

「ジョ・ラ君、ぼくは小田がル・アーヴルの波止場で喧嘩をして、頭を撲られたというふうに聞かされていたんだが、そうじゃなかったんだね？」

「そんなことじゃなかった」

「まだ聞いていなかったが、いったい小田はどうされたんだ」

「二十七日の夜、芸術橋からセーヌ河へ放りこまれたんだよ」

「セーヌ河へ？」

小田がパリにいたとは意外だった。それも佐竹の家と目と鼻のところにいながら、どうして訪ねて来なかったのか、その辺のことがわからない。二十七日の夜といえば、ショータン内閣が総辞職を決行した日で、午後から下院前で内閣打倒の猛烈な市民デモがあった。どこかの新聞記者が河へ落ちたというような記事を読んだ記憶がある。芸術橋は、下院前から河上へ数えて五つめの橋で、騒擾の中心からいくらも離れていないが、自重居士の小田が、デモなんかといっしょになって騒ぎまわったとは考えられない。

「セーヌ河へ投げこまれて、ル・アーヴルの河口まで流れて行ったというわけか。えらい漂流記だ」

笑うかと思ったら笑わない。こういう輩は、いったん口を閉めたら梃でも開かない。この連中が口を割ってくれないかぎり、永久に真相は知れないのだが、察するところ、なにか臆病な小田の頭の中をひっくりかえすような非常なことがあったのらしい。こんどのスタヴィスキー事件では、政治の素人などがいくら覗きこんでも漆黒の闇しか見えない深い淵のようなものがある。だからといってこの国の政治になんの干与《かんよ》もない他国の人間までが、生きる死ぬの目にあわされるのは、割があわないような気がする。およそこの世に、小田ほど他人の害にならない男も少ない。邪魔にならない片隅にひっこんで、ひっそりと自分のことだけをやっている。鹿島がこんな目にあったことにも、おさまりかねるものを感じるが、ろくに一人歩きもできない小田のような男まで、頭の機能が狂うような目にあわせるのは、いったいどういうことなのだろう。

「すんだことだから、どうでもいいようなものだが、ぼくにまで嘘をつかなけれァならないのか？　……君じゃない、プランスがさ」

ジョ・ラは弱った顔になって、

「プランスだけじゃない、おれもそうなんだ。つまりはテレるんだよ。恐縮してるのさ。なんといっても、ひどすぎるからね。こんどは君たちに厭な内幕を見せすぎた。フランスの恥は、なるたけ隠しておきたいと思うのはフランス人の人情だろう」

廊下のむこうから軽い小刻みな足音が近づいてきた。ジョ・ラは聞き耳をたてていたが、

「あれは看護婦だ。有難い、助かったぞ」

と、うれしそうに手をすりあわした。

看護婦が入ってきて、手術がすんだから病室へと言って戻って行った。佐竹が椅子から立ちあがると、ジョ・ラが、ちょっと、と制止した。

「病室へ行くのか」

「行く。どうして?」

「助かったら、あわてることはなかろう。いま行ったって、まだ麻酔がさめていない。おやじのほうはおれがひきうけるから、君にはほかにやってもらいたいことがあるんだ」

「聞くだけは聞いてみる」

「オダというひとのことなんだがねえ、クラリッジ・ホテルに置いておけないような気がするんだよ。そんなふうに感じられるものがある。それで、今夜じゅうに田舎へ持って行くほうが安全だと思うんだが、そのほうを君にやってもらいたいんだ。いや、よくわかっている。君は

おれたちのやっていることを面白く思っていない。だから、君自身のことについては、どうしろというようなことは言わないが、オダというひとを安全にしてやりたい気があるなら……」

「それくらいのことなら、もちろんやる。どんなぐあいにするんだね？　田舎って、どこの田舎のことだ」

「むずかしいことはなにもない。病院の裏口を出たところがトゥル街だが、むかい側の歩道のそばに大きなセダンが二台待っている。うしろのほうの車の脇窓をコツコツやると、男が顔を出す。つい二、三日前に首を切られた保安局の警部で、ル・ガルという男なんだが、これは、絶対に信用していい。いっしょにホテルへ行けば、あとのことはそいつが全部やる……君は頭を悪くしているひとをなだめて、車に乗せるところまで運んでくれればいいんだ」

「それで、ぼくのほうはどうなる？」

「送りだしたら、プランスに電話で報告してくれたまえ」

「いやさ、ぼくの命のほうは、大丈夫なのか？」

「われわれが君を放っておくとすれば、安全だという確実な見込みがついているからだ。信用してくれてよろしいよ」

幻影を追って

いつ降りだしたのか、歩道の上にうっすらと雪がつもっていた。大晦日の夜に降ったきり、霙もやいの日がつづいたが、久し振りに大雪になるらしいふうだった。

いつもは眩しいくらいに電飾をあふらせているシャンゼリゼェの大通りも、今日の示威行進と明後日の議院襲撃の噂におびえ、どの商店もいっせいに鉄扉をしめ、キャフェも、映画館も、キャバレも、申しあわせたようにネオンを消し、雪片が気ぜわしく舞い狂う暗い車道を、自動車がなにかの象徴のように朦朧と動きまわっている。

むかい側の歩道に、車内灯を消した大きなセダンが二台とまっている。

佐竹は言われたように、うしろの車の窓ガラスを叩くと、側窓があいて四十二、三の実体な男が顔を出した。

「サタケ?」

「ル・ガル？」

「ガルです。すぐまいりますか」

佐竹がうなずくと、ル・ガルはドアをあけて佐竹を車の中へひきいれた。車は裏通りを縫うようにして紆《うね》りまわっていたが、間もなくまた大通りへ出てきた。ル・ガルは雪をはじいている前窓のクリーナーを見つめていたが、思いだしたように、

「オダさんも、ひどい目にあいましたね。あいつらのすることは、まったく無茶だから」と重苦しくつぶやいた。前から小田を知っているような口調だ。

「小田をごぞんじだったようだが、どこかで逢ったことでもあるんですか」

「逢いました。アルプスのシャモニーのホテルで」

アルプスのシャモニー……これこそ、まったくの意外だった。

「あいつがそんなところへ行ったんですか。それはいつごろのことです」

「私が逢ったのは、スタヴィスキーの死んだ一月の八日のことですが、あのひとはタカマツという女子学生と二人で、月のはじめごろからシャモニーにいました」

高松ユキ子と小田が、どんなところで結びついて、アルプスくんだりまで出かけるようになったのだろう。

「高松というひとは、どうしています」

「溺死体になって、ピュトーの中洲［シテ島から約十七キロ下流］の左岸にあがりました。死体はまだモルグにあります。こんどは、こっちが押えているわけですが」

「それで、小田は？」

「あの日の話？　投げこまれたところを、ルーアンへ下る小蒸気船がひきあげたので、たいして水は飲んでいなかったが、投げこまれる前にゴム棒で頭を叩かれたので、それで、あんなふうになってしまったんですよ」

自動車はクラリッジ・ホテルの大玄関の前を通りすぎ、ベリ街の角から左へ曲りこんで、横通りに向いた使用人専用の出入口でとまった。

「ここから入りましょう」

入口にマントを着た警官が二人立っている。

「異状ありません」

「ご苦労」

むきだしのコンクリートの階段と並んで、小さなエレベーターがある。

四階へ上ると、廊下の端にも警官が立っていた。

「先生はいるね？　抜けだしそうにしなかったか？」

警官の一人が答えた。

「おります。いまのところ、落着いているようです」

鹿島の部屋とつづきになった、隣のドアをノックすると、

「うるさいな、また誰か来やがった」

小田は部屋の中でブツブツ言っていたが、だしぬけに、

「誰だ」

と大きな声で叫んだ。

「佐竹」

「サタケ？……サタケ？　そんな奴は知らない。仕事中だから、うるさくするな。あっちへ行け」

「機嫌が悪いようですね」

「かまわない。入りましょう」

部屋へ入ってみると、小田はベッドの上にあぐらをかき、スケッチ・ブックを持ったまま、茫然と天井をあおいでいた。

「おい、どうした」

佐竹がそばへ行って声をかけると、小田は頭の中の影像でも追っているような、中心のない、濁った眼つきでぼんやりと振向いた。

うしろに立っているル・ガルの顔を佐竹の肩越しに、しげしげと見つめていたが、唇のまわりに皺を浮きあげてニヤリと笑うと、

「また来たね、村長さん」

と、からかうように言った。

こういう人間を扱いなれているふうで、ル・ガルは調子をあわせてニコニコ笑いながら、

「おっと、見破られたかな。いや、そんなわけはない。私が誰だか、あんたにわかるわけはないですよ」

と上手に揉みほぐしにかかった。

小田は急に機嫌がよくなって、ひとりでクスクス笑いながら、

「わかるとも。いくら化けたって、僕にはちゃんとわかるんだ。君の名は、ガ……ガ……」

「ル・ガルです。シャモニーでは、愉快にやりましたな。おぼえているでしょう」

「シャモニー……シャモニー……って、なんのことだったっけ」

そういうと、眉の間に深い立皺をよせて、考える顔つきになった。

この一日、描きづめに描いた似顔絵が、床の上に足の踏み場もないほどに散らかっている。いままで山高帽と初老の紳士の男の顔だけが専門だったのに、どうしたのか今日は日本人らしい若い女の顔を描いている。

ル・ガルは拾いあげて見ていたが、

「万歳……この顔が出てくるようなら、もう、しめたもんだ」

と有頂天な声で叫んだ。

あまり幸福そうには見えない、耳の薄い細めな顔を、銅版画の手法で念入りに仕上げている。口のまわりの筋肉が異様に緊張しているのは、苦しい日々の生活を歯を食いしばってしのいできた証拠なのだろう。

額が広く、鼻筋の肉が落ち、やさし味には欠けるが、凜々《りり》しい、立派な顔だちで、眼の表情は、誇張しているのかと思われるほど、清潔な美しさをたたえている。

この顔なら、見たことがあった。

比較言語学の公開講座で、アメリカ人の学生にまじってノートをとっていた。いい加減な連中のなかで、一人だけ際立って真面目で、気持のいい忘れかねる印象を受けた。

「これは、どういうひとなんです」

「これがタカマツという女子学生です」

ル・ガルが低い声でささやいた。

なにかまた幻想でもわき起ったのか、小田には二人の姿などは眼にも入らぬらしく、調子のはずれた表情で天井をにらみあげながら、せっせと鉛筆を動かしはじめた。

ル・ガルは期待にみちた眼差で鉛筆の動きを注視していたが、佐竹が小田のほうへ行きかけると、腕をとってものも言わずに隣の部屋へひきずりこんだ。

二つの寝室にはさまった居間兼客間といった体裁の部屋で、贅沢な家具を置いてある。

「いま、言うにいえぬ大切なところなんで、しばらく、そっとしておきたいんです。どうか悪しからず」

ル・ガルは佐竹をソファにおしつけると、受話器をとりあげてプランスを呼びだした。

「ル・ガルです。やっと女の顔が出ました。ひきつづいて、なにか出かけています……うまいところへ向いていますから、動かさずに、ここでやったらどうでしょう。下手をすると、せっかくのチャンスを駄目にしてしまいますから。サタケ？　ここにおります……すぐ来られる？　じゃ、お待ちしています」

電話を切ると、ル・ガルは佐竹のそばへ来て、落着かなそうにソファに掛けた。

「なにがはじまるんです。あんな子供のような男をいじくりまわすのは、いい加減にしてもらいたいもんだね」

そう言われるのを予期していたのか、ル・ガルは愛想笑いをしながら、

「たぶん、そうおっしゃるだろうと、判事も電話で言っていました。判事からも話があるでしょうが、われわれはいま生きるか死ぬかという正念場になっているんで、その辺のところも、

ひとつご諒解ねがって……」

と、なだめるように言った。

「諒解にもなにも、ぼくはまだなにも聞いていないんだよ。警官が大勢張込んでいるようだが、どういう理由で、小田が拘束を受けなけりゃならないのかね」

「拘束じゃない、保護です。油断していると、敵に持って行かれてしまうから……それに、あのひとはすぐ逃げだすので困るんです。これまでに、三度も逃げられました。こちらが先にル・アーヴルでつかまえたからよかったが、さもなかったら、あいつらに探しだされて、永久に戻って来なかったところです」

話がほぐれだした。この機会に聞くだけ聞いてやれと、佐竹はかまわず切りこんでみた。

「保護だなんていうが、小田が逃げるのは、それを嫌うんじゃないのか。だいいち、敵だの味方だのと言われたって、なんのことだか、ぼくにはちっともわからないんだ」

「あのひとは、探したいものがあるらしい。それが頭にひっかかって、落着けない。逃げだすのは、つまりはその反射運動なんです……ところで、あのひとが探しているものは、われわれが探しているものと、おなじものらしい。同時に、それは敵があらゆる犠牲をはらっても手に入れようとしているものでもあるんです」

「わからない」

「スタヴィスキーは、政府の裏切りに腹をたてた。アルプスの雪の中で、どうでも自分を殺すつもりだということを見ぬいたからです。

パリを逃げだす前に、スタヴィスキーは証拠という証拠をみな焼いてしまった。それほどに情誼をつくしたのに、法廷にも立たせずに、こんなところで犬みたいに射ち殺されてしまうのかと思うと、彼もさすがに我慢しかねた。

それで、五日には電報で、八日には速達で、贈賄関係の明細を、近日、書証にして送ると言ってきました。

判事は暮からディジョンの実家へ行っていた。電報を見ていたら、すぐにもシャモニーへ飛んで行ったことでしょうが」

「書証というのは、どういうものなんですか」

「小切手帳の控えの番号と、受取人の関係を明示した精細なリストです。

小切手帳の控えのほうは、スタヴィスキーの秘書からひきあげたのがプランスの手元にあるから、リストの摘要と照合していくと、何年の何月に誰がいくらスタヴィスキーから受取ったかということが一目瞭然にわかるんです。

法式どおりに自筆証書の形式にしてあったそうで、スタヴィスキーが死んだおかげで、それがいっそう確固たるものになった……わかりますか？」

「わかります」

「ところで、それが届かない。首の細くなるほど待っていたが、とうとう着かない。ところで、スタヴィスキーが死んだ直後、タカマツがシャモニー・ホテルの広廊で『卒業論文』と表記した分厚な封書を、オダさんに委託しているんです。

授受に立会ったのは私なんですが、前後の事情から考えて、その封書がそれだったと思われるふしがある」

「どういう根拠で？」

「スタヴィスキーは、シャモニーの郵便局が探されるくらいのことは知っているはずだから、郵便で出すわけはない。タカマツにパリまで持って帰らせるつもりだったのでしょうが、タカマツはぐあいの悪い場にはまりこんで、身柄を拘束されることになった。

タカマツは、たぶん文書の内容を知っていたので切羽詰って、そんな方法でオダさんに委託したわけなんでしょう」

「小田も内容を知ってた？」

「たぶん知らないのでしょう。気にしているのは、なにかべつなことらしいです」

「小田がそんなものを持っていることを、どうして敵が嗅ぎつけたんです」

「アンリというやつが、ボンヌヴィルの裁判所で、それらしいことを洩らした。敵は尨大な機構を総動員して、時を移さず書証の追跡にかかったが、パリへ帰ったオダの居所がわからない。それで、タカマツを釈放して尾行をつけ、オダの穴をつきとめにかかったが、タカマツは悧《り》口《こう》だから家から出ない。敵は焦って、タカマツを殺して『モルグだより』に公報を出した……そこまでやったら、いくらオダでも出てくるだろう」

「それで?」

「出て来ました。セーヌ河へ放りこまれたのは、モルグへ行った帰りの出来事なんです。封書なんてものは、どうなってしまったのか、全然、わからないが、ひどく気にかけているらしい。なにか追想がおこると、わけもなく駆けだしたがるのがその証拠なんです。オダがこっちの手に入ったことがわかると、敵は急に活動しだした。そういうことから推すと、書証はまだ渡っていないはずなんで、われわれの見込みでは、どこかに隠すかしまうかしてあるのだと思うんだが、なにしろあの頭なんだから、手のつけようがない」

ル・ガルは小田が何枚となく描き散らした、中南米人と山高帽の三人組の似顔絵をポケットから出してながめながら、

「まんなかの男は、一日の朝、自宅前の歩道で死んでいたマレー代議士……右のいかつい顔をしたのは、フロリック・クラブという暴力団の顔役で、ジョオという男。左の痩せたほうがマックス……

こんなものを描くところをみると、マレーが誘拐される途中を、どこかで目撃したんでしょうが……」

大晦日の夜、小田と二人で除夜の景色を見に出かけ、エッフェル塔の電光時計が十二時になったところで、鐘の音を聞いて別れた。

小田はトロカデロ駅から地下鉄に乗った。そこから救世軍の宿泊所へ帰るまでの出来事だったのだろうと思ったが、言うほどのこともないのでだまっていた。

ル・ガルは似顔絵をポケットにしまいながら、

「これは元日の事件ですから、そのへんまでは回復したことがわかる。

この五日、おなじところで足踏みをしていたが、タカマツの顔が出てきたのは、一歩、先へ進んだ証拠なんで、このぶんなら記憶をひきだせそうだから、判事の指導で、法医研の博士にバルビタールの面接をやらせてみようということなんです」

一時間ほどすると、プランス判事が医者と書記を連れ、お忍びといったようすでやってきた。

プランスの話では、バルビタールという麻薬には抑圧されている感情をほどきだす独得の作用があって、それを静脈に注射すると、一種、恍惚たる半睡状態になり、口外をはばかっていることや、無意識のうちに経験したことをしゃべりだす。

記憶を失った頭をかきたてて、忘れていることを思いださせる効果があるので、前大戦中、激戦の衝動で記銘障害をおこし、自分の名も住んでいるところも忘れてしまった何千人かの兵士が、この薬で記憶をとり戻してそれぞれ故郷へ帰ったということだった。

面接とはどんなことをするのかと思ったら、その薬で小田を半睡状態にしておき、大脳の深いところでマゴついている記憶を、訊問の技術で釣りだそうということなのであった。

それで小田が癒《なお》るのかというと、そうではない。頭がはっきりするのは、薬がつづいている間だけのことで、薬の効き目が切れると、すぐまた狂った状態にもどるのだという。

詮じつめたところ、いまの小田の境涯は、この連中に証言を与える生きた道具なのであって、小田自身にはなにひとつプラスになるものはない。

小田はベッドにあおのけに寝かされ、大きなガラスの容器から、薬品がゴム管を通って静脈に入って行くのを、怪訝な顔でながめている。

小田の狂った頭は、勝手なことをするのはよせと腹をたてる力もないらしい。これまでにもさんざんやられたのだとみえ、自我の強い、一徹な小田が、逆らいもせずに、されるままになっているのが、いじらしかった。

小田の顔に霞がかかったようになり、苦しそうな息をつきながら、意識と無意識の境を行きつもどりつしているふうだったが、五分ほどすると、小田の瞳が魚の眼のように動かなくなった。

プランスは小田の枕元の椅子に掛け、堅っ苦しい英語で面接をやりだした。

「気持は悪くないか」

小田が西部なまりの英語で、へんに調子の高い、現《うつつ》な返事をする。

「ちっとも……気持がいいくらいだ」

「いまなにが見える？」

「マレー代議士の死体……山高帽をかぶった男が両方から抱えている」

「それは何日？　どこで見た？」

「一日の夜中の地下鉄……河を渡って、そのつぎの駅から乗ってきた」

「それが似顔絵の山高帽だね。それから？」

「天文台のほうへひきずって行った」

「こんどは、なにが見える？」

「高松ユキ」

「君はタカマツとシャモニーへ行った。帰りに手紙を預かったね？」

「手紙じゃない、卒業論文」

「君はパリへ帰って来た。どこにいた？」

「ヴィエット運河の『中央右派』というホテル」

「卒業論文は、どこにある？」

「なんでも、オーバーのポケットにおしこんで……外へ出たんだ……たしか、二十七日……」

小田の回想はスタヴィスキーの書証を持って運河の宿を出たところで足踏みをはじめ、そこからどうしても先へ進まない。そのうちに五十分の面接時間の極限になった。またあらためてやることにして覚醒させ、田舎へ送りだす手配をしているうちに、小田は脇間の椅子の上に置いてあった医者の上着と外套を着て大玄関へ降り、タクシに乗ってフラリとどこかへ行ってしまった。

内乱、騒擾、市街戦

六日の朝、佐竹は寝不足で充血した眼をシバシバさせながら、コンコルド駅の地下鉄の口から広場へ出て来た。

まだ六時だった。踏みつけられた汚い雪が、昨日のままに広場をおおい、冷たい冬の霧が、広場を囲む建物と樹々の枯れ枝にまといついている。広場につづくシャンゼリゼェの大通りはまだ闇のなかにしずまり、人気のない広い通りが、夜明けの光に弱められた街灯に縁《ふち》どられながら、凱旋門のある遠景につづいている。

鹿島はあの晩のうちに郊外の病院へ移され、昨日の午後あたりからだいぶ元気になったそうで、そちらは心配がなくなったが、小田のほうは、フラフラうろつきまわっていると、どうなってしまうかわからない。ル・ガルは五日付けで正式に免官処分になり、大っぴらには動けず、プランス判事は政府の警察力と戦争をしているのだから、捜査局を使うわけにはいかない。結局、表面に立ってアタフタできるのは、佐竹だけということになった。

いままでの例によると、小田の奔逸《ほんいつ》の時間は割合に短く、意想の昂奮がおさまると、一度はもとの住所へ戻ってくることになっているから、運河の宿には、小田の部屋がそのままになっている。ひょっとするとそっちへ行くかもしれない。それで今朝まで小田の部屋で頑張っていたが、あらわれない。すると急にクラリッジ・ホテルのほうが気になってきた。調子の狂った頭というものは、どんな動きかたをするのか見当がつかないが、いくらかでも居住の記銘があるなら、地理が簡単なだけに、ホテルへ帰ってくる可能性が多い。そう思うと、矢も盾もなくなって地下鉄で飛んできた。

むやみに気がせく。地下鉄の口を出るなり、佐竹はホテルのあるシャンゼリゼェのほうへ駆けだしたが、息が切れて広場のまんなかで立ちどまった。

「あわてたってしようがない。帰るものなら、だまっていたって帰ってくる。追いかけたって、つかまえられるもんじゃなし」

狂った頭に調子をあわせて駆けまわってみても、追いつけるわけのものではない。落着いてやるにかぎると、煙草に火をつけて、苦い煙をふきだしながらノソノソ歩きだした。

霧のなかから馬蹄の音がきこえてきた。鉄兜をかぶった一大隊ばかりの兵隊が、装備の触れあうリズミカルな音をたてながら、広場のほうへ下りてくる。見えるものは騎銃と鉄兜と動く馬の脚だけで、人も馬体も霧に隠れ、亡霊の軍隊といった感じだった。

佐竹は足をとめてぼんやり見ていたが、昨日、校庭の掲示板に、殺伐な掲示が出ていたのを思いだした。

一、王の親衛隊員は、明、四日から二日間、射撃演習に参加すること。
一、防衛隊、鉄部隊は、火の十字団の区処に入り、四日より軍事教練を行う。

「そうそう、今日は二月六日だった」

忘れていたけわしい現実にいきあたり、佐竹は急に顔をひきしめた。

薄霧《うすぎ》らっていて気がつかなかったが、見るといたるところに、肉の厚い大文字のビラが貼りつけてある。


コンコルドの広場に集まれ!

広場を囲む建物の壁という壁、地下鉄の胸壁、橋の欄干、街灯の柱、共同便所の塀……ありとあらゆるところに、よくもこう手がまわったと思われるほど、見るかぎりベタ一面のビラで、それが広場から東西南北に走る四つの大通りに及んでいる。パリという大都会が、一夜のうちにビラで埋まってしまったような感じだった。

ちょうどそのとき、共産党系をのぞく、全フランスの新聞を一手に配達しているアシェット社のトラックが広場の角にある売店の前にとまった。

つぎつぎに歩道の上へ投げだされる朝刊は、どれも全部白紙で一行の記事も報道もなく、第一面のトップに、拳ほどの大きな木彫り活字で、

コンコルドの広場に集まれ!


という集合指令が、ただ一行、デカデカと刷りだしてある。

歩兵第四十二連隊がコンコルドの橋を渡って下院のほうへ行ったと思うと、広場の北の海軍省の横通りから、色の黒い植民地軍が入ってきた。つづいて東のルーヴル博物館のほうから、武装した移動警官を乗せた大型トラックが、長い列をつくって走りこんでくる。

広場前の河岸を、兜に立毛をつけた竜騎兵の一隊が、胸甲を光らせながら馬蹄の音を轟《とどろ》かして疾駆している。

下院の正面には、いつの間にか鉄条網が張りめぐらされ、兵隊が叉銃《さじゅう》をして雪の上で休んで

いる。霧のなかでしずかに眠っていた一帯の地域は、にわかにすさまじい戦場の様相を呈してきた。

「いよいよはじまるのか」

鹿島やジョ・ラはしきりに今日の騒ぎを心配していたが、佐竹は笑って聞き流していた。

フランス革命で、無益に振りまいた五十万人の血の記憶は、フランス人にとって、いまなお癒されぬ深い傷になって残っている。いくら政治が行き詰っても、パリのまんなかでまたもや革命が起きるとは思っていなかった。

「この広場に、また血が流れる」

佐竹は言うにいえぬ思いで、あらためて広場を見まわした。

東はルーヴル宮をひかえるチュイルリーの庭、西は凱旋門につづくシャンゼリゼェの大通り、北はマドレーヌ寺院、南は橋をへだててブルボン宮の下院……オベリスクと海神の噴泉のある二重歩道の広場は、世界で一番美しい十字街だといわれるが、佐竹の眼には、この花のパリも、革命と人間闘争の古跡としか見えない。

シャンゼリゼェにつづく広場の西の端は、フランス革命の当時、かの有名な断頭台のあったところで、ルイ十六世以下、敵も味方もこきまぜ、二年半のあいだにここで三千個の首をころがした。

チュイルリーでは、パリ市政府革命のとき、国民軍が大量に虐殺され、ルーヴル宮では、アンリ四世が暗殺された。この広場をとり巻く建物にはみな血生臭い歴史がこびりついている。

シャンゼリゼェ大通りの商店やホテルは、流弾と暴徒の掠奪を恐れて鉄扉をおろし、死の町のようにしずまりかえっていた。

ホテルの給仕も、エレベーター係も、みなどこかへ飛びだして行き、鹿島の部屋のある三階には、老人の給仕監督だけが残っていた。

聞いてみたが、小田が帰って来たようすはない。佐竹は簡単に朝食をすますと、今日は、なにがあるか知れたもんじゃないから、すこし眠っておくほうがいいと思って、ベッドに入った。

二時ごろ、ル・ガルの電話で起された。

「オダが見つかりました。十三区の貨物駅のそばの『ル・アーヴル』という安食堂にいたんですが、また逃げられてしまいました。なんでもリュクサンブール公園のほうへおりた形跡があります。

医者の上着のポケットに、七、八千フランの金と、警察医の身分証明が入っていたんですが、それを使って上手にもぐって歩くらしい……近くにいることはたしかですから、ホテルへあらわれたら、つかまえておいてください。二時間ほどしたら、そちらへ行きます」

「騒ぎは、どんなぐあいです」

「いやもう、たいへん……騒擾調査の記録係に狩りだされて、あっちこっちと駆けずりまわっている最中……じゃ、のちほど」

ラジオはとまり、新聞は出ないので、全然ようすがわからない。

遅い昼食をしに食堂へ降りて行くと、内乱の幕開きを見てきた早番の給仕たちが、食堂の隅に集って、昂奮しながらなにかしゃべっている。

北、東、オルレアン［オーステルリッツ駅の別称］、リヨン、モンパルナスの五つの駅は、旅行者を装って入ってきた全国在郷軍人同盟の突撃隊に占領され、警備の警官隊は剃刀付きのステッキでズタズタに切られて退却した……

市庁に集結した愛国青年同盟の戦闘隊は、八ミリ口径のピストルで武装し、政界浄化を叫ぶ十五名の市議を先頭に、下院わきの通りを、「革命だ、革命だ」と叫びながらデモ行進をしている……

アクシヨン・フランセーズとフランス連帯の鉄部隊は、トラックで続々と広場へ乗りつけ、婦人団体が男たちにピストルを配っている……

四時近くになって、ル・ガルがやってきた。

「えらい騒ぎになりました。来なかったでしょう？　来ないわけだ。オダは騒ぎのまんなかに入りこんでいるらしいんです……いま、こんな情況になっています」

そう言うと、机の上の紙と鉛筆をひきよせて、十字街と下院付近の略図を手早く書きあげた。

「火の十字団は、下院の裏、陸軍省の横通りのこの辺に、四、五千……アクション・フランセーズは、広場の北の東角、海軍省の前に、六千人ばかり……フランス連帯は、この西角……自動車クラブの前に、四千人……在郷軍人の本部隊、一万近くがいまシャンゼリゼェの通りを行進している……ルーヴル宮の横には、愛国青年同盟が三千……学生戦線は、大学とパンテオンの近くにいて、連盟派の労働者グループは、チュイルリーの裏通りからリヴォリ街へ入ったところ……」

「デモは、どれくらい？」

「三万五千ばかりが下院を取巻いているが、徒歩や地下鉄で、市外からひっきりなしに繰りこんでいるから、夕方には、六、七万になるでしょう」

「今日の騒ぎは、けっきょく、どういうことになるんだね？」

ガルは、ものを言う精もないといった顔で、手を振ってみせた。

「なにも聞かないでください。なにがなんだか、私にも、わからなくなっているんです。プランス判事の命令で、さっきちょっと議会へ行きましたが、生気のある顔は一つもない。大臣はみな秘密会議室へ入ったきり出て来ない。政府も、議会も、自分らの無力を自覚して、政権を投げだすことしか考えていない。

ダラディエはパリにこんな騒動を起させ、フランスを内乱に導いたまま、責任もとらずに逃げだそうとしている。内相のフローだけは総辞職に反対で、デモに徹底的な弾圧を加えると力《りき》んでいましたが……

今日の騒ぎだって、最初の十五分間に、ラジオで声明でも出していたら、未然に防げるはずだったのに、それさえやらない。フランスには政治の権力も、合法的な力ももう存在しないんです」

佐竹は、今朝、コンコルド広場で見た戦場の形相を思いだした。

「軍隊が相当出ているようだが、国内戦に発展するようなものなんだろうか。そうならそうで、われわれも覚悟をしなくちゃならないわけだが」

ガルが首を振った。

「軍隊は戦闘行為をしないでしょう。すくなくとも当分の間は中立です。議会占領の陰謀は、かれらのボスたるウェイガン参謀総長やペタン元帥が指揮しているんだから、軍隊は民衆といっしょに行動することはあっても、デモに発砲したりしない。下院を警備しているのは、議員たちが逃げださないように、監視しているというくらいのところなんです」

「警官は？」

「パリの全警官は、前警視総監のシアップを全面的に支持しているので、シアップの命令どおりに動く。シアップは今日の暴動計画に参画しているんだから、右翼の行動に関するかぎり、警官は絶対に手を出さない。命令されたところに人垣をつくって、傍観しているだけです」

「それじゃ、革命にも戦争にもならない」

「いや、もうはじまっています。私は国家保安隊の騎馬警官が、剃刀付きのステッキで斬られるところを見ました。あッという間に、八十人もやられた。一人などは、頬っぺたを削られたうえ、顎まですッ飛ばされてしまったもんです。

えらいやつもいました。憲兵の特務曹長なんですが、下院の横通りを進んできた、火の十字団を一人で防いでいました……さァ、射つなり、斬るなり勝手にしろ。おれたちが死んでから通るがいい、なんて言ってね」

「政府には治安を維持する力がない。すると、誰がそういう連中を指揮しているんだね？」

「内相のフローです。警視庁はパリ市のものだが、内務大臣は、鉄兜をかぶって自動小銃をもった政府直属の一万二千の移動警官と、三千の国家保安隊の騎馬警官を握っている。これは現政権の従僕だから、政府の命令どおりに動くんです。

下院正面のコンコルド橋と、女王の遊歩道を守備している移動警察のマルシャン隊長も、広場を警備している騎馬隊のリュウも、どちらもフローの子分で、ボスの一言で簡単に発狂する連中だから、命令さえあれば、平気で発砲するでしょう。一発でも民衆の中へ、弾丸を射ちこんだら、それが共和国の最後……今日の内乱は、たぶんその辺から火が出て、決定的なものになってしまうんです」

ガルはポケットから公文書のコピーのようなものを出して見せた。

「これは、警察署長の名で、明日の午前九時を期して全市に貼りだされるポスターの草稿です」

フランス共和国及び全パリ市民に告ぐ！

パリ市民は、腐敗と、無秩序と、無力の制度に反対し、「泥棒どもをやっつけろ」と叫んで立ちあがり、ついに政府を倒した。

モスコー、ベルリンの手先なる売国奴どもは、文明社会の基礎を脅かし、労働者大衆を国家に刃向わせた。

国民を混乱より救わんとする義務の自覚によって、今日、自由と、秩序と、祖国を愛する臨時政府が樹立された。その先頭に、フランス人の尊敬する人物が立っている。ウェイガン将軍、ピュジォ将軍、そして、八年の間、フランスをコンミュニズムから守った前警視総監のシアップ氏である。

「議会が乗っとられて、第三共和国の息の根がとまると、すぐファッショの臨時政府ができあがる。閣僚の顔ぶれまできまっています。軍部を代表してウェイガン参謀総長、全官吏と警察を代表してシアップ前警視総監、アクション・フランセーズのピュジョ将軍、愛国青年同盟のテダンジェ、火の十字団のロック中佐……

プランス判事にしろ、自由法論団にしろ、またわれわれにしろ、こんなことにしたくないばかりに、妨害と迫害をうけながら戦ってきたんだが、とうとういやな結末になってしまった。もっと早く、スタヴィスキー事件を明るみに出し、悪いことをした連中が罪の裁きを受けてひき退っていたら、ファッショに乗じられて共和政治の基礎まで失ってしまうような、こんなばかな目にあわずにすんだでしょう。言いだしてみたって、いまさらどうなるものでもないですが」

ガルは時計を出してながめ、

「私は、自由法論の調査団といっしょに広場の北角の自動車クラブの三階にいますが、オダが帰ってきたら、ひとつ電話をねがいます。こちらで先に見つけたら、すぐ通知しますから、急いで飛んできてください。電話番号はこれ……それから、こいつは非常線の通過証。職業をたずねられたら、『パリ夕刊』の遊軍記者だと言えばいいです」

そう言って、帰って行った。

夜の七時すぎ、小田が学生戦線の戦闘隊といっしょに騒いでるから、すぐコンコルドの広場へ来てくれ、とガルから電話があった。

なんのつもりで、小田がそんなところへ行ったのか、どういういきさつで戦闘隊などへ入ったのか、見当がつかないが、調子の狂った人間のすることだから、バカなあばれかたをして、怪我でもされたらたいへんだし、小田を目の敵にしているフロリック・クラブという恐いのもいる。放っておけないので、大あわてにホテルを飛び出した。

シャンゼリゼェの並木大通りは、朝よりもいっそうすさまじい模様になっていた。家の窓々は厚い鉄扉をしめ、花やかな電飾を誇るキャフェも、映画館も、みな厳しく大戸をたて切って、灯影ひとつもれてこない。歩道の街灯は、ひとつ残らず壊され、バスがひっくりかえって、あちこちで炎々と燃えあがっていた。

西の市門から徒歩で入ってきた何千とも知れぬ群衆が陰惨な火明りに照らされた暗黒の大通りを、歩道の幅だけのマスになって、影のように黙々と広場のほうへ流れ下っている。組織に入っていない近郊の住人が、思い思いに集まってきたのらしく、労働者や、使用人や、学生などの異様な集団で、スポーツにでも行くように、ベレェをかぶり、薄手なズックの運動靴を穿《は》いている。

自分がなにをするのか、行先になにがあるのか、いっさい無関係に、ただ急ぐために急いでいるというような空虚な感じをうけた。

いつの間にか、佐竹は、ものを言わぬ影の隊列に巻きこまれ、ロン・ポアンという放射路のあるところまでやって来た。

いつもは整然と秩序を保っているこの辻は、完全に交通整理から見放され、自動車は順序も差別もなく、思い思いの速力で勝手な方向へ走っている。

広場のほうを見ると、どこかの建物に火がついたのだとみえ、どんよりと垂れさがった雪雲に炎の色がうつり、ねじねじになった煙が横這いをしながら幾筋も立ちのぼっている。

十分ほどすると、影の隊は先がつかえ、広場のトバ口に近いところで動かなくなった。

大戦の古兵とも見える連中が千人ばかり、車道のまんなかに鉄柵やベンチを並べ、その上に新聞売場の小屋をひっくりかえしていくつか積みあげ、街灯の鉄柱と歩道の敷石で補強した物々しいバリケードをつくって頑張っている。

環境の影響を受けたのか、むやみに気がたかぶる。バリケードの狭間をすりぬけながら、広場の見えるところまで泳ぎだしたが、前に横隊をつくって散開している在郷軍人同盟の隊におさえられ、そこでまた動けなくなってしまった。

広場の左手のほうを見ると、ロアイアル街の角の海軍省の建物に火がついて窓から炎を吹きだし、オベリスクのそばの路上で、移動警察の大型トラックが骨組みだけになってプスプス煙をあげていた。

海軍省の正面と、ロアイアルの通りを挟んだ自動車クラブの建物の前には、一万近くの群衆が目白押しになり、広場のむこう、チュイルリーに沿った通りには、愛国青年同盟の突撃隊が二千人ばかり、隊列を組んで国歌を合唱している。コンコルドの平行四辺形の広場は、下院正面の橋を除いて、三方から十重二十重に取囲まれた形になっている。

この辺ではもう戦闘があったのらしく、道の上に点々と血がこぼれ、広場の街灯はみな壊れ、テラスの四周にある彫像が、空明りと、火事の余映を受けて、幻のように灰白く浮きあがっていた。

広場の中央には、百人ばかりの警官が漫然と円陣をつくり、それを保護しようとでもいうように、国家保安隊の騎馬警官が馬首をそろえて外から取巻いている。

目あての自動車クラブの建物はすぐそこに見えるが、そういう状況で、近寄ることもできない。しようがないから、ロン・ポアンまで戻って、シャンゼリゼェの裏通りを大回りしようと思ったが、そのときは、いま来たほうもものすごい群衆にふさがれてしまい、後帰りすることなどは思いもよらず、結局のところ、何万という人垣の狭間におしこめられ、進むも退るもできないことになってしまった。

そのうちに、前のほうから、殺されたものがあるという噂がつたわってきた。群衆の間になんともつかぬ動揺が起き、人間の波が怒濤のように騒ぎだした。

佐竹のすぐそばで、

「おれたちは、いったいどうなるんだ」

と悲痛な声でつぶやくのが聞えた。

「あいつらは、われわれを犬みたいに射ち殺すつもりなんだ」

一人がこたえた。

「泥棒どもは下院にバリケードをつくって、われわれに対抗しようとしている。もうたくさんだ。ダラディエを倒せ」

すると、べつな鋭い声が、

「リベルテ（自由）とヴェリテ（真実）のために」

と叫んだ。

ちょうど八時だった。

広場の北のアクシヨン・フランセーズとフランス連帯が一万人のマスになって広場の中央へ動きだした。シャンゼリゼェの入口の在郷軍人同盟がそれに合流した。チュイルリーの横通りにいた愛国青年同盟は上流のソルフェリノ橋のほうへ突進し、河むこうでは火の十字団が移動警官の防衛線に迫っている。

先頭に進んだアクションョン・フランセーズの一隊は、

「シアップ万歳!」

「てめえらなんか、恐くないぞ」

と叫びながら、鉄兜の騎馬に襲いかかり、たがいに打つ、斬る、蹴散らすという、目もあてられない肉弾戦になった。

在郷軍人は四列縦隊になって、古い軍歌をうたいながら広場を進んで行くと、下院正面の橋のほうから、三十騎ばかりの騎馬警官隊が、兜の立毛をなびかせながら、扇形の隊形でつむじ風のように疾駆してきた。

在郷軍人団の先頭にいるのは、みな中年以上の年配で、中流の市民に見る沈着なしっかりした顔つきをしていた。

騎馬隊が疾駆してくるのを見ると、横隊になってスクラムを組み、自分らの胸で騎馬の集団を受けとめようというように、歩度《ほど》も変えずに堂々と進んで行った。

騎馬隊と在郷軍人のブロックは広場の中央で衝突し、馬の前脚が人間の頭より高くはねあがった。

騎馬隊は先頭のスクラムを踏みにじって急速に反転すると、一町ばかりひき退って縦隊になり、中央突破の隊形で、またもや疾風のように襲いかかってきたが、剃刀付きのステッキを持ったアクション・フランセーズの鉄部隊が正面に出てガッチリと受けとめ、剃刀で馬の膝を斬って片っぱしから落馬させた。

上流で渡橋を阻止された愛国青年同盟の三千人は、方向を変えて河岸通りを西に進み、広場を突破してきたアクション・フランセーズ、フランス連帯、在郷軍人同盟と合流して約八千の集団になり、下院正面の橋頭で、自動小銃をもった五百の移動警官と向きあった。

八時三十分、血迷った移動警官の一人が、「スポーツだ」と叫んで発砲した。前列にいた連帯の若い男がよろめいて倒れた。

守備隊は橋頭をうしろにして方陣をつくり、自動小銃をあげて立射のかまえになった。

「誰を射つ気だ。俺たちを敵にするな」

古兵の一人が冷静な声で叱咤したが、つづいて射ちだした弾丸で、また三人ばかりやられた。

「やめろ、人殺し」

群衆の叫び声に頓着なく、自動小銃は一斉に火を噴き、ものすごい疾風射で集団の正面を薙ぎたてた。在郷軍人はピストルで応戦したが、連射と一斉射撃に敵しかね、広場のほうへひき退った。

側面にいたソルボンヌ大学の行動隊は、

「空砲だぞ、恐れるな」

「進め、やっつけろ」

と喊声をあげながら、二十人ぐらいの一団になって自動小銃の弾幕へ飛びこんで行ったが、一挙に射ち退けられてしまった。うしろの一隊が、

「空砲だ、空砲だ」

と、はげましあいながら突進したが、これも見る間にやられた。負傷者は渋面をつくり、腹や胸をおさえてよろめきまわりながら、

「フランス万歳！」

と絶叫し、広場の雪を血に染めて、つぎつぎに倒れた。

アクション・フランセーズ、フランス連帯、学生戦線、在郷軍人を合わせた六千人は、下院正面を回避して河岸に沿った女王の遊歩道へおしだし、下流のアレクサンドル三世橋を渡って下院の側面へ出ようとした。

夜の闇が樹々の形をやわらげ、古雅《こが》な建物が美しい風致をつくっているセーヌ河の河畔は、一瞬のうちに銃声と銃火のちまたと化した。

市街戦は本格になった。橋畔、下院の裏、広場の北、シャンゼリゼェの入口で、フランス人同士がすさまじい執念で殺しあい、わずか一時間たらずの間に、広場だけでも千に近い死傷者がころがった。それを騎馬隊が馬蹄にかけて疾駆して行った。

共和制の転覆とファッショ独裁を目ざして、二月六日の午後四時からはじまった政治暴動は、夜の十時すぎから、とつぜん左翼攻撃にかわり、社共両党の本部と機関紙の印刷局が唐突な襲撃を受けた。

社共、連盟、統一の各組合代表は、東駅で徹底抗争を申合せ、リヴォリ街に待機していた連盟派の行動隊に対抗デモの指令を発した。

十一時三十分、三千の組織労働者は、「ファッショ陰謀と独裁反対」のプラカードと赤旗をかかげ、革命歌をうたいながら広場へ突入した。広場の中央には愛国青年同盟の戦闘隊と在郷軍人が六千ばかりのマスになって待機していたが、たちまち猛烈な肉弾戦になり、見る間に三百人ばかりの負傷者をだした。

女王の遊歩道と下院を挟むセーヌ河の両岸では、このころからいっそう果敢な戦闘に移った。下院正面の橋は、三回も奪ったり奪われたりし、紛戦状態のまま午前二時ごろまでつづき、軍隊を使用しなければ、秩序を維持することができないところまできた。内相のフローはタンクを出そうといったが、ダラディエ首相は暴圧の責任をとることを恐れ、「政府は流血の惨を見るのおそれある非常手段——示威運動者に軍隊を使用して秩序を保障することを欲せず」という声明を出して総辞職した。

ウェイガン参謀総長、タルデュー前首相、ペタン元帥、以下フランス再建運動の代表者は、

大統領官邸に集合して臨時政府をつくり、上院の協賛を経て、

「三人以上の集会、言論、出版に関する一切の行為を禁止す」

という緊急令で、対抗デモの弾圧に着手しだした。

三万五千の警官隊は、社共両党の本部と、市内の全工場を占領し、総同盟の労働者の立て籠っている東駅と北駅を襲撃し、外廓から鉄条網で封鎖してしまった。

六日の下院襲撃の戦闘は、夜の八時から七日の朝の二時まで、約七時間の間に千五百四十。十一時半の連盟組合の労働者と愛国青年同盟の争闘で約四百。合わせて二千の死傷者を出したが、七日は午前十時から約七万の反ファッショデモが敢行され、これを阻止しようとする警官隊に対抗して、各所で陰惨なバリケード戦が繰返された。死傷者は二千。三千人が検束された。

七日の午後、社共の全労働組合は、左翼の統一戦線を結成し、
全フランスの労働者、農民は、ファッショ団体の解散と武装解除を要求し、ファッショの暴圧から自由を守るために団結した。ファッショか武力行為を中止しなければ、左翼統一戦線は二十四時間全国ゼネストをもって抗争する。

という決議をした。

アクション・フランセーズ以下、六百五十万のファッショはこれに対抗して国民戦線を組織し、即日、対左翼闘争宣言を発表した。

統一戦線の決議は、内乱をおこして対外戦争に導こうとする反国家陰謀である。ストライキを決行すれば国民戦線は、国家と平和の敵を総力をあげて粉砕する。

七日はバリケード戦に暮れ、夜の十時すぎから暴徒がトラックで商店を掠奪して歩いた。六日以来、休刊していた新聞は、ようやく八日になって出たが、パリ新聞組合が共同編集した「自由と真実」という二ページの号外版だけで、ニュースはみな断片的で矛盾し情勢は混沌として、とんと雲をつかむようであった。

各地区の反ファッショ闘争は、国民戦線の攻勢でいよいよ凄惨な様相を呈してきた。北駅と東駅に立て籠った四千の労働者は、駅頭の敷石を起してバリケードをつくり、機関銃の猛射に自動ピストルで応戦し、前後、五時間にわたって闘争した。

午後二時、ウェイガンの臨時政府はパリに戒厳令をしいて動員令を出したが、軍隊は、「ヒットラーとムッソリーニに直結する反国家分子の介在する臨時政府の命令に従って、国民に発砲する意思はない」

と動員令を拒否し、第三共和国はじまって以来の背反をした。火の十字団のロック中佐は、「モスコーの手先なる共産党系労働者は、ベルギーの国境から輸入されたソヴェトの武器で警官を殺している。彼等はパルチザン戦術による革命遂行を企図している」

というビラを撒いて、軍隊の宣言に反駁《はんばく》を加えた。

元大統領、七十二歳のドゥーメルグは、ルブラン大統領の要請で南仏トゥルーズの隠棲地からひっぱり出され、八日以来、「政争休止、人心の鎮静、正義公正」のスローガンをもって、超党派的挙国一致内閣に奔走していた。

できあがったものは、ペタン元帥、タルデュー将軍、ドゥナン大将のファッショの代表を中堅にすえ、左翼の顔触れは一人もないという半ファッショ内閣で、官吏のストライキと労働組合を禁止する緊急令によって、国情を安定させる政策に出た。

左翼では、ただちに「ドゥーメルグ内閣反対」のデモをやり、九日午前七時、

「十二日午前八時をもって、二十四時間、全国ゼネストに突入すべし」

という指令をだした。

十二日午前八時、パリ地区では、工場、郵便電信、交通、印刷の各従業員、労働者の八割、十五万二千がナシヨンの広場に集合し、「共和国を守れ」というプラカードと赤旗をかかげ、革命歌を合唱してシャロンヌの大通りをデモ行進し、ペール・ラシェーズの墓地で反ファッシ

ョ闘争に倒れた犠牲者の慰霊祭を行った。

同日、リヨン、ナント、ボルドー、マルセーユ、ほか二十都市で四百五十万が全国ゼネストに突入し、フランスの全産業と交通の八割が息の根をとめた。

十二日の朝になって、やっとのことで小田がつかまった。

十五万人のデモ行進に入って、ペール・ラシェーズの墓地へ行き、制服の袖に赤い星のマークをつけた共産少年団と手をつなぎ、犠牲者慰霊祭のピケをやっているのを、ガルが見つけてひきずりだした。

ねじくれた頭の調子に、暴動の雰囲気がマッチしたのか、人ごみや混雑を恐れる気の小さな小田がむやみに積極的になり、人が集って騒いでいるところならどこへでも飛びこんでいく、といったようなことをやっていたらしい。

この二週間、どこでなにをしていたか、当人より監察の私服やガルのほうが知っているが、出没した地域や時間の幅から推すと、出奔以来、相当な奔走をつづけていたふうで、頭や背中に、ぶったたかれた痕《あと》や刺し傷がある。見るもあわれなくらいに痩せ細り、ホテルに帰るなりベッドにころがりこんで、まる二日、死んだようになって眠っていた。

相変らず、ふぬけのような表情をしているが、この活動は頭の調子にいい影響を与え、前よりいくらか分別がつくようになって、佐竹を見ても、

「お前は誰だ」

などと頓狂なことを言わなくなった。

この二十年、政治の組織を蝕《むしば》んでいた病竈《びようへい》を陽の光にあて、臨終の一歩手前まで迫ったフランスを救おうという自由法論団の人々にとって、小田の頭の中にあるスタヴィスキーの書証の「所在」は、罪状の信憑《しんぴよう》性に裏付けするかけがえのない物件だったが、二月六日以後の政情の変化で、それがいっそう貴重なものになった。

ドゥーメルグの半ファッショ内閣は、労働組合とストライキ禁止で左翼共同体の活動を終止させるつもりだったが、十二日の四百五十万の全国ゼネストの反撃ですっかり自信を失ってしまった。

けっきょく弾圧では危機を切りぬけることが不可能なのを悟って、自己批判による政治の粛清をとなえだし、当初、下院右派が提議した、「スタヴィスキー事件審査委員会」を議会内に設置し、にわかに事件の審査を急がせることになった。

政府は、十六日の議会で、審査委員会の設置の遅延にたいする釈明的な声明をだした。三月一日に第一回委員会を開くことにし、それに先立って、二十八日の午後、議会で、スタヴィスキー事件にたいするプランス判事の説明を聞くという、意外な風向きになった。

それで至急小田の頭の調子をととのえる必要がおき、さっそくヴォジュの精神病院に入れた。

小田の頭の異変は相当な難物らしく、一進一退の状態でみなを憂慮させたが、それでもすこしずつ好調に向っているようで、昨日、十九日の夕方、プランスが、佐竹のところへ、

「この二、三日、調子がいいから、うまくいくと間にあうかもしれないよ」

とわざわざ電話で言ってきた。

プランス殺害事件

パリを蔽っていた重苦しいすわり雲も、二月の半ばをすぎると、なんとなく明るい色になり、雲切れがして、ときどき薄陽がさすようになった。大通りの街路樹や河岸の並木の梢は、芽出しのにぎわいで煙《けぶ》ったように青くなり、セーヌ河は雪解けの水を集めて、ゆったりとふくらんできた。サン・ジャックの通りに小鳥の市が立ち、マドレーヌの花市には桃や杏の花がチラホラして、もう春の景色になっているが、人間界では右と左が対立し、冬のままのはげしさで、飽くことなく闘争をくりかえしていた。

二十一日の午後三時ごろ、コォジョールが佐竹の部屋へ入って来た。雨の降るのに、外套も着ずに飲みまわっていたのだとみえ、ペルノーのにおいをさせながらよろけこんでいくると、濡れた服のままでベッドにひっくりかえった。

「コォジョール君、仕事が終るまでアルコールを断つと、プランスに約束したね？　大切なときに飲んだくれていちゃ、しようがないじゃないか」

「しようがないのさ。プランスは殺される、大審院の書証は根こそぎ盗まれる……もうなにもかもおしまいだ」

「プランスが？　それはいつのことなんだ？」

「昨日の夜の十一時ごろ……ディジョンの駅とコンブ・オゥ・フェの中間で、汽車に轢かれて粉々になっていたというんだよ」

「そんなことがあったら、ぼくのところへ電話ぐらいくれそうなもんだが」

「細君と長男は、今朝早くディジョンへ飛んで行った。君に電話をかける暇はなかったろう」

「君はいま、殺された、と言ったが、なにか根拠のあることなのか」

「根拠とは、なんのことかね？　根拠なんかないが、立派な規範はいくつもある。プランス判事も、フランスの政治史の倫理にしたがって、マレー代議士やスタヴィスキーのように自殺か、過失か、いずれ綺麗事で片付けられてしまうのさ」

「君はおしまいだというが、事件ははじまったばかりだ。どうしてそんなに不貞腐《ふてくさ》れるのか、ぼくにはわからない」

「おしまいなんだ。僧正が出てきたので、この将棋はおしまいになった。……パリの大司教が、これ以上、フランスの恥をさらすようなスキャンダルの摘発はやめたいと言いだした。第二次世界大戦は、既定の事実だ。こういうときに、フランスの骨の髄の腐れを、世界中にさらけだしてみせるのは、好ましくないと言うんだ……宗教的と言えばいいのか、瀆神的《とくしん》と言えばいいのかわからないが、坊主の考えることは、さすがに深くて広いもんだと思うね。アカデミーは坊主の家来だから、フランスの百科事典には、スタヴィスキー事件の『ス』の字も記載されないだろう。疑獄それ自体、証拠のない架空の事件になり、フランスの政界には、一九二四年以来、ただの一件もスキャンダルが存在しないことになった。もう神様だってほじくりだせやしないのさ。おれは用なしになったから、今日からまた市井の芥《ごみ》くたの中へ帰るんだ。諸君も役ずみだ。カシマのじいさんに、恐いことはなくなったから、松葉杖をついて、大通りへ出てもいいといってくれ。オダも、もう頭を叩かれることはなかろう。タカマツという女のひとの死体も保留する必要はないから、なるたけ早く始末してくれたまえ……君は……早く日本へ帰るんだね。いくら待っていたって、もうヨーロッパにいい事なんかありはしない。これから来るものは、戦争と貧乏だけだ」

コォジョールが帰ってから、佐竹は新聞を買いに出、ロン・ポアンのベンチでプランス事件の記事を読んだ。新聞そのものが読み疲れの感じで、ときどき雲を見ては、元気をだして読みついだ。

二月二十日の午前十時ごろ、プランス判事が控訴院へ出かけたあと、三十分くらいして電話のベルが鳴った。

夫人が電話に出ると、聞き馴れない声で、判事がご在宅なら至急お話したいと、ひどく急きこんだ電話だった。プランスは役所へ行って留守だから、のちほどかけてくれというと、あなたは奥さんですか、奥さんで結構です。私はアランジェという医者ですが……といきなり用件を述べかけた。

夫人の耳には、アランジェといっているのかエランジェといっているのかよく聞きとれなかったが、判事の留守の間の電話は、なにによらずメモしておくことになっているので、そばのブロック・ノートに聞えたとおりに名を控えた。

電話の用件は、ディジョンに住んでいる七十六歳になる判事の老母（夫人にとっては姑）が腸閉塞になられたので、今朝、とりあえず入院させたが、今日の正午の汽車で、判事にこちらへおいでねがえるだろうかということだった。

「プランスはいま公判にひっかかっているようですから、ぬけられるかどうか私にはわかりませんが、それで、姑《はは》は危篤なんでしょうか」

「いまのところ、まだそこまで差迫っておりませんが、腸閉塞ですから、手術は絶対なので、それも、遅くも明日の午前中にやってしまわないと、手遅れになるおそれがあります。なにしろお齢がお齢ですから、万一の場合も考慮されるわけで、お立会いがないと、手術することができません。正午の汽車でお発ちくだされば、駅まで車をやって、すぐ病院へご案内いたします」

長距離電話にしてははっきり聞えるので、パリでかけているのかとたずねると、いえ、ディジョンから。こちらはディジョンの一四七番と答えた。

「そういうことでしたら、早速、プランスに連絡いたします。私もいっしょにまいりますから」

そう言うと、電話の声が急に渋《しぶ》りだした。

「さあ、それはどうでしょう。あなたまでがおいでになると、不必要に病人を昂奮させますから、とりあえず判事が一人だけでおいでになって、あなたは後からになすってください。どうか、そういうことに」

それで電話が切れた。

時間表を見ると、十二時三十二分というディジョン行がある。急げばそれに間にあう。医者の注意はともかく、主人を一人だけやるわけにはいかない。ともかく一緒に行くことにきめ、女中に身の回りのものを纏《まと》めるように言いつけ、裁判所へ電話をかけようとするところへ、判事が持って行く書類を忘れたと取りに帰ってきた。

うまい都合だった。さっそく話をすると、判事は弱りきった顔になって、寝台の端に腰を掛けてしばらく考えていた。というのは、議会の「スタヴィスキー事件審査委員会」で事件の説明をする日が迫っていて、ダラディエ首相、プナンシェ法相、レクウヴェ大審院院長の三人に、明後日（二十二日）の午後までに、概要をとりまとめた報告書を提出することになっていたからである。

だいぶ気迷いしているふうだったが、報告の未完の部分は、汽車の中とむこうのホテルでやることにきめたらしく、疑獄審理一件のデータの入った、どっしりした手提鞄を書斎から持ちだしてきた。夫人は小さな旅行鞄にピジャマや洗面道具を入れ、私もいっしょにまいりますからと言うと、判事は時計を出してみて、お前がこれから仕度するんじゃ、正午の汽車に間にあわないからと言い、結局、一人で行くことになった。

プランス判事はバビロンヌ街の家を出ると、地下鉄でリヨン駅へ行き（当時、タクシ組合の罷業でタクシの便が悪かった）、パリ＝ディジョンの二等の往復切符を買ったうえで、駅から自宅へ電話をかけた。

「要《い》りもしない書類を間違えて持ってきてしまった。要るやつは、そっちにあるんだ。あわてていたとみえて、金の入っていないほうの財布を持ってきたもんだから、二等の往復を買ったら、あとはいくらも残っていないという始末だ」

それなら書類とお金を持って、すぐ次の汽車で追いかけますと夫人が言ったが、判事は、その必要はない、駅前にタクシがいるから、これから役所へ行って、報告書の提出を二、三日延期してもらうことにする。ついでに、明日休むことも言ってくる。あとで電話でようすを知らせる、と言って切った。夫人は午後中電話を待っていたが、とうとうかかってこなかった。裁判所とリヨン駅なら、タクシで二十分で往復できるが、どういう都合になったか、役所へはあらわれずにしまった。

三五号列車は、十五分遅延して十六時四十四分にディジョンに着いた。フランスでは、二月下旬の午後五時といえばまったくの夜である。到着点の二番ホームのすぐ前の電信受付所で、判事は自宅へ電報を打っている。

「着いた。病院へ行く。六時、診察。アランジェ博士は、その後、病勢に変化がないと言っている。アルベール」

電文は判事の万年筆で書かれたもので、夫人は判事の筆蹟だとその後証明している。

十七時十分（この時間は、その後たびたびの審査によって錯誤のないことが確認されている）、判事は駅前のモロォというホテルにあらわれた（このホテルは駅から徒歩で三分ぐらいのところにある）。判事一人だけで、連れらしいものはなかった。宿帳を書き、部屋をとっておいてくれるようにたのんで、旅行鞄を預け、同、二十分頃、どこへ行くとも言わずに、手提鞄をさげてホテルから出て行った。

二月二十一日は前日と同様に寒さがきびしく、路盤《ろばん》に霜が降り、排水溝に薄氷が張っていた。朝の八時頃、グリポアという地区保線夫とタランという田園看守が、ディジョンから三キロほど離れたコンブ・オゥ・フェの鉄橋の近くを歩いていた。パリ＝ディジョン線の高い築堤《ちくてい》の上で、勾配の強い法尻《のりじり》に沿って、国道の急な坂が石切場のあるほうへねりあがっている。

二人が路盤の霜を踏みながら鉄橋のほうへ歩いていると、路線のそばの草の中に、釦のついた服の袖口のようなものが落ちているのを見つけた。

この辺は、受持の保線夫か、巡回するのが務めの田園看守ででもなければ、絶えて人の通ることのない場所なので、まずそれで奇異の念を起した。こういう季節に急な法を這いあがって散歩するような酔狂な人間もなかろうから、たぶん今朝通った汽車が落して行ったものだろうということに話が落着いた。ところで、それから二十歩と歩かないうちに、路線の一帯が修羅場のような形相をしているのに仰天した。

最初にいきあたったのは、レールから弾きだされた、丸味のある頭蓋骨の細片で、路盤のバラストのうえに雪でも降ったように落々と散らばっている。そのつぎは足首から見事に切断された生っ白い足で、それが細紐でしっかりとレールに縛りつけてある。そのへんのところはまだよかった。それから先は、肺臓やら、大腸やら、むしりとられた肉塊、大腿部、指のない手といったぐあいに、約三十メートルほどの間のレールの両側にむざんに散乱している。頭蓋骨の上に霜が結んでいるところを見ると、昨夜の事故らしい。そんなことはどうでもよろしい。二人は保線区の小屋へとって返すと、警察と駅へそれぞれ通報した。ディジョンの警察では、情報の模様から兇悪犯罪を見込み、検事局の出動を求めて現場へ急行した。

検証の結果、被害者は頭部を右側（ディジョンに向かって）のレールの上に、左右の脚部を細紐で左側のレールに括《くく》りつけ、斜横体に伏した恰好のまま、二十日、二十時十二分に現場を通過した、十六時〇分、パリ発、ディジョン行の一〇一号列車に轢断《れきだん》されたものらしい。

路盤に残留した脚部の近くに、黒いヴェロアの帽子と黒の短靴の片っ方が落ちていた。もう一方のほうは、そこから約五メートル先の排水溝の縁《ふち》で発見された。遺留品の主なものは、空の手提鞄、紙幣若干、財布、鍵、ハンカチなどだが、そのほかに、傍の信号の基部に、刃を起したジャック・ナイフ（刃渡り十六センチ）が投げだされてあった。

被害者は茶色の服に黒い外套を着た中流以上の紳士で推定年齢は五十歳前後、筋骨質の壮健な肉体をもっている。顔面が粉砕されているので、人相を識別することはできないが、紙入れの中に「パリ、バビロンヌ街六番地、プランス氏」という宛名の電話料の領収書があり、空の手提鞄の中に「パリ控訴院評定官プランス判事殿」という宛名のある手紙の封筒の切れっ端が残っていたので、被害者はプランス判事なるひとらしいということになった。

パリの警視庁に最初の報告があったのは、二十一日の午前九時十分だった。ディジョンの警察電話で、捜査局のペラン捜査課長に、いまディジョンの近くで轢死体を発見したという簡単明瞭な報告があった。なんの説明もなく、それだけで電話を切ってしまった。第二報は九時三十分。こんどはパリ・リヨン・マルセーユ鉄道会社の鉄道電話で、ややくわしい情報をよこした。これもまた雲を摑むような報告で、いっこうにとりとめがなかったが、十時の第三報で、被害者は、パリ控訴院のプランス判事らしいと、意外なことを言ってきた。捜査局は半信半疑のままマロォという巡査部長をやって確めさせると、判事のアパートの差配は、判事は昨日の十一時頃、ディジョンへ行くと言って出たというので、俄然、緊張した。

捜査局ではプランス夫人を召致して、判事が家を出る前後の事情を聴取すると同時に、パリ出発までの判事の足取りと、同伴者の有無を追究させ、ディジョンの警察へ「ディジョン一四七番」の電話の所在と、「アランジェという医師」の身元調査を依頼した。一方、セーヌ地方裁判所は、ディジョン地裁のラビュ予審判事に事件調査の担当と受託事務の執行を請求し、死体確認のため夫人と長男（レーモンド・プランス）をディジョンへ急行させた。

ディジョンでは、ひきつづいて現場捜査をやっていたが、ラビュ判事は事件担当の命令を受けると、鑑識課の特捜班を組織して現場の科学調査を行わせ、プランス判事の死体と遺留品をモルグに送って、ゴードマン博士に解剖を、ロベール博士に物的鑑定を、カーン博士に法医鑑定を、それぞれ依頼した。三者の報告を綜合すると、大体、こういうことになる。

一、剖見当時における屍体の残存各部に認められる傷害は、すべて列車事故の外傷に相当する。
一、轢断による外傷は、血液の循環が停止した以後になされたもので、神経中枢の断絶状態と完全に一致している。
一、残存の屍体のいかなる部分にも、刀剣、または銃火器による傷創の痕跡がない。
一、胃中に微量の液体が残っていた。被害者は十時間以上、食事をしていなかった。
一、右脛《すね》（右下肢脚部）の索溝は、皮膚の表面を毀損《きそん》していない事実から見て、レールと脚部を結び合した細紐は、まといつける程度に、ごく軽く巻かれたものである。
一、胃及び内臓諸器官の細片にたいする化学試験、並びに、尿の分析試験の結果、麻酔性及び毒性の物質、アルコール、その他、類似の実質はいささかも認められなかった。クロロフォルム、クロラール、ヴェロナール、ジァル・ガルディナル、並びにモルフィネ、ヘロイン、コカイン等の実質。急劇なる死を招致するすべての毒物、たとえば、青酸カリ、シアンカリ、ストリキニーネの如きもの。
一、遺留品――紙入れ、鍵、ハンカチ、帽子には血液が付着していない。短靴の内部にも血の痕跡はなかった。ナイフの刃に血がついているが、それは上になっていたほうの片面だけで、地面に接していたほうにはなにもない。血液型はプランス判事の血液と同型だが、付着の現場から推すと、血の飛沫がかかったか、事後において故意に塗ったとしか考えられない。

特捜班は、警官、田園看守、保線夫など約二百名を動員し、現場を中心に半径五百メートルの円周内を二日にわたって精密な検査を行なった。

二十日の夕方から二十一日にかけて寒気がきびしく、地表が固く凍りついていたため、国道、築堤の斜面、路盤の近傍《きんぼう》、その他の部分にも判事の足跡と思われるものを蒐集することができず、遺留品として、革製の小さなコンパクトにおさまった「パフ」を加えただけであった。これは「侯爵夫人」という商標で知られているもので、先年、パリの「ルウドレェ」婦人小間物店が売出した流行品である。

ラビュ受命判事の指揮する特捜班の別働隊は、二十一日の午後三時からディジョンの機関庫で第一〇一号列車の検証を行った。

第一〇一号列車は十輛連結の普通列車で、機関士ショーサァルと助手のジラールが運転し、二十日、二十時十二分頃、事故のあった現場を通過している。轢断列車を検証した結果、つぎのような状況を発見領置した。

一、機関車の右側排障器、地上八十センチの先端に脳漿、約三グラム。
一、右第一動輪の軸箱、油受下面に脳漿、約一グラム。
一、右第二軸箱の前方に血液付着。
一、機関車、左側排障器、異状なし。
一、左前車輪スプリング上部に血液の斑痕。
一、客車、第二輛目、制梁中央部に灰色のスパッツ（短靴の上に穿く短ゲートル）が巻きついている。

轢断事故があったのは、鉄橋の先方、約二千メートルの個所で、築堤上で大きくカーヴをしている。左側は国道一号にのぞむ築堤の法で、右側には「石切山」といわれる山の斜面が雪崩れさがっているので、極めて視界が悪い。二十日の夜は雲量が多く、星の光も見ない闇夜だった。

機関士と助手の陳述を綜合すると、どちらも轢断事故を自覚していない。機関車の運転中、人を轢いてショックを受けないことはないのだが、こんどの場合は抵抗らしいものはなにもなかったという点で一致している。ただ助手のほうは、左側の前車が砂利を跳ねとばしたような音を聞いたようだったといっている。

この理由はすぐ明らかになった。胴体か大腿部を轢いたらショックを感じずにすむことはなかったが、右の排障器は判事の頭のほんの上部（顳顬《こめかみ》の辺）をはじきとばし、左の前輪は脚部の足首の細いところを轢断することになったので、抵抗らしいものは感じられなかったのである。胸腹部の外傷と内臓の露出は、判事の屍体が列車にひきずられている間に行われたのだということも、同時に明瞭になった。

プランス判事が老母（ヴェルメ・プランス）の手術に立会う目的でディジョンに急行したことは、パリの捜査局の通報ではじめてわかった。ヴェルメ夫人は十五年前からコンドルセ街四十番地のショーロン氏の下宿の二間を借りて住んでいるが、最近の一年間、病気らしい病気をしたことがなかった。エランジェ（「アランジェ」はプランス夫人の聞きちがい。尤も、プランス判事も電報用紙にアランジェと誤記している）という医師は、ディジョン市のシャルル・デュモン街の五十二番地に実存している。六年前、判事の厳父が病死したときからの関係で、現在もヴェルメ夫人のところへ出入りしているが、そういう電話はかけていない。一四七番の電話は同市ブルグ街十七番地の雑貨商クルティユ氏が所有している。二十日の当日、クルティユは正午まで店におり、同二十分から一時まで細君に店を預けて自転車で御用聞きに歩いていた。当人が店にいるあいだ、また細君が留守をしているあいだも、電話を借りにきたものはなかった。電話局に聞きあわせると、事実、一四七番からパリの呼出しがなかったことが判明した。

母堂にたいする聴取はラビュ判事が自身でやった。プランス判事が誰かの恨みをかっているようなこと、あるいは誰かの加害を恐れているような事実はなかったかという質問にたいして、ヴェルメ夫人はつぎのように答えた。

「こんどのスタヴィスキー事件の審理は、命がけの仕事だということは聞いていました。あれ（判事）は担当事件の審理中は、内容を洩らしたりするようなことはしません。これは他で聞いたことです。一つだけ記憶に残っているのはこんなことです。あれがセーヌ裁判所の銀行審査部の部長をしているとき、いつになってもやまない部員の汚職行為を、よく歎《なげ》いていました。ほかの部へ転出したがっていましたが、プレッサール検事（間もなくスタヴィスキーから収賄していた事実がわかって免職になった）の関係で抜けられず、困っていたようでした。この一月、スタヴィスキーの事件でいろいろな法官の名が新聞に引合いに出されますので、心配して手紙をやりましたところ、新聞がほのめかしている連中は、先日、罪証が確立したし、私にはすこしも関係がないから心配をしないようにといってよこしました。三週間前のことです。その手紙はどこかへ失ってしまったので、書いてあった名はおぼえておりません」

こういうお宅があるのに、判事が駅前のホテルに宿をとったのはどういうわけかという質問には、こう答えた。

「以前は、この隣の部屋が空いていました。いまひとに貸してあるので、泊るところがないことを知っているからでしょう。昨年の九月に来たときもそうで、ホテル・モロォとディジョン控訴院のジュラン検事補（判事の古い友達）のお宅と、半々ぐらいに泊っていたようです」

医師の名を知らないのはなぜかという質問には、あれはエランジェ博士に、六年前に、一度ちょっと逢ったことがあるだけだから、名まではおぼえていなかったろうと言った。革のコンパクトに入った「パフ」は、あれの旅行道具の一つで、私もたしかに見たことがあると証言したが、そのとき、こんなことを洩らした。

「この一月のはじめ、ここの差配をしているボォポァール夫人のところへ知らない人がきて、判事の母堂はおたっしゃか、かかりつけの医者は誰かなんて聞いて行ったそうです」

差配のボォポァール夫人は七十一歳の老人で、齢のせいか物覚えが悪くなっていた。それは一月の十日前後、夕方の六時か六時二十分ごろのことで、玄関の脇間の薄暗いところだったため、顔も服装も見えなかったが、言葉に訛《なまり》はなかった……といった程度のことしか陳述できなかった。

夫人と長男は、前日、プランス判事が乗った十二時三十二分の直行でパリを出発して、同、十六時四十分にディジョンに着き、判事がとっておいたホテル・モロォの四階の四号室に落着いた。十八時、死体収容所に行き、友人のジュラン検事補と三人で死体を検証し、二十日夜の轢死者はプランス判事に相違ないことを確認した。現場に遺留されたものは、ジャック・ナイフを除くほか、みな判事の所有品で、「パフ」入りのコンパクトは、髭を剃ったあと、タルク（荒れどめの粉）をつけるために使っているので、旅行のときは洗面道具の袋に入れて持って行くことになっている。それを入れたのは私だが、洗面道具の袋がホテルにあって、なぜ「パフ」だけがそんなところに落ちていたかわからないということだった。判事はホテルで鞄を開けていないから、汽車の中で鞄から出して、そのまま身につけていたのにちがいないが、夫人の申立てのように、パフが髭剃りのあとだけに使われるのだったら、なんのためにそういうものをわざわざ鞄から出して持っていたのか諒解できない。判事の旅行鞄は、前日の夜以来、ずっと四階の四号室に置いてあったが、内容目録というようなものもないので、なにとなにが持ちだされていたか、夫人にもわからないふうであった。

現場付近に落ちていた手提鞄は、疑獄事件の関係書類が入っていたもので、外見からわかるほど書類ぶくれがしていた。ホテルの帳場にいたベリィ夫人というフロント係も確実に記憶していた。ホテルを出てから轢断事故に遭遇するまでの間に、判事が自身で始末したのでなければ、何人かが略取したのである。

現場にあったナイフはパリ市庁前広場の市で売っている品物だということがわかったので、パリの捜査局に至急調査方を依頼した。

パリの捜査局は判事の出発前の動静と、同伴者の有無を全力をあげて捜査し、ラジオの警察特報で目撃者の情報を求めたが、これは失敗に終った。判事の乗った第三五号列車は、二、三等の貫通式ボギー車で編成した準急で、車内の交通は自由だった。しかし特に判事に注意をしたものはなかったらしい。判事が一人だったのか、同伴者があったのか確めることができなかったが、この捜査で、警視庁の犯罪人名簿に記名されているシマノイッチという前科者の夫婦と、ソーニェ・ラマルクという有名な暗黒社会の医者が判事とおなじ汽車に乗っていたことがわかった。

二十二日になって有力な目撃者が一人あらわれた。イヴォンヌ・タリスという二十三歳の娘で、医専の学生だが、二十日の午後九時頃からリヨン駅の前の地下鉄の出口で「フォシュ基金」の宝籤《くじ》を売っていた。十一時二十分頃、黒いヴェロアの帽子に黒い外套を着た五十歳前後の紳士が地下鉄のホームから上ってきたので、近づいて行って「フォシュ基金です。一枚、どうぞ」と言うと、ちょっと考えてから一枚買ってくれた。礼を言ってそのままあとへ退ると、三十四、五の、鳥打帽をかぶった瘦せた色の浅黒い男にいきなりいやというほど衝突した。その男はえらい勢いでタリスを押しのけ、脇目もふらずに前を行く紳士のうしろ姿を見つめながら後を尾けて行った。翌日の夕刊に判事の写真が出たので、そのときの紳士がプランス判事だったことを知ったというのである。

この娘はタンジェ街の十四番地に住んでいるというので、第三区の警察では、明日、もう一度来てくれるように依頼しておいたが、どういう事情があったのか、その晩、十一時前後（推定時間）にサン・マルタンの運河へ身を投げて自殺してしまった。

パリで判事の出発前の行動調査に着手すると同時に、ディジョンでは全力をあげて到着後の判事の足取りを辿りはじめた。判事がホームの電報受付所で電報を打って、ホテル・モロォへ入るところまでは、六人の確実な目撃者があった。電信所の婦人局員、判事のすぐあとから電報を打ちにきた商人、降車口前の広場の角に車をとめていた自動車の運転手、赤帽、学生が二人……この六人の目撃者はホームと駅の出口とホテルの前でそれぞれ手提鞄をさげた判事を目認しているが、いずれも連れらしいものを見ていない。運転手と二人の学生は二十分ほど前から降車口の近くにいたが、駅前の広場には自分らのほかに人を待っているらしい人間も自動車もいなかったと言っている。

ところで判事は汽車から降りるなり、ホームのすぐそばにある電信所で、「病院に行く。アランジェ博士は云々」という電報を打っているから、まだ車内にいるときか、到着点のホームへ降りたところで、「偽の医者」（あるいはその使い）に、老母の容態についての満足するに足る程度の報告を受けていたことになる。偽医者か使いは入場券を買ってホームで汽車が着くのを待っていたのだったろう。電信所からホテルまで、判事はずっと一人だったのだから、それ以外の所為《しょい》は考えられない。

判事の写真が新聞に大きく載りだすと、ホームで判事らしい人を見たというものが出てきた。到着係の駅員と、同じ汽車でパリから帰った土地の人で、この二人は汽車のすぐそばのホームで判事が二人の男と向きあっているのを見ている。のみならず、通りすがりに「博士を紹介します」とか、「こちらが博士です」とか言っているのを聞いたのだが、特別に注意を払う理由もなく、急いでもいたので、判事と向きあっていた二人の男の人相や服装を記憶にとめていない。

「博士」といって紹介されたのは、たぶん二十日の十時頃、判事のところへ電話をかけた当の偽の「エランジェ」で、もう一人のほうは、いうまでもなく「謀殺」の助手だったのだろうが、そういうわけで、その二人はどんな形容をしていたか捕捉できずにしまった。

それから後、なぜ判事が一人で行動したのか。なぜいっしょに駅を出なかったのか。その辺のところは想像で及びのつくことではないが、ホテル・モロォのフロント係の女は、戸外で判事を待っているような人間は見かけなかったと言っているから、察するところ、落ち合う場所をきめて、一旦、ホームで別れたというようなことだったのだろう。疑問なのは、つぎの点……判事が電報を打ったのは十六時五十分で、ホテルへ着いたのは十七時十分。この間に二十分という時が経っている。駅からホテルまでは徒歩でまず三分というところだが、その間、判事はどこでなにをしていたのかわからない。

さて判事は十七時二十分にホテル・モロォを出た。フロント係の女は、判事を送りながらなんということもなく玄関に立って通りを眺めていた。判事は「駅通り」というホテルの前の道を東のほうへ行って、その角を曲った。それが生きた判事を見た最後のものになった。

事実、その町角を曲った後、判事の姿を見たものは一人もない。ディジョンの駅裏の通りは街灯すら乏しいので、ほとんど人の顔も見分けられないほどである。二月末の六時近くというと、どの家でもそろそろ夕食にとりかかるころで、それに寒い季節で、通りをブラブラするような人間もいなかったろうが、それにしてもふしぎなほど誰も判事を見ていないのである。

二十三日になって、思いがけない情報があった。もちろんその男も生きた判事に逢ってはいないが、轢断事故のあった付近で、奇妙な自動車を見たというのである。アンリ・ユックといって、近県のガレージをまわって、部分品の注文をとって歩くシトロエンの外交員だが、二十日の十九時十五分頃、ディジョンを出ると間もなく、ガソリンを入れるのを忘れてきたことを思いだした。ゲージをのぞくと、零《ゼロ》になりかけている。コンプ・オゥ・フェの近くまで行くと、鉄橋のトンネルの下の道傍に、消灯した自動車が一台とまっていた。ヘッド・ライトが照らしあげたのは、オチキスの大型で、商売柄、車台番号を即座に2122R・F・7とおぼえこんだ。ガソリン・スタンドのあるところは知っているが、ガソリンをすこしもらわないと、とてもそこまで走れない。車をとめて、運転台から声をかけたが、空車らしく、返事がない。十分ほど待っていると、左手の築堤から三人の男が後先になって降りて来た。一人はゴルフ・パンツにスウェター、一人は長目な外套を着た口髭のある男、もう一人は鳥打帽をかぶっていた。ユックはガソリンをもらう交渉をすると、すぐ頒《わ》けてくれた。心易《こころやす》だてに、こんなところでなにをしていたのかとたずねると、

「上の鉄路のほうで人の叫び声がしたから、追剝《おいはぎ》でも出たのかと思って行ってみたが、なにもなかった」

というようなことを言い、ディジョンのほうへ走って行った……

その車はその日のうちに所在をつきとめた。コーランクル街四十四番地、葡萄酒醸造業ラザール・ラシュランの所有で、平生《へいぜい》は運転手が、ときには主人自身が運転することもあるが、二十日はいちどもガレージから出さなかったことが証明されたので、せっかくの情報もあてどのないものになってしまった。

昨日《こぞ》の雪いまいずこ

ディジョンでこういう騒ぎをしているあいだに、パリのあるところで、とんでもないことが起きていた。

フランス判事がディジョン市外の路線上で不可解な死をとげた二月二十日のほぼ同刻、パリ控訴院に何者かが忍びこみ、重要書類書庫に収蔵してあった、一九二八年（昭和三年）以降三四年まで、この七年間の政界、官界、財界のあらゆる汚職事件の一件書類一千二百四十通（積みあげると約二メートルぐらいの高さになる）を根こそぎ攫《さら》って行ってしまった。控訴院だけではない。同刻、商工省の金融部にも同様の事故があって、ここでは銀行関係の醜行為の記録が残らず持ちだされてしまった。

パリ裁判所では、事件を秘匿して隠密に調査をすすめていたが、二十四日の朝、事件の全貌を明らかにし、パリ法曹団は、

「……証人の抹殺と、書証の湮滅による自己保存と韜晦は、フランス革命以来、醜悪な職業政治家の常套手段になっているが、これによって、プランス判事を殺したものと、書証を奪取したものとは、おなじ社会的種属につながっていることが明瞭になった。われわれは最後まで正義のために戦うことを宣言する」

という声明書を発表した。

昭和のはじめから、十二、三年にかけて、日本では、逓相箕浦勝人事件、鉄相小川平吉事件、賞勲局総裁天野直嘉事件、山梨朝鮮総督事件、文相小橋一太事件、鉄相内田信也事件と、政治の腐敗と堕落の事情が遺憾なく暴露されたが、フランスでもちょうど時を同じくしていろいろなスキャンダルがごったかえした。

ハノー事件（ブノア警視総監関係）、マヴロマッティ事件（カイヨォ蔵相関係）、ユウデロ事件（ベレェ法相関係）、ウーストリック事件（タルデュー内閣関係）と累々と積重なったところへ、前年の十二月の末、二十世紀の最大のスキャンダルといわれるスタヴィスキー事件が起った。盗難にあったのは、つまるところハノー事件からスタヴィスキー事件にいたるまでの調書の全部で、それらはプランス判事が近く議会の「スタヴィスキー事件審査委員会」で行うことになっていた「二十八年以降の疑獄一般」という講演の書証になるものであった。このほかにプランス判事が身体につけていたものが若干あったが、それさえも二十日の夜に略取されてしまい、これで過去七年間の、その向きの汚職、脱税、収賄、文書偽造、横領、詐欺、その他、もろもろの醜事件の記録が一挙に消滅してしまうことになったわけである。おなじ種属とはどの種属を指すのか知らないが、パリ法曹団の声明によるまでもなく、はたして他殺だろうかなどと半信半疑だったものも、この事件で首尾一貫した陰謀の実歴を見せられたことになり、プランス判事は余計な差出口をしないように、永遠の沈黙を強いられたのだということを諒解した。

セーヌ裁判所は刑事部長のユルロー検事を首班にして、単独で目ざましい活動をしだした。警視庁側はそれに対抗して、ボニー監察官に事件を担当させ、警視庁の流儀にしたがって独自の奔走をはじめ、シマノイッチ夫婦とソーニェ・ラマルクを殺人容疑で捕まえたが、どういうわけか、簡単な取調べをしただけで釈放してしまった。

捜査は三月の末までダラダラと持越されたが、四月のはじめ、警視庁側では、「プランス判事の身辺関係に新事実が発見されたので、捜査の方針を一変する」という唐突な声明をだし、ギュイヨーム捜査課長にはじめから再調査をさせたうえで、「ギュイヨーム報告書」なるものを発表した。

それは六万語に及ぶ尨大なもので、報告書の要旨は、高潔無比といわれたプランス判事なるひとは、実は驚くべき女蕩《たら》しだったので、控訴院の婦人弁護士から、先輩、同僚の細君、「ラ・

リュックス」というパリの阿片窟の淫売婦にいたる何十人かの女性と醜悪なる色情関係をつづけていたというのだが、十何人かの証人の一人一人に長々と情交の歴史を語らせているので、あたかも『カサノヴァ情史』のような体裁になっている。ギュイヨームの報告書は、判事がスタヴィスキーと然るべき隠密関係があったらしく匂わせ、セーヴル街のソシエテ・ジェネラル銀行に、夫人の知らぬ六万フランの預金があった事実があり、ピジュという仲買人に株の売買をやらせていたこともあったらしいと書いている。

証人の一人であるノーランという婦人弁護士は、プランス判事は、家庭の破綻の悩みと、スタヴィスキーとの醜取引が暴露するのを恐れ、かねて「自殺の意志」をもっており、自殺するなら、「轢死にかぎる」と言っていた。「俺は勇気があるから、汽車が俺の身体を轢き砕く直前までレールの上で平静にしていられる自信がある」と言っていたと言い、判事の親友だったジュラン検事補は「プランス判事は、昨年の九月ごろ、こんどの事故のあった場所へ散歩に来たことがあるから、土地の状況はよく知っていたはずである。他殺だという見方があるようだが、これから新しい証人が出てくるにつれて、プランスの死は自殺だったことがわかるようになるだろう」と言っている。

ギュイヨームは、そういったたぐいの証言を山のように積重ねた後、次のように結論している。

「死んでいるか意識を失ったかした人間を、四十五度の勾配のある十メートルの築堤を、三人の力で路盤まで担ぎあげるのは、ほとんど不可能である。仮にできたとしても、かならずなにかの証跡が残らなければならないわけだが、そんなものはどこにも発見されなかった。

フランスでは、轢断自殺を遂げようとするものは、まぬかれがたい恐怖によってその場から逃げだすのを防ぐために、脚部か首をレールに結びつけるのが普通である。

夫人が再度同件を要求したのに、判事は最後まで拒絶しているが、それはなんら理由のないもので、判事が単独の行動をとりたがっていたことを示している。報告を完了させるという理由で、尨大な書類を持ちだしているが、時には略取の危険もある貴重な書類を、旅先まで持って行くというようなことは、普通の常識では尋常な所為とは考えられない。それらはたぶん判事の身辺に重大な関係のある書類で、自殺する前に、湮滅する必要があったためではないかと思われる節がある」

この捜査は、手の入った大袈裟な仕掛でやられた。再解剖、グアヤッタ検査法、スペクトル検査、現場再調査、目撃者の再追究、身辺関係、判事の金庫の中にまで手を入れ、無限に証人をひっぱって時間をかけた長々しい聴取をやり、無闇に騒ぎながら世間が昂奮している時期をはぐらかし、フランス医学会、法医学会の全員が一致して死後轢断という見解を表示しているのに、当局はあえて自殺と発表した。パリ法曹団は反証をあげて長文の反駁書を発表したが、当局は固く沈黙を守って相手にならなかった。それから二日後、ユルロー検事が謎のガス自殺をとげ、調査にあたっていた二、三の検事もつぎつぎにほかの部へ転出し、いつの間にかうやむやになってしまった。

大審院の書証盗難事件は二十四日に発表されたが、パリの全市民は、夕刊の見出しを一瞥した瞬間、誰彼の例外なく、「思わず椅子から立ちあがって、やられたと叫ばずにはいられない」ような強い衝撃を受けた。このときの感動を『昼顔』の作者のケッセルが翌日の「ル・ジュール」紙へ書いた。

「二十四日の夕方、私はロン・ポアンから凱旋門のほうへ上って行った。シャンゼリゼェの通りのキャフェのテラスにいる何百人かの人の手に、その前の歩道を歩いている何百人かの人の手に夕刊がひるがえり、怨恨と憎悪の情をこめた何千かの眼が、『書証は残らず湮滅した』という黒々と脂ぎった大活字の見出しを見つめていた。

私はアルプというキャフェの前を通りかかった。テラスの前列の椅子で夕刊を読んでいた恩給生活者らしい初老の紳士が、新聞を摑んで立ちあがると、白い口髭をふるわせながら、

『卑劣だ。なんという恥知らずだ』

と絶叫した。すると、テラスにいただけの男と女が、テーブルに新聞を叩きつけて、一斉に、オントゥ、オントゥ（恥知らず、恥知らず）と叫びだした。歩道を歩いていた連中が足をとめ

て合唱した。だんだん人数が多くなり、合唱の声は、次第に、強く、大きくなった。

フランスは分解直前の惨憺たる形相で、上を下へのごったがえしをやっている。国家の権力が古新聞のようにめちゃめちゃにひき裂かれ、投げ捨てられた。これはすべて度重なる内閣の瓦解と、政界、官界、財界に深く根を食いこんだスタヴィスキー事件によってもたらされた不安の結果によるものであった。そのスタヴィスキーは口をつぐんでもらうために、政府が派遣した警吏の手で、アルプス山中のみじめな山荘で『余儀ない自殺』を強制されたと信じられている。それからまだ二カ月もたたない今日、近く議会審査委員会で、閣僚と新聞、大官と政商、最近、十年間における忌わしい醜類の結託の実情を説明するはずだったプランス評定官がまたもや捕捉しがたい謎の死を遂げた、というのだ。そのうえ罪の記録まで盗まれてしまったというのだ。この報知によってひき起された、魔に憑かれたような怒りと憎悪の念は、言うにいえぬ痛烈なもので、フランス人たることの自負心も誇りも一時に崩壊し、もうどうしようもないという、あてどのない絶望の念だけが残った」

前年の末、西南部の小都会からこぼれだしたこの事件は、告訴人のマレー代議士と被告人のスタヴィスキーが六十億に及ぶ国庫の大穴に霞をかけたまま、相ついで謎めいた消滅をとげるという意外な辷りだしをし、二カ月のうちに内閣を二つ瓦解させ、フランスが右と左に分かれて殺しあう血で血を洗う国内戦に発展してしまった。汚職関係だけで、三百六十八人の関係者が召喚され、この先、何百人になるか予想がつかず、それらを十年前からの関係を調べていたら、十二、三年はかかるだろう。そのほかに、マレー代議士とスタヴィスキーの死因審査、二月六日の発砲事件の調査と、法曹界を総動員しても追いつけぬのに、プランス判事の怪死と大審院の一件書類盗難という劇的要素まで加わって、とりとめのないほど混沌としてきた。議会の「スタヴィスキー審査委員会」は、委員会に司法権をもたせるか否かの議論で一ヵ月の大半を費し、それがきまると、むやみに証人を呼びつけて派手な審理をやりだした。見せかけは堂々としたものだったが、そのうちに、国民一般は、審理を必要以上に複雑にして、事件の焦点をぼかそうとしていることを理解するようになった。

復活祭前日の三月三十一日、高松ユキ子の遺骸が中受けになった。佐竹は鹿島の代理で葬儀馬車をつれてモルグへ受取りに行き、パリの東の端にあるペール・ラシェーズの墓地へ運んだ。ミュッセや、ショパンや、バルザックの墓の並んだ中央墓地の東北に、無名墓地の広大な墓域がある。高松ユキ子の遺骸は九十三区の五十三号というところへ埋めた。

復活祭休会明けの四月十日、かねてそういう手筈になっていたのだとみえ、パリ在住の外国人の一斉検査がはじまって、不正入国者や無届居住者が各区別に狩りたてられた。佐竹はサン・ミッシェルの通りで、小田は鹿島のいるヌゥイの大通りのアパートの近くでやられた。

佐竹のほうはたいしたことがなかったが、小田はデモ行進をやった実績があるので、とうとう帰って来なかった。十二日のデモで騒いだ日本人は小田だけでなく、ほかに三人ばかりいたが、日本と米国はフランスにとって「不快な国」になっていたので話がむずかしくなり、三日ばかりすると、その連中といっしょにサン・トノーレ街にある警保局付属外国人収容所へ移された。

鹿島が心配して、ル・ガルに運動させたので、追放だけはまぬかれ、四十八時間以内に国外退去すれば、監送は猶予するという留保条件つきで釈放されることになった。

夜の十一時三十分に出すというので、その時間に佐竹が出かけて行くと、小田が山高帽をあみだかぶりにした、眼つきの鋭い男に付添われて暗い拱門《きょうもん》からヒョコヒョコ出てきた。

「この山高帽はなんだ」

佐竹が聞くと、小田は薄笑いをしながら、

「こいつがル・アーヴル港までおれを監送するんだよ」

といった。

「君は留保つきで釈放されたんじゃないのか。明日、おれがアーヴルまで送っていくことになっているんだ。君の旅費は鹿島から受取って、ここに持っている」

「それはおれの小遣いにもらっておく。身ゼニを切って、アメリカへ帰るのはバカバカしいから、フランスにすこしばかり金を遣わしてやろうと思ったのさ。それくらいのことはさせてもいいわけがあるんだからな」

さり気なく山高帽を指して、

「こいつの面《つら》を見ろよ。これが元日の朝、地下鉄でマレーの死体を運んで行ったやつの片割れなんだ。古いなじみさ」

と、あやしげなことを言った。

山高帽がタクシ代があるかと小田に聞いた。小田がそんなもの、あるもんかと言うと、山高帽は舌打ちをして、じゃ、地下鉄で行こうとつぶやき、コンコルドの地下鉄の乗り場のあるほうへ歩きだした。

おだやかな春の夜だった。歩道の街路樹の若芽が月の光に濡れ、広場の中央のオベリスクが雪のように白く光っている。ちょうど日曜日で、海神の噴水盤が水の吐息を噴きあげ、下院の屋根の投光器が、それを五彩に染めあげていた。あの夜の思い出につづくものは、なに一つない。稚《おさな》い、新鮮な花とかおりをたたえた美しいパリの夜景が、しいんとしずまっているだけであった。


〔1951年1月1日〜6月17日「朝日新聞」夕刊　初出〕

『十字街』解説　フランス現代史の最も深い闇をえぐる

中条省平

『十字街』は、1933年から34年にかけてフランス全体を揺るがしたスタヴィスキー疑獄事件を題材に、久生十蘭が「朝日新聞」(1951年1月〜6月)に連載した歴史サスペンス小説です。

日本人には少々なじみの薄いフランス現代史のひと幕を舞台にしていますので、まずはその説明から始めましょう。

1933(昭和8)年といえば、日本は、その前々年に起こった満州事変で日中戦争に突入して国際連盟を脱退した年であり、ドイツではヒトラーが首相となってナチスが政権を獲得しました。イタリアではすでにムッソリーニのファシスト党が独裁をおこなっており、経済大恐慌が続くなか、世界にファシズムの脅威が迫った時代でした。

フランスも例外ではありません。政権を取っていたのは急進社会党のショータン内閣ですが、この政権は腐敗がはなはだしく、左派政権に反対する右翼勢力はついに実力行使に及び、国民議会（下院）前のコンコルド広場に結集し、これに対抗する左翼勢力と激突して、パリの中央での市街戦となります。フランスの内乱ともいえる事態をひき起こしたのです。

本作のクライマックスは、このコンコルド広場で起こった市街戦のダイナミックな描写に置かれており、この小説が『十字街』と題されているのは、コンコルド広場が、パリ最大のシャンゼリゼ大通りとロワイヤル通りが交差する「世界で一番美しい十字街」といわれていたからです。

この右翼勢力の蜂起の引き金になったのが、スタヴィスキー事件でした。

スタヴィスキーはロシア系のユダヤ人で、財政投資に抜群の才能を発揮して、経済大恐慌を機に政府の経済政策にまで影響をふるうようになります。そして、フランス西南部バイヨンヌの市営銀行から政府高官の庇護を利用して2億フラン（本書では5億フラン）を詐取するという犯罪を働きます。20世紀フランス最大の疑獄事件です。スタヴィスキーは自分の信用を高めるため、政界・官界・財界・司法界のあらゆる方面に賄賂をばら巻いていたので、スタヴィスキーの詐欺が明るみに出るや、フランスは上を下への大騒動となり、右翼勢力は最終的に急進社会党政権への実力による攻撃に踏みきります。

小説『十字街』は、そのスタヴィスキー事件において、スタヴィスキーと政界の結びつきを摘発しようとしていたマレー代議士の死から始まります。マレー代議士を殺害した二人組は、死体を酔っぱらいのように見せかけて堂々と地下鉄で運ぶのですが、それを死体だと見破った目撃者がいました。32歳の日本人画学生、小田孝吉です。小田はそのためこの二人組に命をつけ狙われることになります。

作者の久生十蘭は、『十字街』を日本人読者にとって身近に感じられる物語にするため、主要な登場人物4人を日本人にして、彼らを、スタヴィスキー事件からコンコルド広場での市街戦に至るフランス現代史の生き証人にしています。まことに巧みな設定です。

1人目の日本人はいま言及した小田孝吉ですが、2人目は小田の知人で、フランス語を学んでいる高松ユキ子です。高松は運命の戯れから、スタヴィスキーの隠れるフランス・アルプスの山荘に滞在し、スタヴィスキーから秘密の文書を託されることになります。

3人目は、小田の友人の佐竹潔で、スタヴィスキー事件を追究するプランス判事のもとで書生のような仕事をしています。

4人目は鹿島という老人です。鹿島はかつて日本の有力政党の幹事長まで務めた元・政治家なのですが、いまは引退して南仏やモナコのカジノで遊び暮らす粋人です。

佐竹の父は有名な弁護士でしたが、幸徳秋水の大逆事件（明治43・1910年）のとき、検察のデッチ上げで犯人の1人とされて絞首刑になるところを、鹿島の隠密の情報提供で危うくフランスに逃れたのでした。そのときフランスで佐竹の父の面倒を見たのがプランス判事の父で、佐竹と鹿島とプランス判事はそのような運命の糸で結びつけられていたのです。

また、高松ユキ子の父も大逆事件で逮捕され、こちらは無実の罪で絞首刑に処せられたのでした。

つまり、『十字街』には、日本の政界と司法界が一丸となって冤罪をデッチ上げ、国民の自由を弾圧しようとした闇の歴史が埋めこまれているのです。そして、それはスタヴィスキー事件の真相を葬りさったフランス現代史の闇とも通じあうものだという認識が作者の久生十蘭にはありました。

それだけではありません。『十字街』が朝日新聞に連載されたのは昭和26（1951）年のことですが、その2年前には国鉄総裁・下山定則が常磐線の線路上で轢死体となって発見された下山事件が起こっており、結局、この事件は迷宮入りとなりました。

『十字街』のラスト近くの章は「プランス殺害事件」と題されていますが、スタヴィスキー事件追及の急先鋒だったプランス判事もまたフランスのディジョンの線路上で轢死体となって発見され、やはり犯人は挙がりませんでした。『十字街』は第二次世界大戦前のフランスの政界や司法界の底知れぬ腐敗と陰謀の闇を描くものですが、戦後日本の自由と民主主義の世の中にも、下山事件に象徴されるような政治的な闇が存在したわけで、久生十蘭は、スタヴィスキー事件と、コンコルド広場での右翼蜂起の後日談としてプランス判事殺害事件を描くことで、この小説の日本人にとってのアクチュアリティを強調したのだと考えられます。『十字街』の執筆にあたっては、久生十蘭のパリ滞在の経験が活かされ、日本人作家が書いたパリの物語として、永井荷風や岡本かの子や金子光晴に匹敵する見事なリアリティを発揮しています。

久生十蘭は昭和4（1929）年、27歳のときにシベリア鉄道を使ってパリに行き、昭和33年春まで、およそ3年あまりパリに暮らし、スタヴィスキー事件の起こるわずか数ヵ月前にフランスを発って帰国しました。十蘭はこのパリ滞在についてほとんど黙して語らず、詳しいことは分かっていません。しかし、例えば、『十字街』冒頭近くの次のような一節には、十蘭のパリ観がまちがいなく反映しているはずです。

「チュイルリーの庭や、シャンゼリゼェの並木道からながめているぶんには、パリも美しい街にちがいないが、いちど裏側へ入ってみると、悔恨を知るいとまもないような雑多な罪と悪が、一文明全体を感じさせるほど押しあいへしあいしている」

これは主人公のひとり、小田孝吉が地下鉄で二人組に運ばれるマレー代議士の死体を目撃したときに抱く感慨ですが、フランス判事のもとで働く佐竹潔はフランスの実情をもっと直接的な表現でこう描きだしています。

「この国の警察組織は、やりきれないほど時代遅れで、いまなお徒弟制度の刑事部屋をもち、掏摸や、浮浪人や、詐欺の常習犯をスパイに使っている。／証拠による事実の認定も、裁判官の自由な心証に一任され、行刑の方針は根深い懲罰主義で、（中略）フランスの多数党は、男を女にする以外のあらゆることが出来るという歌の文句があるが、パリの警視庁は多数党政府の完全な道具で、必要があれば、どんな構罪でも、どんな証拠湮滅でも平気な顔でやるといわれている。（中略）三年前の大統領暗殺以来、暴力と撲り込みが公然と行われ、右翼の新聞は、毎日、誰を倒せとか、誰を殺せとか、殺伐な文字でトップを飾っている。フランスになにか大きな変動が来ようとしている」

この一節はしばらくのちにもほぼ同じ表現で一般的な事実として記されますから、これは作者・久生十蘭の客観的な認識と解してさしつかえないでしょう。

その現実認識を背景として、主役たる日本人4人のたどる運命を、十蘭は非情というしかない冷徹なまなざしで見つめます。とくに、高松ユキ子の場合には強烈な不意打ちが待っています。

とはいえ、『十字街』の読みどころは、その社会・歴史観の徹底した冷徹さ、人間観察の鋭利なリアリズムに尽きるわけではありません。どんなにグロテスクな社会の闇、どんなに悲惨な人間たちの姿を描こうとも、十蘭のピンと張りつめた文体には、つねにそこはかとない運命論的な諦観が漂って、読む者をその詩的抒情でほろりと酔わせるのです。『十字街』では、十蘭流の運命論的リリシズムは、すべての事件が終息した十字街の夜を描く結末の一文に極まります。

「おだやかな春の夜だった。歩道の街路樹の若芽が月の光に濡れ、広場の中央のオベリスクが雪のように白く光っている。ちょうど日曜日で、海神の噴水盤が水の吐息を噴きあげ、下院の屋根の投光器が、それを五彩に染めあげていた。あの［内乱の］夜の思い出につづくものは、なに一つない。稚い、新鮮な花とかおりをたたえた美しいパリの夜景が、しいんとしずまっているだけであった」

早春のパリの美しい夜景の描写ですが、そこには、久生十蘭の透徹した東洋的諦念ともいうべき感覚が染みわたり、なんともいえぬ深みを添えているように思います。

（学習院大学フランス語圏文化学科教授）

P+D BOOKS ラインアップ

時の扉（上）　辻 邦生　●自己制裁の旅を続ける男が砂漠で見たものは

時の扉（下）　辻 邦生　●愛のエゴイズムを問い続けた長篇完結へ

ばれてもともと　色川武大　●色川武大からの〝最後の贈り物〟エッセイ集

エイヴォン記　庄野潤三　●小さな孫娘が運んでくれるよろこびを綴る

鉛筆印のトレーナー　庄野潤三　●庄野家の「山の上」での穏やかな日々を綴る

さくらんぼジャム　庄野潤三　●小学生になったフーちゃん。三部作最終章

P+D BOOKS ラインアップ

海市　福永武彦
●親友の妻に溺れる画家の退廃と絶望を描く

風土　福永武彦
●芸術家の苦悩を描いた著者の処女長編作

夜の三部作　福永武彦
●人間の〝暗黒意識〟を主題に描く三部作

夢見る少年の昼と夜　福永武彦
●〝ロマネスクな短篇〟14作を収録

加田伶太郎 作品集　福永武彦
●福永武彦〝加田伶太郎名〟珠玉の探偵小説集

廃市　福永武彦
●退廃的な田舎町で過ごす青年のひと夏を描く

P+D BOOKS ラインアップ

残りの雪（上） 立原正秋 ● 古都鎌倉に美しく燃え上がる宿命的な愛

残りの雪（下） 立原正秋 ● 里子と坂西の愛欲の日々が終焉に近づく

剣ケ崎・白い罌粟 立原正秋 ● 直木賞受賞作含む、立原正秋の代表的短編集

私生活 神吉拓郎 ● 都会生活者の哀愁を切り取った傑作短篇集

サド復活 澁澤龍彥 ● サド的明晰性につらぬかれたエッセイ集

都心ノ病院ニテ幻覚ヲ見タルコト 澁澤龍彥 ● 澁澤龍彥が最後に描いた〝偏愛の世界〟随筆集

P+D BOOKS ラインアップ

居酒屋兆治　山口 瞳　●高倉健主演映画原作。居酒屋に集う人間愛憎劇

血族　山口 瞳　●亡き母が隠し続けた私の「出生秘密」

家族　山口 瞳　●父の実像を凝視する『血族』の続編的長編

父・山口瞳自身　山口正介　●作家・山口瞳の息子が語る「父の実像」

単純な生活　阿部 昭　●静かに淡々と綴られる〝自然と人生〟の日々

十字街　久生十蘭　●鬼才・久生十蘭が描く傑作冒険小説

（お断り）

本書は1994年に朝日新聞社より発刊された文庫を底本としております。あきらかに間違いと思われるものについては訂正いたしましたが、基本的には底本にしたがっております。また、一部の固有名詞や難読漢字には編集部で振り仮名を振っています。

本文中には学僕、仲仕、職工、アル中、掃除夫、浮浪者、ごろつき、掏摸、かっぱらい、木樵、漁師、女中、情婦、浮浪人、妾、浮浪児、人殺し屋などの言葉や人種・身分・職業・身体等に関する表現で、現在からみれば、不当、不適切と思われる箇所がありますが、著者に差別的意図のないこと、時代背景と作品価値とを鑑み、著者が故人でもあるため、原文のままにしております。

差別や侮蔑の助長、温存を意図するものでないことをご理解ください。

久生十蘭（ひさお じゅうらん）
1902年（明治35年）4月6日—1957年（昭和32年）10月6日、享年55。北海道出身。本名・阿部正雄。1952年『鈴木主水』で第26回直木賞受賞。代表作に『魔都』『キャラコさん』など。

P+D BOOKS

ピー プラス ディー ブックス

P+Dとはペーパーバックとデジタルの略称です。
後世に受け継がれるべき名作でありながら、現在入手困難となっている作品を、
B6判ペーパーバック書籍と電子書籍で、同時かつ同価格にて発売・配信する、
小学館のまったく新しいスタイルのブックレーベルです。

十字街

2020年5月19日　初版第1刷発行
2023年11月7日　第2刷発行

著者　久生十蘭
発行人　石川和男
発行所　株式会社　小学館
〒101-8001
東京都千代田区一ツ橋2-3-1
電話　編集　03-3230-9355
販売　03-5281-3555
印刷所　大日本印刷株式会社
製本所　大日本印刷株式会社
装丁　おおうちおさむ（ナノナノグラフィックス）

Printed in Japan
ISBN978-4-09-352391-2

P+D BOOKS